미시마 요무

일러스트 / 몬다

THE WORLD OF OTOME GAMES IS A TOUGH FOR MOBS.

여성향 게임 세계는
몹에게 가혹한 세계입니다

04

「속는 녀석이 잘못이라고!」

🔱 피에르 이오
페베르

피에르의 말을 들으며,
나는 주머니에서 꺼낸 글러브를 착용했다.
「뭐냐? 맨손으로 싸우겠다는 거냐!」
피에르나 측근들이 웃는 가운데,
나는 어이가 없어서 허리에 손을 댔다.

──피에르의 말이 옳다.
그렇다──속는 쪽이 잘못이다.
마치 악역이 된 아로간츠가 검지를 내게 향했다.
「지금 와서 사과해도 용서해 주지 않을 테니까 말이다!」

◈ 리온 포우
발트파르트

"됐으니까 슬슬 시작하자고."

여성향 게임 세계는
THE WORLD OF OTOME GAME IS A TOUGH FOR MOB
몹에게 가혹한 세계입니다
04

CONTENTS

THE WORLD OF OTOME GAMES IS A TOUGH FOR MOBS.

프롤로그

인연이라는 것은 참 신기하다.

맺고 싶다고 맺을 수 없고, 끊어질 때는 쉽게 끊어지는데, 아무리 떼려 해도 뗄 수 없는 지긋지긋한 인연도 있다.

나【리온 포우 발트파르트】는 눈 부신 태양 아래서 소매와 바짓가랑이를 걷어붙인 차림으로 갑판 청소용 솔을 들고【아인호른】의 갑판 위에 서 있었다.

배 형태를 따라 만든 이 비행선은 이름이 나타내는 대로 선수에 달린 외뿔이 특징으로, 와인레드 색 선체에 금도금이나 은도금이 장식이 잔뜩 달려 있었다.

크기는 약 200m.

겉모습만 보면 자못 귀족이 뽐내듯 만든 비행선이지만, 실은 내 파트너인【루크시온】이 건조한 비행선으로, 알맹이는 이 세계의 평범한 비행선과는 차원이 다른 성능을 갖고 있다.

다만 이 뽐내는 듯한 외관에는 조금 다른 사정이 얽혀 있었다.

무슨 인과인지, 나—— 우리는 알제르 공화국에 유학하게 되었는데, 나는 학생이면서도 백작이라는 분에 넘치는 지위를 손에 넣어 버린 상황이었기에, 다른 나라에 가려거든 신분에 상응하는 비행선을 타라는 조건이 붙고 말았다.

그리하여 그 조건에 맞춰 새롭게 비행선을 건조했는데 그게 바로 이 아인호른이다.

그런 비행선의 갑판 위에서 나는 목소리를 높였다.

"알겠냐. 잘 들어라, 바보들!"

내 눈앞에는 전생의 여동생이었다는 게 판명된 희대의 악녀 【마리에 포우 라판】과 그 유쾌한 동료들이 서 있었다.

나이에 비해 작고 가냘파 보이는 전생의 여동생은 겉모습과는 달리 다부지고 억센 여자다.

지금도 긴 금발이 자꾸 바람에 흩날리는 탓에 손으로 누르고 있었다.

최근까지는 적대하고 있었지만, 설마 전생의 여동생일 줄은 상상도 못 했다.

아니 그보다, 전생했는데도 이 녀석과의 연이 끊어지지 않았다니, 이상하잖아.

"어쩔 수 없이. 정말로 어쩔 수 없이! 오늘부터 너희들을 보살펴 주게 되었다. 하지만, 나는 너희들처럼 일하지 않는 녀석들을 먹여 살려 주는 취미는 없어!"

율리우스와 그 측근들은 각자 청소 도구를 들고 불만스러운 얼굴로 나를 바라보았다.

판오스 가문과의 전쟁 후, 경사스럽게 이름뿐인 왕자가 된【율리우스 라파 호르파트】가 감색 머리카락을 바람에 흩날리며 항의했다.

"우리도 너한테서 보살핌을 받을 생각은 없었지만 말이다."

고개를 돌리고 불만을 표시하는 율리우스를 보자 내 속에서 분노가 끓기 시작했다.

불만을 토한 건 이 녀석뿐만이 아니었다.

나란히 서 있는 녀석들── 특히 '그 여성향 게임'에 등장하는 공략 대상 남자들도 매우 불만스러운 얼굴을 하고 있었다.

율리우스와 같은 젖을 먹고 자란 형제나 마찬가지인【질크 피아 마모리아】는 뒤로 묶은 긴 머리를 바람에 나부끼며 입을 열었다.

"전하의 의견에 동의합니다. 당신의 보살핌을 받을 생각 따위 없었습니다. 왕비님의 명령이니까 따르고 있는 것뿐입니다."

이 질크 놈은 성격이 더럽고 속이 시꺼먼 녀석이다.

나도 받아쳐 줬다.

"그 밀렌 씨의 명령이 없었다면 내가 갑판에서 걷어차 떨어뜨려서 너희 모두 진작에 물고기 밥 신세가 됐을 거다. 감사하라고, 이 쓰레기들."

내가 이놈들의 입장을 일깨워주자 곤두선 짧은 빨간 머리와 단련된 커다란 몸이 특징적인【그렉 포우 세버그】가 반항적인 눈으로 쳐다보며 불평했다.

"발트파르트, 우리도 좋아서 유학하는 건 아니라고."

그 말, 완전히 그대로 돌려주마.

"기묘한 우연이군. 나도 유학 따위 하고 싶지 않았어. 그런데 유학으로도 모자라 너희들을 돌봐줘야 한다니, 아주 끔찍한 벌칙 게임이라고."

웃어 주자, 검지로 안경을 누르고 있는 【크리스 피아 아크라이트】가 불만을 던졌다.

이 녀석은 차기 검성 후보라는 말까지 들은 검의 천재로, 푸른 머리카락에 7대3 가르마를 타고 있다.

숨이 막힐 듯한 열혈인 그렉과 달리 쿨 계열 근육뇌 자식이다.

"그러면 유학을 관두면 되지 않나."

──나도 그러고 싶지!

하지만── 하지만!

불안해서 미치겠는데 어떻게 안 가냐! 내가 왜 마음에도 없는 유학길을 가고 있겠냐고!

"불평하지 마라. 알겠냐, 이 배의 주인은 나고, 너희는 나한테 복종할 의무가 있어. 그걸 이해하라고. 알겠냐, 이해했겠지?"

본래는 나 혼자서 유학길에 오를 계획이었는데, 참으로 본의 아니게 이 녀석들까지 떠맡고 말았다.

일단은 국왕인 롤랜드, 그 망할 자식의 명령이기도 하고.

나로서는 귀여운 밀렌 씨에게 이놈들을 챙겨달라는 부탁을 받았으니까 따르고 있을 뿐이지만.

그러자 긴 보라색 머리카락을 묶어 어깨에 걸친 나르시시스트, 【브래드 포우 필드】가 짐짓 연기하는 것처럼 어깨를 으쓱이고 고개를 가로저었다.

마법이 특기인 도련님으로, 이론 수업 성적이 우수한 남자다.

그리고 이론 수업 이외의 성적이 처참한 남자이기도 하다.

"너와 이렇게 같이 유학하다니, 생각지도 못했어. 질긴 인연이라는 걸까나?"

"그건 내가 할 말이다! 어째서 내가 너희들을 돌봐줘야 하는 건데! 나는 바쁘다고! 너희들을 돌봐주고 있을 여유는 없단 말이다!"

짜증이 솟구쳐 고함을 치고 있자, 남은 멤버가 서로 얼굴을 마주 보고 이야기하기 시작했다.

마리에의 노예이자 아직 10대 전반인 엘프 미소년【카일】이 한숨을 내쉬었다.

그는 나한테 반항적인 다섯 명을 차가운 눈으로 쳐다보면서, 마리에한테 앞으로의 일을 이야기하고 있었다.

"아무런 생각도 없는 저분들이 부럽네요. 그것보다 주인님. 이제부터는 끼니 걱정은 안 해도 될 것 같네요."

마리에—— 어디 전생뿐이랴, 이번 생에서까지 나한테 민폐를 끼치는 여동생은 그 의견에 깊이 고개를 끄덕였다.

"응, 그러게. 오——, 리온이 있으면 매일 밥을 먹을 수 있어."

마리에를 따라온 동급생인【카라 포우 웨인】은 슬렌더한 체형에 길고 곧은 감색 머리카락을 지녔다.

마리에한테 도움을 받은 것에 은의(恩義)를 느껴 여기까지 따라온 여자다.

"밥걱정을 안 해도 된다는 건 멋진 일이네요, 마리에 님!"

행복해 보이는 세 사람을 보고, 나는 왼손으로 눈을 가렸다.

——너희들, 지금까지 어떤 생활을 해 온 거냐?

나는 눈물을 닦으며 바보 5인조를 향해 말했다.

"유학지인 알제르 공화국에 도착할 때까지 너희들은 선내 청소일을 해 줘야겠어. 일급은 300디아다. 저쪽에 도착하면 공화국 통화로 환전해서 건네주마."

그러자 율리우스가 눈을 크게 뜨며 경악했다.

"——고작 300디아라고?!"

300디아는 엔화로 치면 약 3만 엔쯤 된다.

즉, 비행선을 청소하고 일급으로 3만 엔을 받는 거다.

그러나 율리우스를 비롯한 바보 5인조에게는 그것이 충격적이었던 모양이다.

"이 무슨 횡포인가."

질크도 놀라 한 걸음 물러나고 말았다.

브래드는 믿기지 않는다는 표정을 짓고 있다.

"고작 그것밖에 안 되는 돈으로 우리한테 청소를 시키는 건가? 이상하잖나!"

나는 어처구니가 없어 어깨를 푹 떨궜다.

"이상한 건 너희들 머리야, 이 전직 도련님들이. 알겠냐, 청소로 일급 300디아라고. 이것도 많을 정도다."

루크시온이 관리하는 아인호른은 선원이 필요 없다.

즉, 인력이 얼마나 있든, 시킬 일이 청소밖에 없다.

아무것도 하지 않는 이 녀석들을 그냥 돌봐주는 건 아니꼬우니까 청소라도 시켜야겠다는 생각이었다.

그런데 이놈들은 일급을 3만 엔이나 준다고 하는데도, 악인을 보는 듯한 눈으로 나를 보고 있었다.

"발트파르트, 승부해라! 내가 이기면 이런 대우를 시정해 줘야 겠어!"

그렉이 갑판 청소용 솔을 거머쥐고 정신이 나간 듯한 대사를 입에 담고 있었다.

나는 기가 막히기 시작했다.

"농담이라면 청소가 끝난 뒤에 하라고. 그리고 부탁이니까 농담이라면 좀 더 이해하기 쉽도록 말해 줘. 진심으로 하는 말인지 아닌지 헷갈리잖냐."

"나는 진심이다!"

나는 다시 왼손으로 얼굴을 덮고는 하늘을 올려다봤다.

크리스가 주먹을 꽉 쥐고 분한 표정을 지었다.

"진정 이런 취급이 용인된다는 말인가? 젠장!"

진심으로 분해하는 것 같은데, 이 녀석들에게 내민 조건은 아침 9시부터 오후 5시까지의 노동 시간이다.

휴식 시간도 두 시간은 마련했다.

내가 이렇게까지 비난받을 이유가 있나?

"너희, 정말 쓸모없구나."

내가 푸념을 늘어놓자 곧장 다섯 명이 분노가 담긴 시선을 보냈다.

그에 비해 마리에와 카일, 카라는 청소 도구를 들고 선내로 향했다.

"카일, 카라. 얼른 끝내자."

"네~에. 사실 지금도 깨끗하니 금방 끝날 거에요. 복도를 청소하고 난 뒤에는 화장실 청소를 하면 될까요?"

"아, 여자 화장실은 제가 청소할게요, 마리에 님!"

마리에를 비롯한 세 사람은 즐거운 듯이 이야기했다.

"청소하는 것만으로도 300디아라니, 역시 오——, 리온은 참 쉽다니까."

그런 대사를 남기고 사라져 가는 마리에. 그런 말은 적어도 내가 모르는 곳에서 하라고. 역시 끝맺음이 어설픈 녀석이다.

뭐, 그래봤자 이 바보 5인조와 비교하면 귀여운 수준이지만.

"발트파르트, 승부하란 말이다!"

소리치는 그렉을 차가운 눈으로 쳐다본 뒤, 나는 넓은 하늘로 시선을 옮겼다.

——어째서 내가 이 바보들과 같이 유학해야 하는 거지?

그리고 왜 모처럼 약혼한 두 사람과 헤어지면서까지 공화국에 가야만 하는 거지?

모든 것은 다름 아닌—— '그 지독한 여성향 게임'에 속편이 있었기 때문이다.

"둘 다 잘 지내고 있으려나."

"이봐, 무시하지 말라고!"

나는 소란스러운 바보들을 무시하고 갑판 청소를 시작했다.

"발트파르트으으으!"

"시끄러워! 입 다물고 청소해, 이 바보 파이브가!"

나는 갑판 청소용 솔을 그렉에게 내던졌다.

——어째서 나는 안제, 리비아와 헤어져 신혼 초에 단신 부임하는 듯한 기분으로 알제르 공화국에 가야만 하는 거지?

◇

호르파트 왕국 학원.

리비아는 자신의 방에서 옷을 갈아입고 있었다.

행거에 걸어 둔 교복 상의에는 기사 작위 증표가 수놓아져 있었다.

전(前) 판오스 공국과의 전투에서 훈장을 얻은 리비아——【올리비아】는 밝은 갈색 머리에 보브컷을 한 여자다.

푸르고 맑은 눈동자는 상냥해 보이는 분위기를 자아내며, 건강한 느낌의 몸은 부드러워 보이고, 가슴이 크다.

리비아는 자신의 속옷 차림을 거울을 통해 쓱 바라보았다. 역시 가슴이 조금 더 커진 듯한 느낌이 들었다.

"슬슬 새것을 사야 할까? 하지만 가격이……."

속옷을 새로 사서 바꿔야 할지 고민하면서 셔츠에 손을 뻗었다.

그때 급하게 문을 노크하는 소리가 들려왔다.

"리비아, 나다."

목소리의 주인은 안제——【안젤리카 라파 레드글레이브】였다.

금발을 땋아 올린 것처럼 한데 모아 정리하고, 힘에 찬 빨간 눈동자를 지닌 공작 영애로, 리비아와 마찬가지로 리온과 약혼한 여자이다.

"아, 네."

조건반사적으로 대답한 리비아는 자기가 속옷 차림인 것을 떠올리고는 서둘러 스커트를 손에 쥐고 입으려 했다.

"어, 앗, 어라라?"

하지만 너무 서두르고 만 탓에 균형이 무너져 앞으로 고꾸라지고 말았다.

"아야야."

그 상황에 안제가 문을 열고 들어왔다.

"리비아, 리온한테서 편지가—— 뭘 하고 있지?"

안제는 엉덩이를 내민 채 바닥에 넘어져 있는 리비아를 보고는 걱정스러운 얼굴로 다가가서는 손을 내밀어 주었다.

안제는 리비아와 달리 늠름한 성격으로, 적당하게 단련된 그 몸은 스타일이 좋다는 걸 교복 위로도 알 수 있었다.

리비아보다도 가슴이 크지만, 당당한 분위기가 있어서 그런지 리비아보다도 탄력 있어 보였다.

리비아는 안제의 손을 빌려 일어나면서 얼버무리듯 웃었다.

"죄송해요. 넘어지고 말았어요."

"그건 괜찮다만, 옷을 갈아입는 중이지 않나. 서두르지 않아도

괜찮았다고. 아차, 그건 그렇고──.”

안제가 옆에 떠 있던 하얀 구체를 향해 시선을 돌렸다.

소프트볼 정도의 크기의 몸체로, 한가운데 커다랗고 파란 외눈이 있었다.

루크시온과 외눈 색만 다른 【크레아레】는 쾌활하게 안제와 리비아 주위를 빙글빙글 맴돌고 있었다.

『마스터한테서 메일이 왔어.』

“메일……이요?”

『편지 같은 거야. 종이에 쓰지 않고 대화할 수 있어.』

“로스트 아이템의 기술은 굉장하네요.”

안제는 감탄하는 리비아에게 크레아레가 인쇄한 메일 내용을 보여줬다.

“리온한테서다. 벌써 율리우스 전하 일행 때문에 고생하고 있는 모양이더군.”

내용을 확인하는 리비아는 쓴웃음을 짓고 말았다.

「두 사람 다 잘 지내고 있어? 나는 이제 지쳐 버렸어.」

불온한 서두였지만, 그래도 리온은 건강한 모양이었다.

다만, 상당히 시달리고 있는지 메일에는 율리우스 일행에 대한 푸념이 가득 담겨 있었다.

「오늘도 흥분한 질크가 '이 취급은 부당합니다!'라며 항의해 오더라고. 코웃음을 쳐 주거나, 걷어차 줬더니 싸움이 나서 큰일이었어.」

"……리온 씨, 괜찮을까요?"

리온을 걱정하는 리비아에게, 크레아레가 자세한 상황을 설명했다.

『괜찮아. 루크시온이 옆에 있는걸. 마스터한테 손을 대면 그 녀석이 살짝 갚아 줄 거야. ──증거 하나 남기지 않고 제거할 수도 있어.』

주인과 종자 모두가 불온한 말을 하기 시작했기에 안제가 난처한 표정을 지었다.

"제거하지 마라. 알겠나, 절대로 제거하지 마."

『어머, 그건 '제거해도 된다'라는 의미일까?』

"내 말 그대로의 의미인 게 당연하지 않나. 왜 다른 의미로 받아들이려 하지?"

리비아는 그런 두 사람의 대화를 들으며, 메일의 마지막 내용을 확인했다.

「둘을 만나지 못하는 게 외로워. 이미 향수병에 걸린 상태야.」

"리온 씨……."

리비아가 걱정스럽게 리온의 이름을 부르자 크레아레가 끼어들었다.

『그건 그냥 립서비스야.』

"네?"

크레아레는 리온이 아직 괜찮다는 걸 전했다.

리비아는 리온다운 편지에 무심코 미소를 지었다.

"리온 씨, 건강한 것 같아서 안심했어요."

안제도 고개를 끄덕였다.

"그래. 우리도 지고 있을 수는 없지. 그건 그렇고, 오늘은 일반 학생들에게 학원을 안내하는 날이 아니었나?"

안제의 말에, 리비아는 황급히 시간을 확인했다.

"그, 그랬죠! 얼른 준비해야겠어요!"

리비아가 황급히 교복을 입는 걸 보고 안제가 도왔다.

크레아레의 파란 눈동자가 그 모습을 바라보고 있었다.

선내 식당에는 나와 마리에── 그리고 파트너인 루크시온이 떠 있었다.

메탈릭 컬러 구체에 빨간 외눈이 특징적인 부속기관.

가끔 잊고 지내지만, 루크시온의 본체는 우주선이다.

이 자리에 떠 있는 건 단말에 지나지 않는다.

『즉, 알제르 공화국이라는 나라는 에너지 자원을 수출하는 자원 대국이라는 말입니까?』

오늘도 침착한 전자 음성으로 나와 마리에의 대화를 정리하고 있었다.

마리에는 작은 몸을 뻗어 테이블을 닦으며 쌀쌀맞게 대답했다.

"그래."

『산처럼 커다란 성수(聖樹)가 있는 자원 대국──.』

우리의 화제는 이제부터 향하는 알제르 공화국이라는 나라에 관해서였다.

그 여성향 게임에 속편이 있다는 건 몰랐던 나한테는 무엇보다 정보가 절실했다.

그러나 여기서 정보를 가지고 있는 건 마리에뿐.

하지만 정작 그 마리에한테 문제가 있었다.

『──그밖에 다른 정보는 없습니까?』

루크시온이 끈질기게 질문을 반복하자 마리에가 신경질 내며 대답했다.

"그, 러, 니, 까! 나도 기억이 잘 안 난다니까! 상당히 오래전에 플레이했던 게임이라고! 기억이 애매하단 말이야."

나는 테이블 위에 알코올 스프레이를 뿌리고 행주로 닦아 광을 내면서 푸념을 늘어놓았다.

"사전에 밀렌 씨한테서 들었던 정보가 훨씬 더 낫군."

밀렌 씨가 알려준 정보는 좀 더 깊이 있는 내용이었다.

알제르 공화국의 성수는 공화국의 상징이자 신앙의 대상이라고 한다.

성수가 있는 대지를 중심으로 주위에 여섯 대지가 있는데, 모두 성수에서 뻗은 뿌리로 연결되어 있고, 각각의 대지는 6대 귀족이라 불리는 대귀족이 다스리고 있으며, 그 6대 귀족이 의회에서 방침을 정하는 귀족 공화제 국가이다.

자원 대국답게 호르파트 왕국도 알제르 공화국으로부터 마석을 수입하고 있다는 듯하다.

――과거에는 그 자원을 놓고 양국 사이에 전쟁도 있었다고 한다. 먼저 전쟁을 시작한 왕국이 대패하며 끝났다는 모양이지만.

그 후 어찌어찌 국교를 맺어 지금의 상태가 되었다.

호르파트 왕국뿐만이 아니라, 많은 나라가 알제르 공화국의 자원을 탐내어 쳐들어갔다가 패배했다.

즉 알제르 공화국을 간단히 표현하자면 '방어전 무패의 자원 대국'이 되지 않을까?

마리에는 불평하면서도 어렴풋한 기억에 기대어 우리에게 2탄 이야기를 했다.

"지금은 6대 귀족이지만, 과거에는 '7대 귀족'이었어."

"그것도 밀렌 씨에게서 들었던 내용이군. 분명―― 10년 전에 의장을 맡고 있던 집안이 멸문당했다던가."

"멸문당한 그 대귀족의 딸이 2탄의 주인공이야."

"이름은?"

"——양자로 들어간 곳의 성씨는 베르톨레. 하지만 이름은 플레이어가 입력하니까 알 수 없어. 핑크색 머리카락에 헤어스타일은 트윈테일이고, 제법 털털한 애야. 선택지도 활발한 느낌이 많았던 거 같아."

트윈테일에 털털한 느낌인 여자인가.

"의외군. 여성향 게임의 주인공이니 좀 더 얌전한 애려나 싶었는데."

"1탄 주인공의 머릿속이 지나치게 꽃밭이라 싫어하는 사람이 많았으니까 말이지. 반성해서, 2탄 주인공은 털털한 느낌의 여자로 한 거 아니야? 뭐, 1탄의 인기 없는 주인공보다는 낫네."

나는 웃는 마리에를 차가운 눈으로 쳐다봤다.

"——리비아 앞에서 그런 말을 했다가는 쏴 죽여 버릴 거다."

"마, 말 안 해."

루크시온은 나한테서 시선을 돌리는 마리에를 보며 말했다.

『뭐, 그 이야기는 다음에 하도록 하지요. 2탄의 대략적인 스토리를 들려주십시오.』

마리에는 기억을 떠올리며 우리한테 들려줬다.

"으음~, 그러니까. 우선은 공화국 학원에 입학해. 공화국 학원은 수준이 높지만, 귀족이 아닌 사람도 다닐 수 있어. 거기서 공략 대상 남자들과 친해지는 거야."

『신분과 무관하게 교육을? 귀족정치치고는 제법 과감한 정책이군요. 지식을 지닌 민중이 혁명을 일으키지 않을지 불안하지 않은 걸까요?』

"그런 건 나도 몰라. 게임 설정이 그런 거 아니겠어?"

"대놓고 돌직구로 말하는군."

다음으로 마리가 주인공의 내력을 설명했다.

"최종 보스는 '라우르트'라는 가문의 당주인데, 주인공 집안을 멸문한 것도 이 녀석이야. 설정에 의하면── 과거에 주인공의 엄마한테 차인 적이 있데. 그 분풀이로 멸문한 것 같아."

차인 분풀이로 의장을 맡고 있던 가문을 멸문시켰다고?

여성향 게임이란 건 굉장하군. 아니── 그 여성향 게임이 유독 대단한 건가?

『그런 이유로 7대 귀족이라 불리던 가문 중 하나가 멸문당한 겁니까?』

루크시온의 의문은 제쳐 두고서다.

나는 뻔히 정해진 패턴에 웃고 말았다.

"아니 그럼 1탄이랑 다를 게 없잖아. 여성향 게임은 이거고 저거고 다 똑같구먼. 평범해 보이지만, 실은 굉장한 능력이나 혈통이었습니다~, 같은 느낌이지?"

"미소녀 게임 쪽이 그림만 바꿨을 뿐 내용은 더 천편일률적이잖아."

"똑같이 취급하지 마! 미소녀 게임에는 개성이 있단 말이다!"

"내가 보기엔 전부 마찬가지란 말이야!"

『──다음 내용을 말해 주시죠.』

갑자기 미소녀 게임으로 시비를 거는 마리에한테 한마디 쏘아 붙여 줬더니, 루크시온이 끼어들어 제지했다.

마리에는 불만스러운 듯이 그 뒤의 전개를 이야기했다.

"──공략 대상 남자들은 다들 6대 귀족과 연관이 있는 사람들 뿐이야. 주인공은 그중 누군가와 맺어져 본가를 다시 일으키고 해피엔딩을 맞이하는 거지."

연애 요소 부분은 이해했다.

문제는 최종 보스다.

"최종 보스는 어때? 방치하면 세계가 멸망하냐?"

"거기까지는 모르지만, 방치하면 곤란해질지도 몰라. 왜냐면 그 최종 보스라는 게 성수거든."

"──뭐? 아니, 조금 전에는 라우르트 가문의 당주라며!"

"그러니까, 둘 다야! 나중에 가면 라우르트 가문의 당주가 성수 랑 융합한다고!"

그렇게 마리에는 "아, 기억났다!"라면서 기쁜 듯이 이야기를 이 어갔다.

"그리고 그 성수 말인데, 공화국에 에너지를 공급하고 있어. 덕 분에 마석을 쓰지 않으니까 얻는 족족 외국에 팔 수 있는 거야. 성수는 공화국 전체에 뿌리를 뻗고 있으니까, 어디에 있든지 에 너지를 얻을 수 있어."

그건 굉장한데.

에너지 자원 대국인 이유에는 성수가 크게 관여하고 있는 모양이었다.

"그런 성수가 최종 보스인 거냐."

"마지막에는 일어서서 기분 나쁜 괴물이 되어 마구 날뛰어. 무식할 정도로 커다래서, 날뛰면 대지에 엄청난 피해가 나와. 주인공이 그걸 쓰러뜨리고 성수를 대신하는 키 아이템인 성수의 묘목을 심어 해피엔딩을 맞이하는 거지. 뭔가, 무녀로 선택받았던가? 연인은 수호자가 되고……."

무녀라든가 수호자라든가, 그런 건 아무래도 좋아 보이는데.

하지만 확실히 최종 보스는 방치할 수 없었다.

여기서 나는 하나를 떠올렸다.

"기다려 봐. 그러면 루크시온이 성수를 파괴하면 되지 않나? 날뛰기 전이라면 쉽게 쓰러뜨릴 수 있잖아."

마리에도 고개를 깊숙이 끄덕였다.

"그러네. 최종 보스만 사라지면 아무런 문제도 없으니까. 루크시온, 너 빔 발사하라고. 빔!"

우리가 기대가 담긴 시선을 보내자—— 루크시온이 도리어 우리한테 물어봤다.

『정말로 괜찮겠습니까?』

"기왕 쓰러뜨린다면 빨리 쓰러뜨리는 편이 좋잖냐."

『아뇨, 공화국이 멸망해도 괜찮은 건가 싶어서 말입니다.』

"——뭐?"

성수가 쓰러지면 공화국이 멸망한다고?

무슨 의미지?

"아니, 잠깐만. 최종 보스를 쓰러뜨리는데 어째서 공화국이
——아앗?!"

나는 그제야 눈치챘다.

하지만 마리에는 고개를 갸웃하고 있었다.

"뭔데? 얼른 쓰러뜨리면 되잖아."

"멍청아! 성수가 쓰러지면 공화국이 끝장이라고!"

"왜?"

"경제가 박살이 나니까!"

성수의 에너지가 있기에 공화국은 마석을 외국에 수출할 수
있다.

하지만 성수가 사라져 버리면 평소 쓰고 있는 에너지도 함께 사
라지기에 공화국은 성수 에너지의 대체재로 마석을 사용할 수밖
에 없다.

즉, 마석을 팔아 이익을 내고 있던 공화국은 중요한 산업을 잃
게 된다.

더 나아가자면, 성수를 잃어 혼란에 빠진 공화국은 멸망한다.

지구로 치면 어느 날 갑자기 전기가 없어지는 꼴이다.

마리에도 그걸 깨닫고 얼굴이 새파래졌다.

"그, 그러면, 예정대로 최종 보스가 된 후에 쓰러뜨리는 방향으
로……."

아니, 무리잖아.

공화국 멸망이라니, 난 그런 책임을 지고 싶지는 않다.

"그래. 주인공들의 활약에 기대하도록 하자고."

우리는 무사히 주인공과 공략 대상이 만나 사랑을 키워나가고 있는지 지켜보기만 하면 된다.

내가 고개를 끄덕이며 말하자, 루크시온이 의문을 던졌다.

『그런데, 성수의 묘목이 성수와 동등한 에너지를 공급할 수 있을까요?』

"……어쩌 무리 같은데. 그 부분은 어때?"

산처럼 커다란 나무와 묘목은 능력이 매우 다를 것 같은 느낌이 들었다.

마리에도 마찬가지로 의문스럽게 느끼고 있었다.

"아니, 그게— 게임에서는 해피엔딩이었고, 상세한 설정까지는 몰라. 그 뒤에 경제가 어떻게 된다든가 하는 건 알 수가 없었어."

"어쩔 거냐고! 이대로라면 왕국도 여러모로 난처해진단 말이다."

『호르파트 왕국도 알제르 공화국에서 마석을 수입하고 있으니 영향을 받겠군요. 의존이 아니니 수입 경로가 하나 사라지는 것뿐이지만요.』

"나한테 따져 봤자 소용없어! 엔딩에서도 정치 이야기 같은 건 나오지 않았단 말이야!"

──와, 이거 어쩌지.

알제르 공화국은 여러 면에서 심각한 위기에 빠진 게 아닐까?

나와 마리에가 잠자코 있었더니, 율리우스가 식당에 찾아왔다.

"마리에, 무사한가!"

율리우스는 뭘 착각했는지 우리를 보고는 허겁지겁 달려왔다. 그리고는 마리에가 무사한 걸 확인하더니, 나를 노려봤다.

"발트파르트. 마리에한테 접근하면 용서하지 않겠다!"

"내 취향은 그 녀석 같은 절벽이 아니니까 안심하라고. 그것보다 여긴 뭐하러 왔어? 얼른 일하러 돌아가."

이 녀석들 때문에 마리에와 제대로 대화도 할 수 없잖아.

그러자 마리에는 "나, 나도 조금 정도는 가슴 있어!"라며, 평야에 산이 있다는 소리 같은 말을 했다.

듣고 있는 내가 다 슬플 지경이니 그런 허세는 그만둬.

다만, 율리우스는 납득하지 않았다.

"마리에는 멋진 여성이다!"

"그거 다행이군. 나한테는 안제도 리비아도 있으니까 네가 생각하는 그런 일은 일어나지 않아."

애초에 그런 일이 일어났다간 내 목이 날아갈걸.

안제 아빠라든가, 바람피웠다간 절대로 용서해 주지 않을 것 같다고.

아니, 안 피울 거지만.

바람 따위 피우지 않을 거지만!

율리우스가 마리에 앞을 가로막고 서는 바람에 더는 대화를 이어갈 수가 없었다.

나는 한숨을 내쉬며 식당을 나갔다.

"나 참⋯⋯."

◇

식당에서 나가는 리온을 지켜본 율리우스는 마리에를 향해 돌아섰다.

"마리에, 아무 일도 없었나?"

율리우스가 다정하게 말을 걸었지만, 마리에는 어딘가 지친 표정을 지었다.

"괜찮아. 애초에 리온은 나한테 손 안 대."

"저 녀석도 남자다. 조심해서 나쁠 건 없겠지."

뭐라 말해야 좋을지 알 수 없는 마리에는 어깨를 푹 떨구고는 율리우스에게 전했다.

"나는 청소하러 돌아갈게. 율리우스도 일하러 돌아가."

"아니, 하지만!"

"빠~알~리!"

마리에가 율리우스의 등을 밀었다.

"마리에, 나는 너와 함께!"

"청소가 끝나질 않잖아! 자기 구역으로 돌아가!"

식당에서 내쫓긴 율리우스는 복도에 루크시온이 떠 있는 걸 발견했다.

율리우스는 루크시온에게 불만을 표했다.

"이봐, 네 주인이 약혼자가 있는데도 마리에한테 손을 대려 하고 있지 않나! 확실하게 감시해라!"

그렇게 말하며 손가락질하자, 루크시온은 차가운 어조로 대꾸했다.

『나한테 손가락질하지 마. 네 업무로 돌아가.』

리온을 상대할 때와 달리 차가운 대답이 돌아오자, 율리우스는 아연실색했다.

"어엇……."

루크시온이 율리우스에게서 시선을 돌렸다.

그 끝에서는 리온이 갑판 청소용 솔을 어깨에 짊어지고 걷고 있었다.

"루크시온, 배고프니까 점심 먹자."

『마스터, 아직 점심시간까지 45분이나 남았습니다만?』

"괜찮아. 얼른 먹자고."

『어쩔 수 없군요.』

푸념하면서도 리온에게는 마음을 열고 있는 듯한 루크시온을 보고, 율리우스는 어쩐지 납득할 수가 없었다.

"뭐, 뭐냐 말이다, 대체!"

◇

호르파트 왕국에서는 리비아가 특대생들에게 학원을 안내하고 있었다.

리비아는 자료를 끼운 바인더를 손에 쥔 채 얼추 설명을 끝내고는 특대생들을 봤다.

"설명은 이상입니다. 뭔가 질문은 있나요?"

이 학생들은 귀족이 아니라, 소위 말하는 부유층이다.

주로 거상의 아들이나 딸로, 리비아가 보기엔 도련님이나 아가씨 같은 사람들이었다.

그 이외는 모험가로서 이름을 올린 사람들도 있었다.

모험가라는 직업을 존중하는 왕국의 성향이 엿보였다.

나이는 16살 이상으로, 개중에는 리비아보다 연상인 학생도 있었다.

한 학생이 손을 들었다.

"으음, 그러니까~, 커티스 씨."

자료를 보면서 이름을 부르자, 【커티스】라 불린 남자는 긴 앞머리를 손가락으로 쓸어내며 닭살 돋는 대사를 입에 담았다.

"학원에 입학할 수 있었던 것을 진심으로 감사히 여기고 있습니다. 그리고 올리비아 씨, 사귀고 있는 남성은 있습니까?"

그 말에 주위에서는 어이없어하는 학생도 있는가 하면, 놀려대는 학생도 있었다.

하지만 커티스는 전혀 신경 쓰지 않았다.

리비아는 미소를 지으며 대답했다.

"멋진 약혼자가 있어요."

커티스는 어깨를 으쓱였다.

"이것 참, 매우 큰 실례를 저질렀군요. 좀 더 빨리 만나고 싶었습니다."

끈질기게 들러붙는 남자는 아닌 모양이었다.

하지만—— 그런 커티스 뒤쪽에 있던 남자【아론】은 어깨까지 자란 갈색 머리카락을 뒤로 넘기고 머리띠로 앞머리를 누르고 있었다.

큰 키에, 교복은 소매를 걷어놓은 상태였으며, 윗도리 앞가슴이 열려 있었다. 옷 틈 사이로 보이는 몸만 보아도 제법 단련했다는 걸 알 수 있었다.

'나 참, 곱게 자란 도련님들한테는 구역질이 나오는군. 그래도⋯⋯.'

아론의 눈은 형형하게 빛나며 리비아를 쳐다보고 있었다.

모험가로서 성공을 거둔 아론은 왕국으로부터 학원에 다니지 않겠냐는 권유를 받았다.

처음에는 바보 취급하고 있었지만, 학생 생활도 나쁘지 않다고 생각하여 입학했다.

아론의 정체는——.

'오랜만에 다니는 학교군. 최대한 즐겨 보도록 할까. 두 번째 인생은 화려하게 놀 거라고 정했으니까 말이지.'

——전생자였다.

'먼저 이 올리비아라는 여자부터 작업 걸어 볼까. 약혼자가 있

다고 했지만, 그런 건 나한테는 상관없어.'

리비아에게 아론의 마수가 뻗치려 하고 있었다.

제01장「알제르 공화국」

아인호른은 알제르 공화국을 향해 나아가고 있었다.

멀리서 알제르 공화국이 희미하게 보였지만, 가장 눈을 끄는 건 거대한 나무였다.

너무나도 커서, 잘못 본 게 아닐까 하는 생각마저 들 정도였다.

"실은 지표면이 좁은 것뿐, 이라는 건 아니겠지?"

내 말에 루크시온은 오늘도 냉담하게 대답한다.

『대국입니다. 그럴 리가 없지 않습니까.』

"아니, 너무 크잖아! 산이라고 해도 믿겠다고."

대지가 하늘에 떠 있는 세계이니 지금 와서는 어지간한 것으로는 놀라지도 않지만, 아무리 그래도 저 성수라는 나무는 너무 거대했다.

"하아, 이제야 알제르 공화국인가."

『느긋한 배편 여행이었네요. 회화하실 수 있겠습니까?』

"일상 회화 정도라면 말이지."

수업에서 배우긴 했지만, 실제로 대화하는 건 별개 문제다.

배 안에서 공부하기는 했어도 여전히 미숙한 부분이 많았다.

부족한 부분은 현지에서 배우기로 하자.

『그러면 부족한 부분은 제가 통역하지요.』

"가능한 거냐?!"

『네.』

"그런 건 진작 말하라고! 진지하게 공부해 버렸잖냐."

『게으름뱅이인 마스터한테는 좋은 심심풀이가 되었네요.』

확실히 공화국에 도착하기까지 며칠 동안의 좋은 심심풀이는 되었다.

뭐, 서두르면 하루 만에 도착했겠지만, 왕국에서 우리가 언제쯤 도착할 거라고 공화국에 알려 두었으니까 말이지.

너무 빨라도 문제였다.

나는 갑판에서 공화국을 바라보았다.

"자, 그럼 지금쯤 어떻게 되어 있으려나?"

주인공님은 무사히 공략 대상 남자들과 친하게 지내고 있을까?

루크시온이 위를 올려다봤다.

그러자 아인호른이 그림자에 감싸였다.

"구름인가?"

나도 올려다봤더니, 하늘에는 비행선 하부가 보였다.

"바로 위에 비행선을 대? 대체 어디 사는 멍청이지?"

통상적으로 상대 바로 위에 위치를 잡는 건 매너 위반이다.

루크시온은 상대가 접근 중임을 알렸다.

『공화국 경비대라고 칭하고 있습니다. 이쪽으로 접근하고 있습니다만, 격추할까요?』

"그만둬. 그건 그렇다 치고, 바로 위에서 접근하다니, 실례잖냐."

『──제법 건방진 어조로 임시 검문에 응하라고 말하고 있습니다만?』

건방진 태도로?

◇

아인호른 식당에는 마리에 일행이 모여 있었다.

카일과 카라가 마리에한테 말을 걸고 있다.

"주인님, 이제야 공화국이군요."

"요새 비행선은 굉장하네요. 공화국까지 이렇게 금방 도착하니 말이에요."

루크시온이 건조한 비행선이니 당연한 이야기였다.

이 세계의 비행선과는 애초에 기본 성능부터가 달랐다.

"그래. 뭐, 예정대로 도착했으니까 문제없어."

오히려 문제가 있는 건── 율리우스를 비롯한 바보 5인조 쪽이었다.

마리에가 그쪽으로 시선을 향하자, 이제야 공화국에 도착한다며 안도하고 있었다.

"모처럼 마리에와 함께 한 배편 여행이 엉망이군."

"정말로 용서할 수가 없군요."

율리우스가 배편 여행을 즐기지 못했다는 불평을 내놓자 질크가 동의했다.

'너희들은 놀고먹을 처지가 아니라고!'

저들은 이미 왕국에서 여러 문제 행위를 반복해서 저질러 왔다. 이 반강제 유학도 다 그게 이유였다.

그렉이 기지개를 켰다.

"이제 청소는 지긋지긋해. 평생 해야 할 청소를 여기서 전부 한 기분이라고."

그 말에 마리에는 짜증이 치밀었다.

'아니, 청소 정도는 하란 말이야! 평생이라니, 고작 며칠 동안 청소해놓고!'

그들도 원래는 대귀족의 도련님들로, 평생 청소와는 인연이 없을 신분이었다.

크리스가 브래드를 바라보며 말했다.

"요 며칠간 만족스럽게 단련할 기회가 없었군."

"나도 마법 연습을 하지 못했어. 게다가 공화국에 들어가기 전에 어학을 복습해 두고 싶었는데 말이지."

그들은 좋은 환경에서 자란 만큼 공화국 언어를 구사할 줄 알았다.

마리에는 그것이 부러웠다.

'나는 카일하고 카라랑 필사적으로 공부하고 있었는데!'

리온이 신경을 써 줘서 마리에와 카일, 카라는 일을 약간 도와주는 정도의 업무만 주었다.

그 외의 시간은 전부 공화국어를 공부하는 데 썼다.

'잊고 지내지만, 역시 귀공자라는 건가.'

자기와는 출신 신분이 다르다는 것을 새삼 느꼈지만, 그 점은 부럽지 않았다. 아마 그들의 유감스러운 성격 때문일 것이다.

율리우스가 마리에한테 미소를 보냈다.

"하지만, 공화국에 도착하면 이 열악한 환경에서도 해방된다. 마리에, 공화국에서는 우리들의 시간을 되찾도록 하자."

그 순간, 마리에의 얼굴에서 표정이 사라졌다.

'열악이라니? 잠깐만, 오히려 나는 제법 행복했는데?'

약간의 노동만 하면 식사나 잠자리를 걱정할 필요가 없다.

공부 시간도 챙길 수 있고, 휴식 시간에는 배편 여행을 만끽할 수도 있었다.

여차할 때는 리온이 움직일 테니 마음도 놓을 수 있고, 문제라고 할 것이 없었다.

문제가 있다면—— 그건 이 녀석들, 다섯 명뿐이었다.

"마리에 씨, 공화국에서의 유학을 즐기도록 하죠."

미소 짓는 질크를 보고 마리에의 뺨이 굳어졌다.

'대체 무슨 돈으로 유학을 즐기겠다는 건데!'

문제 행동을 일으킨 마리에 일행에게 왕국은 예산을 최저한밖에 마련해 주지 않았다.

사치를 부릴 수 있는 상황이 아니었다.

그렇도 마냥 즐거운 듯, 웃으며 떠들었다.

"기대되는군. 그러고 보니 공화국에는 던전이 몇 군데나 있다고 들었는데. 다 같이 모험해 보는 것도 좋겠어."

마리에는 던전이 있다면 당장이라도 돈을 벌러 가고 싶은 기분이었다.

크리스도 그렉의 의견에 동의했다.

"공화국의 던전은 마석이 대량으로 나온다고 들은 적이 있다. 기대되는데."

유학 간 곳에서 뭘 기대하는 거냐는 생각이 들 법한 상황이지만, 마리에 안에서 두 사람에 대한 주가가 급상승하기 시작했다.

'그렉, 크리스── 난 너희들을 믿고 있었어. 크게 벌어 보자고.'

놀며 지낼 돈 따위는 없다.

모처럼 던전이 있을 때 가능한 돈을 벌어야만 한다.

하지만 그때, 브래드가 꺼낸 말에 한 가지 사실을 떠올랐다.

"글쎄, 그건 어떠려나. 공화국의 학원에서는 모험가에 관해 가르치지 않는다고 들었어. 공화국에서 모험가는 그냥 단순한 노동자 취급이라더군."

'그러고 보니, 그런 느낌이었지. 하지만 돈이 없으니까 한 번 정도는 던전에서 크게 벌어서 저금해 두고 싶어.'

알제르 공화국은 왕국과는 건국 경위가 다르기에 모험가를 그리 대단하게 여기지 않는다. 오히려 경시하고 있다. 기껏해야 마석을 운반하는 노동자 정도로 생각하고 있다.

식당에서 그런 이야기를 하고 있자, 아인호른이 미세하게 흔들렸다.

카일이 바깥을 봤다.

"뭘까요? 이 배가 이렇게 흔들리는 건 처음인데요."

카라는 마리에 옆에 있었다.

"마리에 님, 혹시 사고일까요?"

그러나 루크시온의 성능을 알고 있는 마리에는 침착하게 일어나 창문으로 다가갔다.

"그럴 리 없어. 살짝 흔들렸을 뿐이잖아—— 어머, 비행선이 와 있네."

아인호른 측면으로 비행선이 보였다.

율리우스가 마리에 곁으로 다가와 마찬가지로 창밖을 봤다.

"——공화국의 세례군."

"세례?"

"유명한 이야기다. 공화국은 마석 수출로 큰 이익을 얻고 있으니 말이지. 동시에 방어전에서는 비할 데 없는 강력함을 자랑하고 있다. 계속해서 이겨 왔기에 우쭐해져 있는 거다."

그리고, 선내에 잇따라 공화국 병사들이 들어왔다.

아인호른 격납고에 군복을 입은 중년 대위가 걸어들어왔다.

그의 군복 가슴에는 매우 많은 훈장이 반짝이고 있었지만, 위엄 따위는 느껴지지 않았다.

오히려 살이 너무 찐 탓에 군복이 당장이라도 터질 것만 같았다.

그가 입에 물고 있던 담배에서 떨어진 재가 격납고 바닥에 툭툭 떨어졌다.

"화기 엄금입니다만?"

내가 완곡하게 주의를 주었더니, 대위는 어이가 없다는 듯 웃었다.

"내가 화약이나 기름에 인화시키기라도 한다는 말인가? 나 참, 너희들과 공화국 군인인 나를 비교하지 말아 주겠나."

임시 검문이라고 하기에 들었더니만, 아인호른에 올라타서는 이상한 트집만 잡아 대고 있었다.

그야말로 자기들이 상위자라는 태도였다.

대위 뒤를 걷고 있는 부하가 겸손한 태도로 말을 건넸다.

"죄송합니다. 금방 끝날 테니 인내해 주시길 바랍니다."

"——인내라고?"

겸손하게 말한 것 같지만, 요는 그냥 참으란 얘기였다. 내가 보기엔 이 대위랑 다를 게 없는 사람이었다.

그들은 아무래도 태도를 고칠 생각이 없는 모양이었다.

대위는 아로간츠 앞으로 오더니—— 담배를 아로간츠에 짓눌러 껐다.

"이봐!"

내가 고함치자, 부하가 날 달랬다.

"금방 끝납니다."

짜증이 났다.

이 자식도 저자세로 나오면서 우리를 바보 취급하는 것처럼 실실 웃고 있었다.

대위가 아로간츠를 보면서 깎아내렸다.

"볼품없는 갑옷이군. 센스가 없어. 왕국은 이런 갑옷을 만들고 있는 건가? 성능도 낮을 텐데, 고생하는구먼."

——나보다 이 대화를 듣고 있는 루크시온이 화내지 않을까 걱정이 됐다.

그 녀석은 냉정한 것처럼 보여도, 금방 『신인류는 섬멸이다!』라고 말하는 녀석이다.

분노해서 공화국을 침몰시켜 버릴지도 모른다.

나중에 주의를 시켜 두자.

"겉모습만 그럴싸할 뿐이지 정말로 별것 없는 비행선이군. 게다가 공화국의 임시 검문으로 선원들이 무서워해서 나오지 않는다니 한심하군. 왕국은 겁쟁이들만 있는 모양이야."

정말로 열 받는 녀석들이었다.

하지만 선원이 필요 없는 배라고는 말할 수 없기에, 나는 침묵으로 넘겼다.

이런 놈들 따윈 언제든지 재로 만들어 버릴 수 있다고 속으로 중얼거리며 마음을 다스렸다.

그래, 루크시온이라는 치트를 가진 내가 무턱대고 그 힘을 사용해서는 안 된다.

나는 인내할 수 있는 어른이니까 말이지.

그런 생각을 하고 있었더니, 대위가 떠나갔다.

"시시한 배군. 돌아간다."

"넵! ──아, 신경 쓰지 말아 주십시오. 알제르 공화국은 유학생 여러분을 환영합니다."

부하가 그렇게 말하고는 대위 뒤를 쫓아갔다.

속이 뻔히 보이는 녀석.

격납고에서 아로간츠를 봤다.

다만, 내가 타던 아로간츠는 판오스 공국과의 전투로 망가진 것으로 되어 있었다.

파르트너도 마찬가지다.

왕국에는 여기 있는 아로간츠를 복제품이라고 설명해두었다. 파르트너도 현재 정비 중이다.

"──공화국에 대한 인상은 조심스럽게 말해도 최악이군."

이런 나라, 2탄의 무대가 아니라면 오고 싶지 않았다.

천장에서 루크시온이 내려왔다.

『마스터, 공격 허가를 요청합니다.』

"임시 검문하러 온 배를? 나도 마음 같아선 날려 버리고 싶지만, 안 돼."

『아뇨, 공화국을 침몰시키라고 말해 주신다면 그걸로 충분합니다.』

"뭐가 충분하다는 거야. 하지 마. 절대로 하지 마. 말리는 척하는 거 아니니까, 진짜 하지 마."

——이것 보라지, 역시 터무니없는 생각을 하고 있었다.

나조차도 저 대위와 부하의 약점을 쥐고 협박하는 정도밖에 떠오르지 않았는데.

"이거 참, 공화국은 지독한 나라군."

『성수의 은혜에 기대어 제멋대로 행동하고 있는 거겠지요. 하지만 객관적으로 국력이 왕국보다 위인 건 틀림없습니다.』

"마리에도 그런 말을 했었지."

『단지, 아무래도 영 부자연스럽습니다.』

"내가 보기에는 부자연스러운 점투성이인 세계이지만 말이다. 애초에 지면이 허공에 떠 있고, 산보다도 거대한 나무가 있다니 이상하잖냐."

트집을 잡자, 루크시온은『그러네요. 뭐, 앞으로 조사해 나가도록 하지요』라며 대화를 끊었다.

"나 참—— 남녀의 연애라든가 사랑으로 세계의 운명이 결정된다니 부조리한 세계야."

이번 유학이 무사히 끝나기를, 하고 나는 절실히 바랐다.

◇

알제르 공화국 항구는 육지 끝부분에 있었다.

전생으로 말하자면 해안에 있는 항구 같은 느낌이었다.

이 세계의 대지는 하늘에 떠 있기에 애당초 대지와 바다의 경계가 없다.

항구에는 수많은 비행선이 반복해서 드나들고 있었다.

"공화국에 들어오고 나서도 과정이 길었군."

그런 불평을 하면서 트랩을 내려와 오랜만에 지면의 감촉을 확인했다.

내 뒤로 여행 가방을 양손에 든 마리에가 숨을 헐떡이며 트랩을 내려왔다.

"대지와 대지 사이를 비행한 건데, 어쩐지 묘한 기분이네. 아~, 지쳤어."

우리가 내린 곳은 여섯 대지를 잇는 요충지 같은 대지였다.

과거, 성수의 무녀를 배출해 왔던 레스피나스 가문이 다스리던 영지로, 7대 귀족에서 6대 귀족이 된 지금은 의회가 관리를 맡고 있다.

허공에 떠 있는 대지 사이를 비행하여 찾아온 알제르 공화국의 중앙.

바로 이곳에 공화국의 수도가 있으며, 알제르 공화국의 '학원'도 이곳에 있다.

짐을 든 카일과 카라가 곧이어 내려왔다.

"백작은 짐이 적네요."

"남성은 짐이 적어서 부러워요."

내 짐은 가방 하나뿐이었다.

그걸 본 두 사람이 부럽다는 듯 이야기했다.

"내 짐? 내 건 루크시온이 운반해 주니까. 요건 필요한 것만 챙긴 거야."

일용품 등 여러 가지가 있지만, 제일 중요한 건 티 세트다.

이것만은 신중하게 옮겨야 한다.

그러자 마리에가 짐을 내려놓고 루크시온에게 투정을 부렸다.

"그런 건 먼저 말하라고!"

『질문받지 않았기에 대답하지 않은 것뿐입니다.』

"센스가 없네."

『그러게요. 그래서, 무슨 문제라도 있습니까?』

"어? 아니 뭐…… 딱히."

루크시온의 대응에 마리에는 당혹스러워했다.

다소 까칠해 보이지만, 저건 그나마 부드럽게 대하는 편이다.

율리우스를 비롯한 다섯 바보에게는 노골적으로 싫어하는 태도를 보인다.

마지막으로 아인호른에서 다섯 바보가 커다란 가방을 들고 내려왔다.

본인들의 짐이겠지만, 양이 많은지 짐을 내려놓고는 또 가지러 돌아가고 있었다.

『마스터, 마중이 왔습니다.』

그 말을 듣고 시선을 움직이니 그곳에서는 호르파트 왕국의 관리들이 기다리고 있었다.

정장을 착용한 관리들은 알제르 공화국에 체재하고 있는 외교관들이었다.

그들은 율리우스를 비롯한 다섯 명이 짐을 내리고 있는 걸 보고, 몹시 곤혹스러워하고 있었다.

◇

대사관은 항구 근처에 있었다.

다른 나라의 대사관도 근처에 있어서 그런지, 외국인이 자주 보였다.

대사관 주변에는 호르파트 왕국 요리를 내는 가게도 있었다.

이문화(異文化)를 느낄 수 있는 공간이었지만, 한편으로는 여러 문화를 좁은 장소에 과하게 몰아넣은 것 같은 느낌도 들었다.

프랑스 요리를 내는 고급 레스토랑 옆에 대중식당 같은 느낌의 중화요리점이 늘어선 듯한 배치.

그리고 다양한 외국 사람들.

뭐라고 할까, 억지로 몰아넣은 듯한 느낌.

나는 마차 안에서 창밖을 보며 외교관과 이야기했다.

"여러 나라가 대사관을 두고 있군."

"알제르 공화국은 마석을 수출하는 나라니까 말이지요. 많은 나라가 대사관을 두고 있습니다. 저쪽에 보이는 건 '라셀 신성왕국'의 대사관입니다. 그다지 가까이 가지 않는 것을 권장합니다."

라셀 신성왕국은 호르파트 왕국의 이웃 나라다.

신성왕국을 사이에 끼고 그 건너편에는 밀렌 씨의 본가── 모국이 있다.

호르파트 왕국보다 땅은 작지만, 그래도 대국이다.

밀렌 씨는 이 신성왕국에 대한 견제책으로 호르파트 왕국에 시집와 우호의 가교가 된 것이다.

"이쪽에서도 분쟁 중인가?"

신성왕국과는 서로 대적하는 관계다.

분쟁이라도 있는 건가 싶었는데, 외교관은 어깨를 으쓱였다.

"마음에 들지 않는 녀석들이기는 합니다만, 이곳에 대사관을 둔 나라 입장에서 성가신 건 공화국이지요. 경비대의 태도는 어땠습니까?"

"최악이었지."

"방어전 무패의 강국이니까 말이지요. 태도도 거만합니다. 무엇보다 마석 수출로 이윤을 창출하고 있습니다. 지연은 풍족하고, 잠자코 있어도 돈이 벌리지요. 부러울 따름입니다."

공화국의 대지는 자연이 풍요롭고 농업도 왕성했다.

에너지 자원을 지닌 데다 조건이 좋은 토지.

통치자의 시선으로 보면 욕심이 날 정도로 갖고 싶은 영토였다.

외교관이 부러운 마음을 토로했다.

"최근에는 공업에도 힘을 쏟고 있어서 말입니다. 지력(地力)의 차이를 여봐란듯이 과시하고 있는 거지요."

"에너지 자원을 쥐고 있는 나라는 강하니까 말이지."

"백작께서 이해해 주시니 다행입니다. 그런 나라와 분쟁을 일으키지 말아 주십시오. 아니, 진짜로 조심해 주셨으면 합니다."

어딘가 불안해하는 듯한 외교관에게 나는 유감이라며 오해를 풀었다.

"내가 아무한테나 싸움을 거는 것처럼 말하지 말아 줘."

"율리우스 전하와 결투한 백작께서 그런 말씀을 하신들, 신용할 수가 없군요."

"결투는 그 녀석들이——"

목소리가 높아지려던 차에, 마차는 내가 살게 될 집에 도착했다.

깨닫고 보니, 마리에 일행이 타고 있던 마차는 보이지 않았다.

마차에서 내린 나는 주위를 둘러봤다.

정원이 딸린 소규모 저택이 늘어서 있어, 고급 주택가 같은 분위기가 느껴졌다.

소규모라고 해도 커다란 집인 건 변함이 없지만.

각각 3층 집에 작은 정원이 딸려 있는데, 집과 집의 거리가 가까웠다.

"단독주택인가?"

"네. 본래라면 큰 저택을 준비해야 했겠지만, 갑자기 유학이 결정된 것도 있고 하여 제시간에 맞춰 준비하지 못했습니다."

조금 떨어진 곳에서 노면전차의 벨 소리나 선로를 달리는 덜컹덜컹하는 소리가 들려왔다.

외교관이 그 소리의 정체를 설명하기 시작했다.

아무래도 내가 아무것도 모른다고 생각하는 모양이었다.

"지금 소리는 지면을 달리는 소형 배 같은 겁니다. 이 근방의 상공은 무턱대고 비행선을 띄울 수 없으니까 그걸 대신할 특이한 이동 수단이 있는 거죠."

"그건 그렇고, 마리에랑 다른 녀석들은?"

"——그게, 율리우스 전하를 비롯한 나머지 분들은 출신이 출신인지라, 그 좀 더 크고 넓은 저택으로 모셨습니다."

"뭐어~? 나만 따돌리는 거야?"

넓은 저택이라면 방 하나만 비워 줘도 편하게 지낼 수 있을 텐데.

그렇게 생각하고 있었더니, 외교관이 난처한 듯이 뺨을 손가락을 긁적였다.

"그게, 저기, 마리에 님은 여러 의미로 유명한 분이시니 말이죠. 만일 무슨 일이 생기면 저희로서도 곤란한지라…….."

그 순간, 나는 외교관이 무엇을 불안하게 여기고 있는지 눈치챘다.

내가 마리에에게 농락당하는 사태를 두려워하고 있는 거다.

외교관이 나와 마리에의 관계를 아는 것도 아니고, 불안해하는 것도 이해가 갔다.

무엇보다, 같은 저택에서 산다는 점 자체가 곤란한 이야기였다.

약혼자도 있는 마당에 다른 여자랑 산다는 게 이상한 거였다.

"그래, 이해했어. 그 녀석들과 같은 저택은 안 되겠군."

"이해해 주셔서 감사합니다. 그리고 무척 죄송한 말씀입니다만…… 사용인을 미처 고용하지 못했습니다."

너무 급하게 유학을 결정하는 바람에 현지에서 우릴 맞이할 준비가 제때 이루어지지 못한 모양이었다.

뭐, 어쩔 수 없지.

"신경 쓰지 않아도 돼. 이쪽이 급하게 유학을 결정한 탓이니까. 나보다 율리우스 쪽을 우선해줘."

"감사합니다."

내일은 이 주변을 안내하는 가이드가 온다는 말을 들은 뒤, 나는 저택으로 들어갔다.

나는 저택 현관까지 가서, 한동안 신세를 지게 될 내 집을 올려다봤다.

"──자, 그럼 2탄의 주인공님은 무사히 남자를 농락하고 있으려나?"

『지독한 대사군요.』

짐에서 모습을 드러낸 루크시온이 곧바로 내게 말을 걸었다.

주인을 주인이라고도 생각하지 않는 인공지능이 파트너라니, 나도 참 운이 없어.

◇

봄방학 중의 학원은 조용했다.

알제르 공화국의 학원은 학년마다 반을 나누어서, 한 교실에 30명 정도가 들어가게 되어 있다.

호르파트 왕국의 학원이 대학에 가까운 구조라면, 알제르 공화국의 학원은 고등학교에 가까웠다.

다만, 귀족도 평민도 상관없이 입학할 수 있는 공화국 학원이 왕국의 학원보다도 개방된 분위기를 갖고 있었다.

평소 모습과는 달리 조용한 건물 안을 교복 차림을 한 남녀 한 쌍이 걷고 있었다.

한쪽은 아주 평범해 보이는 소년이었다.

그의 이름은 【장】. 이 학원의 2학년으로, 평민 출신이기에 성이 없고, 중간 정도의 키에 중간 정도 체격으로 평범하지만, 성적이 우수하며 인망이 있는 소년이었다.

장은 난처한 듯한 미소를 띤 채 옆을 걷는 여자를 보며 화제를 던졌다.

"유학생 서포트 담당을 나더러 어떻게 하란 거지? 상당히 고귀한 사람들이라는 모양인데, 나 같은 게 상대했다간 저쪽이 화를 내는 게 아닐까?"

그러자 여학생이 비굴해진 장의 등을 두드렸다.

사이드 포니테일로 묶어놓은 금발은 끝자락이 약간 분홍색으로 물들어 있었고, 늘씬한 몸과 긴 팔다리는 마치 모델을 보는 듯했으며, 상냥한 노란색 눈동자는 힘이 깃들어 있어, 말괄량이 같은 분위기를 내고 있었다.

명랑한 목소리와 말투에서 털털한 성격이 엿보였다.

"마음 약하게 먹는 거 아니야. 너는 우리 대표니까, 가슴을 더 펴. 저쪽이 거만하게 굴면 한 방 때려 주도록 해."

"외국의 왕자님을?!"

"그 정도의 기개를 가지란 말이야. 게다가 상대도 나라를 짊어지고 있는 거잖아. 대놓고 바보 같은 짓은 하지 않을 거야. 우리하고는 다르게 말이지……."

진지한 표정을 짓는 여자에게, 장은 뭐라 대답해야 할지 몰라 곤란해지고 말았다.

"어, 저기……."

그걸 알아차리고, 여자는 웃어 보였다.

"남자니까 가슴을 더 펴고 기합 넣도록 해."

여학생은 그렇게 말하며 장의 등을 팡팡 두드렸다.

그녀의 이름은 【노엘 베르톨레】.

세상에는 몰락한 기사 가문 출신 여자――라고 알려져 있다.

교복 주머니에 손을 넣은 노엘은 늘 떠들썩하던 복도가 쥐 죽은 듯 조용해진 모습을 신기하다는 듯 바라보았다.

'왕국에서 온 유학생인가……. 이 나라 귀족보다는 제대로 된 사람이었으면 좋겠는데.'

노엘은 공화국 귀족을 좋게 생각하지 않았다.

"저기요, 그쪽도 나와 마찬가지로 서포트 담당이란 걸 잊은 건 아니겠지? 평소처럼 날뛰지 말아 줘."

걱정하는 듯한 장을 보고 노엘은 눈을 크게 뜨며 놀랐다.

"어라~? 날 그렇게 못 믿어?"

"그렇다기보다, 넌 귀족 상대로도 싸우길 마다하지 않잖아. 곧장 싸우려 드는 자세는 좋지 않아."

장이 노엘의 평소 태도에 주의를 주자, 노엘은 쑥스러움을 감추려는 것인지 자신의 머리카락을 만지작거렸다.

'그런 건 알고 있어. 하지만―― 저쪽에서 시비를 거는데 어떻게 해.'

장은 노엘을 정말로 걱정하고 있었다.

"올해는 6대 귀족 관계자도 많으니까 말이지. 큰 '가호'를 가진 사람들도 많다고."

"그래그래, 알겠어요~. ――나는 얌전히 있을게."

가호.

그건 성수가 인정한 사람만이 얻는 특별한 힘이다.

그 커다란 힘이 있기에, 6대 귀족들은 안심하고 공화국을 다스릴 수 있는 거다.

평민들에게 교육의 기회를 주는 것도 그들이 성수의 가호라는 큰 힘을 가지고 있기 때문이다.

평민들이 지혜를 얻어 반란을 일으킨들, 6대 귀족이나 그 관계자들은 전혀 두렵지 않은 거다.

그만큼 공화국 귀족들은 절대적인 힘을 가지고 있었다.

노엘과 장이 복도를 걷고 있었더니, 계단을 내려온 여자들과 마주쳤다.

그중 중심인물── 리더인 3학년 여자의 보라색 눈동자가 노엘에게 향했다.

입가에는 미소를 띠고 있지만, 눈빛은 차가웠다.

부드러운 옐로우 블론드 색깔 머리카락은 견갑골 부근까지 뻗어 있었고, 풍만한 몸은 어른의 매력으로 넘쳐나고 있었다.

노엘도 가슴은 남들만큼 있었지만, 그녀는 명백히 그 이상이었다.

조금 전까지 부드러운 분위기를 풍기고 있던 【루이제 사라 라우르트】는 노엘을 보더니 차가운 미소를 띠었다.

"어머, 설마 봄방학 중에도 너랑 마주치게 될 줄은 몰랐네."

측근으로 보이는 여자들이 머뭇머뭇 루이제 뒤쪽으로 물러섰다.

가슴 밑에서 팔짱을 낀 루이제와는 반대로, 노엘은 주머니에 손을 집어넣은 채 대응했다.

"──교사한테 불려 나온 것뿐이야."

"노엘?!"

귀족 상대로 겁먹지 않는 노엘의 태도에 당황하는 장을 무시하고, 루이제는 입가를 가리며 쿡쿡 웃었다.

"또 못된 일을 저질렀니?"

"뭐? 어째서 내가 잘못한 것처럼 말하는 건데? 유학생이 오니까 안내를 부탁받은 것뿐이야. 일일이 나한테 시비 걸지 마."

루이제 사라 라우르트── 그녀는 6대 귀족의 일각인 라우르트 가의 장녀다.

라우르트 가는 레스피나스 가가 몰락한 뒤에 의장 대리를 맡고 있다.

6대 귀족의 영애라는 것이 루이제의 입장이었다.

그리고 라우르트 가는 노엘의 본가와 인연이 있는 집안이다.

떠나가려 하는 노엘과 장 앞에 선 루이제는 얼굴을 가까이 대더니, 노엘의 사이드 포니테일을 손으로 아무렇게나 붙잡았다.

"——너를 보면 정말로 짜증이 치솟아."

6대 귀족 관계자를 앞에 두고 장은 아무것도 할 수 없었다.

하지만 노엘은 개의치 않고 루이제의 손을 쳐내다시피 하여 뿌리쳤다.

"적당히 해. 선배라고 해서 너무 우쭐대지 마."

루이제는 노엘한테서 거리를 벌리고는, 어깨를 으쓱여 측근들을 데리고 떠나갔다.

"어머, 무서워라. ——우쭐대고 있는 건 그쪽일 텐데 말이야."

루이제가 마지막으로 그런 말을 내뱉으며 측근들과 함께 멀어져 가자, 살아도 살아있는 느낌이 아니었을 장이 가슴을 쓸어내리고 있었다.

"노엘, 내가 그런 말을 하자마자 대귀족 공주님을 상대로 싸움을 걸다니."

울음을 터뜨릴 것 같은 장에게, 노엘은 머리를 긁적이며 사과했다.

"미안하게 됐어. 다음부터는 조심할게."

"──애초에 '다음'이라는 경우가 일어나지 않게 해줘."

반쯤 포기한 장과 둘이서 걷기 시작하자, 노엘은 조금 전의 분위기를 불식하고자 장에게 웃는 얼굴로 말을 걸었다.

"있지, 그것보다 말이야──"

말이 채 끝나기 전에, 이번에는 2학년 남자가 노엘과 장이 있는 쪽으로 성큼성큼 걸어왔다.

그 남자는 노엘과 같은 노란색 눈동자를 지니고 있었다.

중간 정도 길이에 삐죽삐죽하게 뻗친 빨간색 머리카락이 인상적이었다.

한눈에 봐도 금방 알 수 있는 미남이었지만, 눈매는 무척 날카로웠다.

그는 화난 태도로 둘에게 말을 걸었다.

"너희들, 언제부터 친해진 거냐?"

몸은 단련되어 탄탄해 보였고, 키가 크며 스타일도 좋았다.

다만, 그의 표정은 질투에 미쳐 있었다.

남자가 위에서 내려다보자, 장은 당황하여 잘 대답하지 못했다.

"아, 아뇨, 그게──"

그런 장을 대신하여 노엘이 대응했다.

"유학생 서포트 담당으로 선발된 거야. 그에 관한 설명을 듣고 지금은 교무실에서 돌아가는 도중이고."

노엘이 설명해도, 남자는 전혀 시선을 누그러뜨리지 않았다.

"정말이겠지?"

남자가 의심하자, 노엘은 짜증이 나고 말았다.

"하, 왜 내가 너한테 일일이 확인을 받아야 하는데? 장, 그만 가자."

"노엘?! 저 사람은——!"

"몰라!"

장을 붙잡고 떠나가는 노엘을 바라보며 남자는 목소리를 높였다.

"노엘! 나는 포기하지 않는다! 너는—— 너는 이 나의 여자다!"

"멋대로 정하지 마!"

그의 이름은 【로이크 레타 발리에르】—— 6대 귀족, 발리에르가의 후계자였다.

그러나 노엘은 로이크 쪽을 뒤돌아보더니 혀를 내밀었다.

"인제 그만 포기하라구, 브아~보."

그런 노엘을 보고, 장은 양손으로 얼굴을 덮고 말았다.

⭐ 제02화 「학원」

학원의 신학기.

아침 일찍 눈을 뜬 나는 침대에 걸터앉으며 루크시온과 이야기를 하고 있었다.

"그쪽 상태는 어때?"

공화국에 오고 나서 루크시온은 정보를 수집하고 있었다.

우선은 주인공 탐색이다.

다행히 공략 대상 남자는 금방 찾아낼 수 있었다.

주된 공략 대상은 빨간 머리카락이 특징적인 【로이크 레타 발리에르】다.

마리에가 말하길, 2탄의 공략 대상들은 개성이 강하다는 듯하다.

율리우스나 그 바보 녀석들도 상당히 개성적이라고 생각하는데, 그 이상이라니 무시무시하군.

로이크는 발리에르 가의 후계자로, 주인공과 친해지기 쉬운 모양이다.

가장 가능성이 높은 건 이 녀석일 것이다.

『먼저 세수를 하고 오시면 어떻습니까?』

루크시온은 졸려 보이는 나한테 씻고 준비하는 게 어떻겠냐고 말했지만, 나는 눈을 비비면서 거부했다.

"신경 쓰이니까 얼른 알려줘."

『어쩔 수 없군요. 그러면 우선 결론부터── 아직 특정하지 못했습니다.』

"뭐?"

내가 어처구니없는 목소리를 내자, 루크시온이 변명하기 시작했다.

『애초에, 어제까지가 봄방학 기간이었으니까요. 학원 내에서의 인간관계를 조사하기에는 시기가 안 좋았습니다. 그리고 문제도 발생했습니다.』

"무슨 문제?"

옷 속에 손을 넣고 가슴 부근을 긁적이며 물어보자, 예상조차 하지 않았던 대답이 돌아왔다.

『마리에의 정보로부터, 주인공인 베르톨레라는 성씨를 지닌 학생을 탐색한 결과, 후보를 10명 가까이 확인하여 특정을 시도했습니다.』

"어? 거기까지 한 거야? 그러면 금방 알잖아? 트윈테일에 털털한 여자라고."

『──특정을 시도한 여자가, 정보에는 없는 쌍둥이였습니다. 어느 쪽이 주인공인지 현재 완전히 특정하지 못한 상태입니다. 그 때문에 마스터와 마리에한테 확인을 받을 필요가 있습니다.』

"뭣……."

어이! 주인공이 쌍둥이라는 이야기는 없었잖아!

◇

한편 그 무렵.

마리에 일행이 사는 저택은 소란스러웠다.

율리우스와 귀족가 자제들을 위해 마련된 저택은 건물도 정원도 현관도 넓었다.

그야말로 마리에가 꿈에서 그릴 듯한 귀족 저택이었다.

하지만 현실은 비정했다.

그런 커다란 저택을 관리하기 위한 일손이 부족했다.

"내가 말했지? 말했었지?! 오늘부터 신학기니까 미리 준비하라고 말했었지?!"

분주하게 교복을 꺼내고 있는 건 율리우스를 비롯한 바보 5인조였다.

율리우스는 마리에를 앞에 두고 고개를 갸웃했다.

"아니, 채비를 갖추려고 했다만, 교복이 준비되어 있지 않았다."

질크도 고개를 끄덕였다.

"교복이 준비되어 있을 줄 알았는데 말이죠."

마리에는 머리를 감싸 쥐었다.

"사용인 같은 건 한 명도 없어! 너희들 스스로 준비해야 한다고!"

카일이나 카라는 꾸물대고 있는 다섯 명이 입을 교복을 준비하고 있었다.

그렉이 셔츠를 받아 들고 옷을 갈아입으며 말했다.

"카일이 있잖아."

당사자인 카일은 아침부터 땀범벅이 되어 있다.

"너 바보 아니야? 여덟 명 몫의 식사 준비나 그 밖의 여러 가지를 나 혼자서 다 해낼 수 있겠냐?"

다림질 중인 카일이 그렇게 말하자, 그렉이 이마에 핏대를 세웠다.

"뭐라고!"

그러자 브래드가 바지를 입고 밑자락을 확인하면서 그렉을 타일렀다.

"아침부터 화내지 마. 그것보다 기장 길이가 내 취향이 아니네. 카라 양, 다시 해줘."

모두가 입을 교복의 옷단을 맞추느라 바쁜 카라는 울상이 되어 있었다.

"오늘은 참아 주세요!"

"아니, 안 돼. 나는 기장 길이가 신경 쓰이는 성격이니까 말이야. 곧바로 부탁해."

브래드가 바짓단을 올려 달라고 요구하자, 카라는 산더미처럼 쌓인 교복과 시계를 번갈아 쳐다봤다.

마리에를 보며 "마리에 님, 제시간에 못 맞추겠어요~!"라며 눈물을 흘렸다.

마리에는 브래드의 머리를 후려치며 "지각하잖아! 오늘은 그냥 참아!"라며 주의를 줬지만, 문제는 잇따라 일어났다.

교복을 입은 크리스는 한가한지 목도를 손에 쥐었다.

"조금 땀을 흘리고 오지."

마리에는 그런 크리스를 제지했다.

"땀 흘리니까 그만둬어! 이제 곧 출발이니까 참으란 말이야!"

아침부터 소란스러운 마리에 일행의 저택.

마리에는 생각했다.

'이쪽에 오고 나서부터 정말로 바빠 죽겠어!'

이렇게 된 건 호르파트 왕국의 왕비인 밀렌의 지시 때문이었다.

유학하며 고생을 시키기 위해 일부러 사용인 수를 줄인 것이다.

그 때문에 마리에는 공부 외에도 평소 생활에 관해 생각해야만 했다.

본래라면 율리우스나 다른 사람들과 협력하여 자신들의 힘으로 살아가야 하는데——.

"그런데, 시업식에는 늦지 않고 갈 수 있는 건가?"

——율리우스는 느긋하게 시계를 보고 있을 뿐이었다.

마리에가 소리 질렀다.

"아아아아아아!!"

'너희들도 도우란 말이야아아아!!'

저택에 마리에의 목소리가 울려 퍼졌다.

◇

알제르 공화국 학원.

응접실에서 소파에 앉은 나는 회중시계로 시간을 확인했다.

뭐라고 할까, 건물부터 실내 도구에 이르기까지, 쓸데없이 호화로웠다.

알제르 공화국이 얼마나 돈이 많은지 알 수 있는 대목이었다.

마리에 일행을 기다린 지 이미 15분이 지났지만, 당사자들의 모습은 전혀 보이지 않았다.

나를 상대하고 있던 교사는 볼일이 있어 자리를 비우고 말았다.

"첫날부터 지각이라니 정말로 기가 막히는군."

내 옆에서 주위에 녹아들어 모습을 나타내지 않는 루크시온이 공중에 영상을 투영하기 시작했다.

학원에 뿌려 놓은 드론이 계속해서 정보를 모으고 있는 모양이었다.

그중에 마리에 일행이 서둘러 학원을 향해 오고 있는 영상이 있었다.

『아무래도 전날 준비를 게을리하고 있었던 모양입니다.』

"쯧, 본격적으로 시작하기 전에 여러 가지로 이야기해 두고 싶었는데 말이지."

지금의 나한테는 게임 2탄의 지식이 전혀 없는 탓에 루크시온이 모은 정보 중 어느 것이 올바른지 판단할 수 없었다.

"결국 어느 쪽이 주인공인지 알지 못한 채인가."

『사전 정보로는 트윈테일이라고 했습니다만, 양쪽 다 사이드테일 헤어스타일이네요.』

"쌍둥이인 것도 놀랐지만, 헤어스타일 정보가 달라서 판단이 서지를 않는군. 어째서 양쪽 다 사이드테일인 거냐고. 한 명은 트윈테일로 하란 말이다."

트윈테일 주인공이 두 명이 되어서, 헤어스타일도 사이드테일이 된 건가?

생김새도 쌍둥이라 다른 점이 거의 없었다.

단지, 루크시온의 조사로는 두 사람은 성격에 차이가 있는 모양이었다.

활발한 노엘은 이리저리 움직여 다니며 건강한 체질.

렐리아 쪽은 일반적인 여자애라는 느낌이라고 했다.

그리고 정보를 보는 한, 머리카락 색깔이 조금 달랐다.

나머지는 가슴의 크기 정도이려나.

노엘 쪽이 더 크다. C컵 정도일까?

"머리카락 색깔과 가슴을 보면 적어도 헷갈리진 않겠군."

『최악의 구별법이군요.』

"아니, 그보다 머리카락 색깔이 핑크색이라니, 원래 머리인가? 이세계란 굉장하네."

『이야기를 돌리셨군요.』

장황하게 대화를 계속하고 있는데, 루크시온이 갑자기 입을 다물었다.

주위 영상이 사라진 것을 보니 사람이 가까이 오고 있는 모양이었다.

등을 쭉 펴고 바로 앉자, 교사가 응접실에 남자와 여자를 데리고 들어왔다.

"오래 기다리셨습니다. 나머지 유학생들도 도착하였으니 이제부터 교실로 안내하겠습니다. 그리고, 이 두 사람이 교내에서 안내 역할을 맡을 학생입니다."

한 명은 수수하지만 온순해 보이는 남자였다.

"장입니다. 모르시는 게 있다면 편하게 질문해 주십시오."

다만, 또 다른 여자 한 명이 문제였다.

"잘 부탁해."

두 사람이 왕국어를 유창하게 구사하여 말했다.

남자는 격식을 차린 말투였지만, 여자 쪽은 스스럼없는 편한 말투였다.

그러나 가장 큰 문제는 이 여자가 주인공 후보라는 점이었다.

노엘 베르톨레가 싹싹해 보이는 미소를 지으며 내 앞에 서 있었다.

나는 놀라서 한순간 뜸을 두고 말았고, 두 사람이 난처한 표정을 짓고 있었다.

"의, 의미가 안 통했나?"

"딱히 문제없었다고 생각하는데?"

나는 손짓과 농담을 섞어 가며 왕국어로 대답했다.

"아니, 너무나도 유창해서 놀란 것뿐이야. 나는 리온이다."

무난하게 인사를 돌려주었지만, 속으로는 갑작스러운 주인공 후보의 등장에 당황하고 있었다.

──이렇게 갑자기 만나게 될 줄이야.

◇

시업식에는 참가하지 않았다── 아니, 정확히는 제시간에 맞춰 참가하지 못했다.

인사는 반에서 하게 되었는데, 은근히 쓸쓸한 첫 출발이었다.

우리는 각 반에 두 명씩 배정되었다.

왕국의 학원은 대학에 가까운 분위기였지만, 공화국 학원은 고등학교 시절로 돌아온 듯한 느낌이었다.

교실의 구조도 전생의 초, 중, 고등학교에서 보아 익숙한 그 느낌 그대로였다.

애초에 일본의 학교를 모델로 삼고 있기에 비슷한 게 당연하겠지만.

책상이나 의자까지 전생의 학교에서 쓰던 것과 유사했다.

세부적인 차이는 있지만, 어쨌든 이 교실에 교복 차림으로 앉아 있자니 묘한 느낌이 들었다.

주위 학생들의 머리카락 색깔이 빨간색이나 파란색 등으로 화려한 것도 신기하게 보였다.

내가 그리움과 위화감이 뒤섞인 교실을 멍하게 바라보고 있자니 앞자리에 앉아 있던 여자가 내 쪽으로 뒤돌아봤다.

바로 그 여자── 노엘이었다.

"저기, 그 나이에 기사라는 거, 정말이야?"

아무래도 유학생인 내게 흥미가 있는 모양이었다.

얌전함과는 거리가 있다고나 할까, 노엘은 활발하여 무엇에든 흥미를 나타내는 여자였다.

바꿔 말하면, 침착함이 없었다.

"사실이야."

나는 짤막하게 대답했다. 딱히 상대가 싫어서가 아니라, 아직 공화국 말이 익숙하지 않아서였다.

무엇보다, 눈앞의 여자가 주인공일 경우 내가 깊게 얽히는 건 그다지 바람직하지 않은 일이었다.

마리에 말로는 그 여성향 게임에도 왕국에서 유학생이 오는 이벤트가 있는데, 1탄 클리어 데이터가 있으면 율리우스 일행이 유학을 온다고 했다.

단, 유학 오는 것은 한 명뿐. 우리처럼 바보 5인조와 그 덤 세 명이라는 규모는 아니란다.

"발트파르트는 대단하네. 백작가의 후계자였던가?"

내 나이에 작위를 가지고 있다고는 생각하지 않는 모양이었다.

"아니, 후계자가 아니라 백작이야. 벼락출세라는 거지."

"그 나이라도 공훈을 세우면 백작이 될 수 있어? 왕국은 굉장하네!"

노엘이 계속 내게 말을 걸어 주었지만, 사실 이건 그녀의 흥미보다는 동정에 가까웠다.

어째서냐 하면——.

"브래드 님, 좀 더 이야기를 들려주세요!"

"치사해~. 저하고도 이야기해 주세요!"

"저, 어떤 타입의 여성이 취향이신가요?"

브래드는 내심 이 상황이 마음에 드는지, 기쁜 듯이 여자들을 상대하고 있었다.

애초에 브래드는 나르시시스트다.

이미 자기를 칭찬하는 목소리에 흠뻑 취해 있었다.

"내 취향인 타입? 작은 몸집에 덧없는 분위기를 지닌 여성이야. 실은 약혼자가 있어서 말이지. 미안하지만, 너희들의 마음에는 답해줄 수가 없어."

그러자 여자들이 새된 목소리를 냈다.

"브래드 님, 약혼자가 있으신 건가요? 게다가 한 사람만을 바라본다니, 너무 멋져요!"

——교실 안의 여자들이 온통 브래드 주위를 둘러싸고 있었다.

뭐, 잠자코 있으면 얼굴만은 잘생겼으니까 말이지.

마치 교실 안에 아이돌이 있는 것만 같은 분위기였다.

노엘이 그 광경을 보고 난처한 듯이 웃었다.

남자들은 이미 브래드한테 질투를 불태우느라, 나한테 말을 걸어 오지도 않았다.

즉 나는── 수수하게 모브다운 배경 역할을 철저히 해내고 있었다.

"아~, 뭐라고 해야 하나── 미안해. 다들 들떠 있어서 말이야."

"신경 쓰지 않아도 돼. 왕국 학원에서도 비슷한 느낌이었으니까 말이지."

딱히 유감스럽다고 생각하지도 않지만, 노엘은 신경을 써서 말을 건네주었다.

기가 세 보이는 여자지만, 상냥함도 같이 갖추고 있는 모양이었다.

역시나 주인공 후보라고 해야 할까?

자, 그럼 나도 정보를 수집하도록 하자.

"그런데 노엘 양은 자매라든가 있어?"

"있어. 나 실은 쌍둥이야. 여동생이 있어."

노엘은 즐겁게 여동생 이야기를 했다.

"덜렁대는 나랑 다르게, 얌전하고 요령이 좋다고 할까? 머리도 좋고 의지가 되는 동생이야. 그리고 유감이지만 연인이 있으니까, 꼬시거나 하지는 말아 줘."

"──흐음, 그건 아쉽게 됐네. 노엘 양은?"

나도 미인에 성격도 좋은 약혼자가 두 명이나 있어! 라고 말할 뻔했지만, 말을 삼켰다.

약혼자가 두 명이나 있다니, 조금 말하기 힘들다. 그리고 저쪽에서 그 화제를 물어도 곤란하니까 잠자코 있는 게 최선이리라.

"편하게 불러도 돼. 나는 덜렁대는 성격도 있고 해서 솔로야. 그리고 성가신 녀석이 시비를 걸어 대고 있어서 남자들이 가까이 오지 않아. 남자친구 절찬 모집 중이야."

이야기하고 있으면 즐거운 여자였다.

다만 '성가신 녀석이 집적댄다'와 '지금은 솔로'라는 점이 조금 신경 쓰였다.

여동생에게는 연인이 있지만, 지금으로서는 어느 쪽이 주인공인지 결정적인 단서가 없었다.

이렇게 되면 가능성이 있는 건 여동생 쪽인가?

그리고 또 하나 더.

"성가신 녀석이라니?"

"이제 막 온 참이니, 말해도 잘 모르겠지만, 라우르트 가의 공주님이야. 나한테 계속 시비를 걸어 대니까 민폐도 이런 민폐가 없어."

최종 보스의 가문명이 나왔다.

게다가 그 집안의 공주님이 시비를 걸고 있다?

"——나도 리온이라고 편하게 불러도 돼."

브래드 주위에서 들려오는 새된 목소리보다도, 나는 주인공이 어느 쪽인지 신경 쓰이는 참이었다.

◇

학원 건물 뒤.

건물에 빛이 가려져 으슥하니 약간 서늘했지만, 사람이 없기 때문에 안성맞춤이었다.

방과 후에 마리에를 불러 지금까지 모은 정보로부터 주인공을 좁혀 보려고 했지만—— 마리에는 잔뜩 지친 얼굴로 푸념만 늘어놓고 있었다.

"나는 말했는걸. 잘 준비해 둬, 라고 전날에 말했단 말이야. 그런데도 내가 잘못한 것처럼 혼나는 건 어떻게 된 거야? 나는 잘못한 거 없어!"

오늘은 시업식이나 입학식만 하고, 그 뒤에는 귀가하게 되어 있었다.

아직 해도 높이 떠 있고, 시간상으로는 정오가 막 지난 무렵이었다.

왕국 학원과 공화국의 학원은 큰 차이가 몇 가지 있는데, 그중하나가 공화국 학원은 전교생 기숙사제가 아니라는 점이었다.

그 때문에 방과 후가 되면 사람이 단번에 적어졌다.

"푸념은 됐으니까, 우선 주인공이 어느 쪽인지 알려줘."

"응? 특징은 가르쳐줬잖아?"

"——일단, 이걸 봐라."

마리에는 루크시온이 공중에 투영한 영상을 봤다.

그러자 눈을 크게 뜨고 머리를 감싸 쥐었다.

"쌍둥이라니 뭐야?! 이런 건 듣지 못했어!!"

"그러니까 곤란해하고 있는 거잖냐. 어쨌든 어느 한쪽이 주인 공인 건 틀림없을 거다. 성격상으로는 노엘 쪽이 주인공에 가까운 거 같지만, 연인이 있는 건 렐리아 쪽이더군."

여러 가지로 물어봐서 알아내긴 했지만, 나로서는 판단할 수 없었다.

마리에가 두 사람의 얼굴 사진을 보며 생각에 잠겼다.

"헤어스타일이 다를 거라고는 생각도 못 했고, 애초에 일러스 트에서도 그다지 전면에 나오는 느낌이 아니었으니까 봐도 모르 겠어. ——아, 잠깐만! 드레스를 착용한 일러스트는 확실히 머리 카락을 한쪽으로 묶고 있었어."

루크시온이 개인적인 견해를 말했다.

『게임과는 다르게 헤어스타일 같은 건 바꾸려고 생각하면 얼마 든지 바꿀 수 있으니까 말이죠.』

그렇다면 헤어스타일은 문제가 아닌 걸까?

얼른 주인공을 찾아내서 사랑의 큐피드 역할에 전념하려고 결 심했는데, 설마 이런 곳에서 발목을 잡힐 줄이야.

"렐리아의 연인 말인데, 이 시기에 사귀고 있어도 이상하지 않 은 건가?"

나는 2탄을 플레이하지 않았기에 어디서 연인관계가 성립하는 지 알지 못했다.

마리에는 입가에 손을 대었다.

"시기상으로는 2학년 중반 정도이려나? 그래도 친해지기 시작하면 주위가 그런 말을 꺼내는 이벤트도 있었던 듯한—— 어라? 다른 게임이었던가?"

마리에는 애매한 기억에 의지하여 그 여성향 게임 2탄에 관해 떠올리고 있었다.

"분명, 결투 소동이 일어나고 거기서 주인공을 지켜주는 존재가 연인이 돼. 후보가 여럿 있으면, 거기서 선택하는 느낌이었던가?"

"또 결투냐……."

1탄도 결투가 있었다.

여성 플레이어한테는 남자가 자기를 위해 싸워 주는 상황이 기쁜 것일까?

"연인 사진 같은 건 없어?"

마리에가 그렇게 말하자, 루크시온이 곧바로 동영상을 재생했다.

『이건 30분 전의 모습입니다.』

영상에 등장한 것은 노엘과 닮은 여자였다.

——렐리아다.

노엘보다도 진한 핑크색 머리카락에, 곱슬곱슬함이 없는 직모였다. 노엘도 약간 기가 세 보이는 생김새지만, 렐리아는 노엘보다도 한층 더 기가 드셀 것 같은 느낌이 들었다.

또 한 명은 남자로, 파란 머리카락이 특징적이었다.

반들반들한 파란 머리카락이 어깨까지 뻗어 있었다.

녹색 눈동자에 키는 평균보다도 약간 작은 정도일까? 날씬한 체격이라 어딘가 미덥지 못한 느낌은 있지만, 상냥해 보이는 남자였다.

마리에는 곧바로 남자의 이름을 맞혔다.

"에밀! 안전패 에밀이잖아!"

"——뭐야, 그 떨떠름한 별명은?"

그의 이름은【에밀 라즈 플레벤】.

6대 귀족인 플레벤 가 출신 차남이라는 것 같다.

공략 대상 중 한 명으로, 마리에 말로는 '안전패 에밀'이라는 너무한 호칭이 붙어 있단다.

"공략하기 쉬운 캐릭터야. 게임에서는 어느 정도 실패해서 연인이 생기지 않아도 중반에 에밀을 선택하면 클리어할 수 있어."

나는 영상 속의 두 사람을 봤다.

영상 속 두 사람의 대화가 들려왔다.

「렐리아, 다음 주 휴일 말인데, 그—— 데, 데이트하러 가지 않을래?」

빨개진 얼굴로 렐리아를 데이트에 권하는 에밀이 너무 풋풋해서 절로 미소가 지어졌다.

다만, 렐리아는 이미 이런 반응이 익숙한 듯 보였다.

「좋아. 단, 미술관을 돌아보는 건 없기야. 다음은 쇼핑이 좋아.」

「어? 안 돼?」

「──저번에도, 그전에도, 전부 미술관 관람이었잖아. 가끔은 다른 데이트도 하잔 말이야.」

「으, 응. 그러네.」

마리에는 그 대화를 유심히 듣고 있었다.

나는 그런 마리에한테 물어봤다.

"어쩌 보고 있는 내가 부끄러워지는군. 그래서, 네가 보기엔 어떠냐? 역시 렐리아가 주인공인 거냐?"

마리에는 진지한 표정으로 고개를 끄덕였다.

"아마도. 이 대화, 이벤트에서 본 듯한 느낌이 들어. 에밀은 공략 대상이고, 시기상으로는 약간 이르긴 하지만 게임에서도 이 정도쯤에 친해진 듯한 느낌도 들어."

세부적인 부분까지는 기억하고 있지 않은 것 같지만, 이런 대화도 있었을 거라고 마리에는 말했다.

루크시온이 영상을 껐다.

『그러면, 렐리아가 주인공이라는 말입니까?』

마리에는 팔짱을 꼈다.

"철석같이 왕도인 로이크라고 생각했는데, 에밀을 노린다니 의외였어."

왕도인 로이크.

하지만 주인공인 렐리아가 선택한 것은 안전패 에밀.

"나로서는 주인공이 생각했던 것보다 평범한 여자로 보이는데. 분위기만이라면 노엘 쪽이 주인공답다고 생각하는데 말이야."

쌍둥이지만 다른 점이 많았다.

"그래? 하지만 에밀이랑 사귀고 있다면 렐리아가 주인공이겠네. 여기에다 악역 영애가 시비를 걸고 있다면 퍼펙트야."

——악역 영애? 1탄의 안제 같은 포지션인가.

"2탄에도 악역 영애가 있나 보군."

"사랑의 라이벌이라는 것뿐만이 아니야. 질긴 인연인 라우르트 가문의 딸이기도 해. 한 살 연상으로, 지근덕지근덕하게 시비를 걸어오는 여자거든."

"뭐? 잠깐만."

"왜?"

나는 노엘의 말을 떠올렸다.

노엘은 라우르트 가의 공주님이 자신에게 시비를 걸어 댄다고 말했을 터다.

"그 악역 영애 말인데, 노엘한테 시비를 걸고 있다는 것 같아."

자매 모두에게 시비를 걸고 있다고는 말하지 않았다.

마리에가 얼굴을 찌푸리고는 그대로 머리를 감싸 쥐었다.

"——이젠 모르겠어!"

대체 어떻게 되어 있는 거지?

루크시온이 우리에게 조언했다.

『주인공이 지닌 힘의 원천은 무녀의 혈통이라고 판단됩니다. 이 경우, 양쪽 다 '주인공이 될 수 있는 존재'일 가능성이 있겠군요.』

마리에가 고개를 들었다.

"그, 그래 맞아! 주인공은 레스피나스 가의 생존자로, 무녀가 될 혈통이었어. 그러니까 어느 쪽이 주인공이어도 이상하지 않을 거야!"

"쌍둥이가 되어서 역할 분담이라도 하고 있다는 건가? 한 명은 연인을 만들고, 다른 한 명은 악역 영애의 타겟이 된다는 식으로 말이지."

"모르겠어……."

마리에가 죽는소리를 했지만, 그건 나도 마찬가지다.

도대체, 알 수가 없다.

하지만―― 최악의 상황도 아니었다.

"어찌 되었건, 조사가 필요하다는 점에는 변함이 없나."

『네. 계속해서 조사하겠습니다.』

결국 어느 쪽이 주인공인지 알 수 없었다.

다만, 손 쓸 수 없는 상황은 아니라는 것도 확실했다.

◇

방과 후의 학원 건물 안.

브래드는 여자들에게 둘러싸여 있었다.

"브래드 님, 이쪽이 특별교실이 있는 건물이에요."

"음악실도 있답니다."

"가정과에서 사용하는 조리장도 있어요. 여자는 거기서 과자도 만들고 있어요. 제가 만든 쿠키를 먹어 주세요."

여자들이 나서서 안내 역할을 맡았기 때문에 이렇게 둘러싸인 채로 건물 안내를 받고 있었다.

브래드는 아주 싫지만도 않은 듯 보였다.

"고마워."

브래드의 미소에 뺨을 물들이는 학원 여자들.

그 모습을 바라보는 남자 집단이 있었다.

계단에 걸터앉아, 교복을 아무렇게나 풀어헤쳐 입고 있는 질 나쁜 무리였다.

개중에서도 리더 격인 남자는 이마에 핏대를 세우고 있었다.

곱슬기가 있는 짧은 보라색 머리에 보라색 눈동자.

자기와 같은 머리카락 색깔을 지닌 브래드가 여자들한테 인기가 많은 것이 마음에 들지 않는 모양이었다.

다만, 그는 브래드 같은 미형은 아니었다.

몸은 말랐고, 피부 색깔도 건강해 보이지 않았다.

근처에는 내용물이 반절까지 줄어든 술병이 놓여 있었다.

그의 이름은【피에르 이오 페베르】.

6대 귀족인 페베르 가문 출신 차남이었다.

후계자는 아니지만, 6대 귀족 출신이기 때문에 주위에는 측근들이 있었다.

다들── 오른손 손등에 문장(紋章)이 떠올라 있었다.

문신도 아니며 멍도 아니다.

그건 성수의 가호를 받았다는 증표였다.

그리고 그중에서도 피에르는 6대 귀족 출신자에게만 주어지는 문장을 가지고 있었다.

공화국 사람에게 문장은 귀족의 증표이기도 했다.

"어째서 삼류 국가의 귀족을 치켜세워주고 있는 거지?"

측근들이 짜증을 내는 피에르를 식은땀을 흘리며 달랬다.

"피에르 씨가 신경 쓸 만한 녀석들이 아닙니다."

"그래요. 주위 여자는 평민들뿐이지 않습니까. 호르파트의 귀족에 잘 어울리는 녀석들이래요."

"피에르 씨의 적이 아니죠."

술병을 손에 든 피에르는 주위 측근들이 자신을 치켜세워주는 말을 들으며 단숨에 술을 들이켰다.

그리고 넘쳐흐른 술을 교복 소매로 닦고, 입꼬리를 올린 채 기분 나쁘게 웃었다.

"오랜만에 가지고 놀아보도록 할까."

"조금 전 녀석들을 말입니까?"

"그것도 좋지만, 호르파트 녀석들을 괴롭히면서 가지고 노는 것도 즐겁겠군. 욱해서 전쟁을 시작해 온다면 이 몸도 공훈을 세울 수 있고 말이다."

전쟁을 가볍게 생각하고 있는 듯한 발언이었다.

하지만 이건 피에르만 그런 게 아니었다.

"좋군요. 그때는 저도 참가시켜 주시죠."

"저도 부탁합니다, 피에르 씨. 공훈을 세워서 입지를 강하게 만들어 두고 싶으니 말입니다."

"저도!"

그렇게 말하며 미소를 띠는 주위의 측근들.

왕국과 전쟁을 벌인다는 말을 들어도 딱히 놀라는 사람은 없었다.

오히려 고대하고 있다는 듯한 태도였다.

자기들은 질 리가 없다고 굳게 믿고 있는 듯한 태도인데, 그 원인은 오른손 손등에 떠올라 잇는 문장에 있었다.

피에르가 문장을 바라보았다.

"좋아. 즐겨보자고. 자, 그럼 우선은── 저것들을 도와주는 담당 녀석들이 있었지."

맨 처음 타겟으로 삼은 것은 왕국의 유학생이 아니라 그 주변 인물이었다.

"저것들을 자근자근 괴롭혀서, 어디쯤에서 폭발할지 확인해 보는 것도 재미있겠군."

비뚤어진 성격을 지닌 피에르는 왕국 유학생들을 타겟으로 삼았다.

◇

렐리아와 노엘 쌍둥이 자매가 사는 곳은 평범한 맨션이었다.

학원에서 멀리 떨어진 것도 아니며, 청결하고 두 사람이 생활하는 데 곤란함이 없는 넓이.

이 집을 마련한 것은 레스피나스 가의 전 가신들이었다.

지금도 두 사람을 남몰래 지원해 주고 있었다.

한창나이의 여자인 두 사람이 사는 맨션은 화이트를 기조로 한 방이었다.

깔끔한 이 집 부엌에서 노엘이 앞치마 차림으로 요리를 하고 있었다.

콧노래를 흥얼거리고 있자, 렐리아가 돌아왔다.

"다녀왔어."

냉담한 목소리에, 노엘은 기운차게 대답했다.

"어서 와~. 저녁은 조금만 더 있으면 준비돼."

"그래."

언니인 노엘과 달리 태도가 무척 차가웠다.

노엘은 지친 기색을 보이는 렐리아를 걱정했다.

"무슨 일 있어?"

"──언니, 유학생 서포트 담당으로 뽑혔었지?"

"응. 네가 거절했으니까 말이야."

노엘은 어째서 그런 이야기를? 이라는 태도였다.

렐리아가 진지한 표정을 지었기에 냄비를 가열하던 불을 끄고 허리에 손을 댔다.

"유학생들한테 특이한 점은 없어?"

"특이한 점? 여러 가지가 있지만, 다들 상당한 인기인이었어. 여자들이 엄청 떠들썩한 건 너도 알고 있지 않아?"

"그건 알아. 신경 쓰이는 건—— 그다지 눈에 띄지 않는 남자랑 나머지 여자 두 명이야."

눈에 띄지 않는 남자라는 말을 듣고 노엘은 곧바로 리온의 얼굴이 떠올랐다.

"리온 말이야? 그러고 보니 네 이야기에 흥미를 보이더라. 남자친구가 있다는 말을 듣고서는 아쉬워했지만 말이야."

노엘은 웃으면서 그렇게 말했지만, 렐리아는 전혀 웃고 있지 않았다.

노엘은 평소와 낌새가 다른 여동생이 신경 쓰였다.

"왜 그래?"

"——아무것도 아니야."

렐리아는 그렇게 말하고는 자기 방으로 들어가고 말았다.

★ 제03학 「쌍둥이」

호르파트 왕국의 학원.

신학기가 시작되면서 안제도 함께 바빠지고 있었다.

공국과의 싸움 이후로 동급생 수가 줄었다.

배신, 관망 등 다양한 이유로 작위를 박탈당한 귀족이 많은 탓이었다.

거기다 학원이 정식으로 전속 사용인 제도를 폐지하면서 학원 안은 한층 더 인기척이 적어졌다.

반대로 안제의 입장은 더욱 커졌다.

오늘도 학원 내부 일로 상급생과 논의가 예정되어 있었다.

이전에 리온이 다회에 자주 썼던 방에서 안제는 클라리스를 보며 물었다.

"여학생의 불만?"

"그래. 지금까지는 전속 사용인이 있었으니까 말이야. 아침에 일어나는 것도, 몸단장도 전부 사용인이 해줬어. 하지만 갑자기 폐지됐잖아? 지각뿐만이 아니라 몸단장도 하지 못하는 애가 많아."

그 말을 듣고 안제는 어이가 없어서 눈을 감았다.

"왕궁은 이걸 계기로 여자도 엄격하게 교육할 생각이다. 그렇게 불만이라면 퇴학시켜 주면 돼."

"그럴 수도 없는 노릇이야."

클라리스는 컵 가장자리를 손가락으로 훑고 있었다.

"그건 그렇고, 리온 군의 차가 그립네."

"……무슨 의미지?"

안제가 노려보자 클라리스는 스리슬쩍 화제를 얼버무렸다.

"글쎄? 무슨 의미려나. 그것보다 편지는 왔어?"

리온에게서 편지가 오고 있냐는 질문을 받고, 안제의 뺨이 살짝 물들었다.

"으, 음. 오고 있다. 며칠 간격이지만 저쪽에서 열심히 하는 모양이다."

"제법 부지런히 쓰네."

클라리스는 의외라고 말하고는 또다시 화제를 바꿨다.

"안젤리카, 여자도 문제지만 남자 쪽도 문제가 증가하고 있어."

"남자 쪽도?"

"어쩐지 납득하지 못하는 것 같아. 갑자기 여자의 태도가 변해서 난처해하는 애도 많고."

예전보다 대우는 좋아졌을 터인데, 남자 쪽도 불만이 있는 모양이었다.

안제는 어떤 불만인지 물어봤다.

"나한테는 아무 말도 안 들려온다만?"

"안젤리카는 리온 군의 약혼자니까 말이야. 리온 군은 일부 남성에게서 탄탄한 인기가 있잖아? 그런 리온 군의 약혼자를 곤란하게 만들고 싶지 않은 거겠지."

리온은 남자들을 부조리한 환경에서 탈출시켜주면서 남자들 사이에서 인기인이 되어있었다.

특히 다니엘이나 레이먼드 등 변경의 가난한 귀족 사이에서는 강한 지지를 받고 있었다.

입으로는 이러쿵저러쿵 말해도, 그들에게 리온은 은인이었다.

하지만 그런 학원 남자 이외—— 학원 밖에도 리온에게 호감을 품는 남자들이 있는 모양이었다.

"마치 팬이네. 일부는 정말로 연애 대상으로 보고 있다는 것 같아."

기쁘지 않은 정보에 안제는 미간을 찌푸렸다.

"복잡한 기분이군. 리온이 받아들여지는 건 기쁘지만, 그 녀석한테 그쪽 취미는 없어."

클라리스는 그 말을 듣고 미소 지었다.

"그건 좋네."

그런 클라리스에게 안제는 날카로운 시선을 보냈다.

"무슨 의미지?"

"글쎄, 무슨 의미려나?"

이 문답은 몇 번째일까. 안제는 클라리스가 리온을 포기하지 않았다는 사실을 느끼지 않을 수 없었다.

농담은 제쳐 두고, 안제는 컵에 든 내용물에 시선을 떨궜다.

'어쨌든 급격한 변화로 남녀 모두에게 불만이 쌓여 있다는 말

인가. 조금 성가시군.'

안제는 컵에 입을 댔다. 클라리스의 말처럼 리온이 달여 준 차가 그리워졌다.

그리고 클라리스의 눈이 진지해졌다.

"그리고 말이야, 특대생이 늘어난 것으로 인해 트러블도 많아. 올리비아 양도 여러 가지로 주의해 줬으면 좋겠네."

"특대생과의 트러블인가."

지금까지 귀족의 배움터였는데, 상인 관계자나 모험가── 우수하다는 것만이 내세울 점인 평민들이 특대생으로 들어오기 시작했다.

당연하다는 듯이 트러블도 늘었다.

"특대생에게 싸움을 거는 애가 많아."

공국전 이후. 환경의 급격한 변화. 다양한 이유로 학원 쪽도 여러 가지로 문제를 끌어안고 있었다.

'정말로 성가시게 됐어. 리온이 돌아오기 전까지는 진정되었으면 하는데.'

유학생으로서 학원에서 배우는 나날.

왕국과는 다르지만 리온은 이 풍경에 그리움을 느끼고 있었다.

고등학교 시절이 저절로 떠올랐다.

다만, 교사의 공화국어를 듣고 있는 내 귀에는 루크시온이 전하는 보고가 같이 들어오고 있었다.

『마스터, 공략 대상 남자 말입니다만, 두 명을 제외하고 전원 확인하였습니다.』

펜으로 노트를 한 번 치자, 루크시온이 뒷말을 이었다.

주위에는 내가 성실하게 수업을 듣고 있는 것처럼 보일 것이다.

『마리에의 정보로는 학원 밖에 히든 캐릭터가 존재하는 것 같습니다만, 그쪽은 현재 조사 중입니다. 나머지 다른 한쪽은 라우르트 가의 후계자입니다.』

최종 보스의 아들도 공략 대상인 거냐.

주인공과의 관계가 실로 복잡하군.

하지만 실은 라우르트 가의 후계자는 양자이기에 문제없다나 뭐라나.

라우르트 가의 딸은 악역 영애이고, 후계자는 주인공의 공략 대상이라니.

주인공의 입장이 너무 복잡해서 조금 동정할 것 같군.

주인공이 연인이 되면 자동으로 시아버지와 시누이가 적이 되는 거니까.

『그리고, 조금 성가신 정보가 있습니다.』

안 좋은 보고는 듣고 싶지 않았지만, 그렇다고 성가신 일을 방치할 수는 없었다.

그렇게 생각하고 있었더니, 교사인【클레망】선생님이 내 쪽을 봤다.

"지금까지 설명한 것 중 모르는 부분은 있니?"

나나 브래드를 신경 써 주는 상냥한 선생님이었다.

"——괜찮습니다."

"무, 문제없어. 미스터 클레망."

나긋나긋한 말투와 태도를 지닌 상냥한 교사지만——.

"그래. 리온 군도 브래드 군도, 모르는 게 있다면 언제든 나한 테 상담하렴~(윙크)."

——클레망 선생님한테는 미안하지만, 나는 등줄기가 오싹오 싹하며 떨렸다.

커다란 몸에 팽팽하게 꽉 끼는 셔츠는 가슴 모양에 따라 크게 크게 부풀어 올라 있었고, 턱은 이중으로 갈라져 수염이 짙었다.

아니, 일단 수염을 깎긴 했지만, 깎은 자리가 푸르스름했다.

그렇다. 클레망 선생님은—— 근골이 늠름한 남자로, 여성의 말투를 쓰는 오카마 캐릭터였다.

종이 울리자 클레망 선생님이 교과서를 덮었다.

"오늘은 여기까지네~. 확실하게 복습해 둬. 예습도 잊지 않도 록 해. 까먹은 나쁜 애한테는 벌을 줘 버릴 거야."

입술에 손을 댔다가 떼서 키스를 날리는 시늉을 하는 클레망 선 생님을 보고 남자들이 "히익!" 하고 비명을 흘렸다.

아울러 이 반의 담임 교사이다.

뭐, 겉모습 말고는 평범하게 좋은 선생님이다.

겉모습 외에는, 말이다…….

◇

수업이 끝나고 쉬는 시간이 되자 앞자리에 있는 노엘이 뒤돌더니 등받이를 끌어안는 것처럼 앉아 내 노트를 들여다봤다.

그렇게 가랑이를 벌리고 앉는 건 여자로서 좀 어떤가 싶은 생각이 드는데 말이지.

속옷이 보일 것 같은데, 아슬아슬하게 보이지 않았다.

"내 노트보다 알기 쉽네."

나한테 공부를 가르쳐 주고 싶었던 모양이지만, 아쉽게도 노트는 루크시온의 도움도 있어 나름대로 잘 정리가 되어 있었다.

"이해가 안 되는 부분을 물어볼 수 있는 것만으로도 고맙지."

모르는 단어나 잘 알아듣지 못한 부분을 노엘한테 물어볼 수 있는 것만으로도 꽤 도움이 되고 있었다.

그러자 노엘은 자신감을 되찾았다.

"서포트 담당다운 면모를 보여줄 수 있어서 다행이네."

나는 브래드를 힐끔 쳐다봤다.

지금도 여자들에게 둘러싸여 있어, 노엘의 도움은 딱히 필요 없어 보였다.

저 녀석은 진짜배기 도련님이니까, 나보다 어학 능력은 우수했다.

공화국어뿐만이 아니라 다른 언어도 사용할 수 있다나.

하아, 그런 유능한 남자가 마리에한테 속아 넘어가다니, 갑자기 슬퍼지는군.

"저기, 리온. 오늘은 마리에랑 카라한테 학원 바깥을 안내할 건데, 같이 갈래?"

자리가 가까운 덕에 계속 내게 말을 걸고는 있지만, 노엘은 대체로 여자 유학생들을 도와주는 역할이다.

사실은 이에 맞춰 반 배치를 했어야겠지만, 아무래도 유학이 너무 급하게 결정되는 바람에 학원 측도 대응에 고심하고 있는 모양이었다.

서포트 담당인 노엘이 나와 같은 반인 것도 학원 측의 대응이 늦어진 영향이라는 것 같다.

"오늘은 장한테서 안내를 받을 거니까 나는 패스."

"에이, 시시해."

노엘이 거리낌 없이 대답했다.

이렇게 이야기하고 있으니 털털하고 활발한 성격답게, 어울리기 쉬운 사람이라는 게 느껴졌다.

"돌아가는 길에 짐 좀 들어 줬으면 했는데."

이렇듯 본심도 서슴지 않고 말한다.

"솔직하구먼."

"어라? 데이트 권유라고 생각했어? 유감이었네요~! 이래 보여도 가벼운 여자가 아니라고."

겉모습은 가벼워 보이는데 말이지. 가드는 단단한 건가?

나로서는—— 좀 더 가드를 내리고, 남자친구를 만들었으면 하는데 말이지.

"귀여우니까 남자친구가 있지 않을까 했을 뿐이야. 친하게 지내는 남자는 없어?"

그러자 노엘의 표정이 흐려졌다.

"아…… 남자 중에서 사이가 좋은 건 장이려나? 집도 가깝고, 최근에 이래저래 이야기하는 경우도 많아졌어."

안내역인 장 말인가? 그 녀석은 공략 대상이 아닐 텐데.

아니, 사이가 좋다고만 했으니 딱히 사귀는 사이는 아니겠군.

"나도 남자친구를 갖고 싶지만—— 그쪽도 성가신 게 있단 말이지."

"그쪽도? 전에 말했던 라우르트 가의 공주님 이외에?"

"맞아. 심지어 그 녀석은 왕자님이야."

왕자님이라…….

이건 공화국에 오고 나서 알게 된 정보인데, 6대 귀족은 각각 맡은 영토를 지배하는 왕으로 취급한다.

즉, 여섯 명의 왕이 성수 아래에 모여 공화국이라는 나라를 운영한다는 이야기인데, 그 때문에 6대 귀족의 미들 네임이 서로 죄다 달랐다.

정말로 성가신 설정이다.

"로이크라는 녀석이야. 어째선지 혼자서 들떠 올라서는…….

도저히 좋아할 수가 없단 말이지. 내 남자친구라고 공언하고 다니지만, 나는 절대로 인정하지 않아. 멀쩡했을 때는 그럭저럭 좋은 녀석이었는데……."

침울해하는 노엘의 얼굴을 보면서, 나는 식은땀을 흘렸다.

——로이크는 공략 대상 중에서도 메인 취급이었던 느낌이 듭니다만?

왜 노엘의 호감도가 마이너스를 찍고 있는 거지?

"남자친구라고 공언한다고?"

"진지하게 받아들이지 마. 그 녀석의 거짓말이니까."

내가 조금 더 파고든 질문을 하려고 했더니, 선생님이 교실 안으로 들어왔다.

◇

건물 내의 으슥한 곳.

점심시간이기에 나는 학원 매점에서 산 빵을 먹으며 마리에와 지금까지의 일에 관해 이야기했다.

예상치 못한 상황에 우리는 몹시 곤혹스러워하고 있었다.

"로이크가 집적대고 있는데, 흥미도 없는 것도 모자라 장을 좋아한다고?"

마리에가 쪼그려 앉아 양손으로 머리를 감싸 쥐고 신음했다.

"그래. 장과 친하고 집도 가까우니까 여러 이야기를 한다던데.

가끔 반찬을 너무 많이 만들면 나눠 주기도 한다더군."

지금 생각해보니 뭔가 부러운 상황이군.

분명 장은 라이트노벨 주인공 같은 포지션일 거다.

여성향 게임의 주인공이 반하는 모브라니, 엄청난 미소녀가 반하는 '자칭 평범한 남자'와 같은 맥락이 아닌가.

노엘은 외관이 약간 가벼운 여자처럼 보이지만, 실은 건전한 사람이다.

뭐, 왕국 여자와 비교하면 다소 불량해봤자 귀여운 수준이겠지만.

알제르 공화국의 학원, 그중에서도 특히 여자는 이렇다 할 것 없이 아주 평범했다. 전생에서 다니던 학교의 풍경이 떠오를 정도였다.

아아, 어쩜 이리도 멋진 걸까.

공화국 인간이 건방지지만 않았으면 정말로 완벽한 곳이었을 텐데.

내가 그런 생각을 하고 있자니 마리에가 난감한 얼굴로 말했다.

"렐리아는 안전패랑 사이가 좋고, 노엘은 로이크가 대쉬하고 있지만, 관심이 없고, 악역 영애는 노엘을 노리고 있고……."

팽글팽글 돌아가는 마리에의 눈. 마리에는 머리카락을 손으로 마구 헝클어 댔다.

"대체 어쩌란 거냐고오오오오! 어느 쪽이 주인공인 거야아아!"

내가 두 개째 빵을 먹기 시작하자, 정보 수집을 마치고 돌아온 루크시온이 옆으로 다가와 보고했다.

『렐리아와 에밀 말입니다만, 주위에서도 연인이라고 인식되고 있는 모양입니다.』

"6대 귀족의 차남과 서민의 연애가 용납된다고?"

루크시온의 빨간 렌즈 속 내용물이 링을 움직이고 있었다.

『아마 '학생 시절의 유흥'이라는 인식이겠지요. 혹은, 정혼 상대가 따로 있고 그녀는 그저 애인인 걸 수도 있습니다.』

마리에가 보충했다.

"게임에서는 다들 진심이지만 말이야. 나중에 주인공이 묘목의 무녀로 선택받고 나서는 상황이 변해. 정식으로 사귈 수 있게 되어서, 최종적으로는 맺어지고 해피엔딩이야."

"1탄의 '성녀'와 같은 역할이군."

1탄은 본래 리비아가 성녀로 인정받으면서 왕태자인 율리우스나 고귀한 남자들과 결혼할 수 있게 된다는 시나리오였다.

그게 2탄에서는 성수의 묘목에 '무녀'로 선택되어 알제르 공화국에서 높은 지위를 얻는 식인 모양이었다.

루크시온이 내게 제안했다.

『마스터, 이 경우 노엘도 공략 대상 중 누군가와 맺어져 있다면 문제없지 않을까 합니다.』

"정작 그 노엘이 흥미가 없는 것 같지만 말이지. 다른 공략 대상은 누가 있지?"

"왕도인 로이크가 있고, 안전패인 에밀……."

마리에가 잇따라 이름을 늘어놓았다.

"……'글러 먹은 교사' 나르시스와 '브라콘' 위그. 그리고 히든 캐릭터인 '형' 페르낭. 마지막으로── '숙적' 세르주."

네 명 모두 6대 귀족 관계자였다.

아니, 그보다 저 별명들은 꼭 필요했던 걸까?

"별명에 '형'이라는 건 뭐냐."

"위그의 형이야. 지금은 드루이유 가의 젊은 당주로, 6대 귀족 의회에도 얼굴을 내비치고 있어."

루크시온도 몸체를 끄덕였다.

『거물이군요. 현재로서는 수단이 부족하여 페르낭의 정보는 그다지 수집하지 못했습니다.』

"히든 캐릭터는 어디서 만나는데?"

"위그랑 친해지면 만날 수 있어. 젊고 정의감이 강한 미남이야! 아── 지금부터라도 그쪽으로 갈아타고 싶다."

마리에의 숨김없는 본심에 어이없어하면서도, 나는 노엘을 누구와 연인관계로 만들지 생각했다.

"그럼 가장 우리에게 가장 유리한 연인 후보는 나르시스와 위그가 되겠군. 페르낭도 나쁘지 않지만, 정보가 없으니까 말이지."

현재 학원에 없는 세르주나 미움을 산 로이크는 논외다.

내 제안에 마리에는 미묘한 표정을 지었다.

"현실적으로 생각하면 교사랑 제자는 뭔가 미묘하단 말이야. 이어주기 위해서 돕는다고 한다면 위그가 좋지 않을까? 하지만 위그는 3학년이고, 성격이 까탈스럽단 말이지. 아⋯⋯."

"왜 그래?"

마리에가 뭔가 떠올랐는지 그런 소리를 냈다.

"아니, 저기—— 위그를 공략하려면 게임에서는 위그의 플래그를 1학년 때 회수해야만 해. 2학년이 되고 난 후에는 늦어."

"늦는다니?"

"1학년 때 친해지지 않으면 위그 루트에는 들어갈 수 없다는 거야! 아, 잠깐만! 그리고 보니 나르시스도 조건이 있었던 거 같은데. 아마, 나르시스가 담당하는 수업을 선택해야 했던 거 같아."

수업을 선택한다는 건 특별 수업을 말하는 거다. 그중에서도 나르시스는 던전에 들어가 고대 유적에 관해 조사하는 학자라고 한다.

루크시온에게 시선을 보냈다.

『노엘, 렐리아 양쪽 다 나르시스의 수업을 선택하지 않았습니다. 나르시스의 수업은 인기가 없고, 애초에 수업을 듣는 학생 자체가 거의 없더군요.』

참고로 선택제 수업은 연도 초에 고르는 모양이다.

"2학년이야! 2학년이 되기 전까지 선택하면 플래그는 꺾이지 않아!"

마리에가 아직 괜찮다고 말하자, 루크시온이 외눈을 가로저었다.

『유감이지만 두 사람은 다른 특별 수업 희망서를 제출했습니다.』

마리에의 얼굴이 새파래졌다.

"어어어?! 잠깐만 기다려 봐! 그렇게 되면 공략 대상에서 남아 있는 건 로이크뿐이라는 말이 되는데?!"

그러나 정작 그 로이크는 노엘에게 미움을 사고 있다.

"……외통수냐?"

내가 묻자, 마리에는 고개를 숙이고 양손으로 얼굴을 덮었다.

"대체 왜 로이크를 싫어하는 건데?! 조금 무서운 구석도 있지만, 미남에 부자라고! 장래에는 6대 귀족의 일각이 된단 말이야. 이걸 대체 왜 마다하는 건데!"

아니, 공략 대상이라는 걸 알고 있으면 노리겠지만, 평범하게 생각하면 일반인이 그런 구름 위 존재를 노리지는 않겠지.

"아직 노엘이 주인공이라고 결정된 건 아니지만, 이건 어떻게 되는 거지?"

게임과 현실은 다르다.

여기서부터 뒤집을 가능성도 있겠지만── 그게 노엘에게 행복일지 어떨지는 알 수 없다.

내가 고민에 빠져 있자니, 문득 마리에의 시선이 내 손에 향하고 있는 모습이 눈에 들어왔다.

마리에는 군침을 흘리며 내가 먹던 중인 빵을 바라보고 있었다.

"너…… 밥은 제대로 먹고 다니는 거겠지?"

마리에가 눈물을 훔쳤다.

"다들 한창 먹을 나이잖아. 생활비가 빠듯하니까 점심은 절약해서 쿠페 빵 한 개뿐이야."

나도 뭔가 들어있는 빵을 먹고 있는데, 아무것도 없는 쿠페 빵 하나로 버틴다고?

"차라리 도시락이라도 만들지 그래?"

"그랬다간 율리우스랑 다른 애들 몫도 만들어야 하잖아! 다들 먹고 싶어 할 텐데, 7인분이나 어떻게 만들어!"

"그, 그러냐…….먹을래?"

먹던 도중인 빵을 건네자, 마리에는 기뻐하며 받아들었다.

어이, 전생으로 치면 여고생 정도 되는 애가 남이 먹던 빵을 받고 기뻐하는 상황이라고?

"와아~, 오빠야, 정말 좋아!"

평소 같았으면 '기분 나쁘니까 하지 마'라고 말했겠지만, 너무나도 불쌍해서 놀릴 생각도 들지 않았다.

루크시온마저 어딘가 불쌍히 여기는 듯한 시선이었다.

『이게 역하렘을 노렸던 마리에의 말로입니까.』

나는 내가 먹다 준 빵을 맛있게 먹고 있는 마리에를 보고, 가슴이 아파졌다.

공략 대상 남자와 이어진다 한들, 꼭 행복해지는 것만은 아닌지도.

◇

101

"노엘과 친하냐고요?"

나는 교재를 옮기고 있던 장을 도우며 잡담을 건네듯이 노엘과의 관계를 묻고 있었다.

복도를 걷고 있어 주위에는 학원 학생들이 잔뜩 있다.

"그래. 반찬도 주고받는 사이라며?"

장은 조금 쑥스러워하고 있었다.

"뭐, 그렇긴 한데요……."

"근처에 사는 미소녀와 사이가 좋다니 부러운데. 이야기 속 주인공 같아."

"우연이긴 하지만, 처음 만났을 때 이런저런 일이 있어서 말이죠. 지금은 친하게 지내고 있어요."

처음 만났을 때?

신경이 쓰여 물어보니, 아무래도 장은 개를 기르고 있다는 것 같다.

고향에서 일부러 데리고 온 모양이다.

"실은 저, 가족이 없어요."

"갑자기 무거운 이야기군."

"아, 아뇨, 그게—— 기르고 있는 개가 소중한 가족이라서요. 그래서, 그 애의 이름이 노엘이에요. 이젠 할머니지만 말이에요."

장이 태어났을 무렵에 기르기 시작했다는 모양이라, 지금은 17살이라는 것 같다.

개로서는 상당히 고령이다.

"두고 가면 이제 두 번 다시 만날 수 없으니까 말이죠. 그래서 데리고 온 건데, 그랬더니 노엘과 같은 이름이었던 거예요. 그 연으로 알게 된 거죠."

기르는 개가 연이 되어 이야기하게 되었다는 듯하다.

"사이가 좋네."

"네, 제게 잘 대해주고 있어요."

기뻐 보이는 장을 보고, 나는 두 사람 사이를 갈라놓는 게 안타까워졌다.

가능하다면 두 사람이 사이좋은 관계로 남아 있다면 좋겠군.

◇

하굣길.

노면전차 승차장으로 향하자, 거기에 노엘이 있었다.

주위 경치는 전생의 사진에서 본 메이지나 타이쇼*의 분위기였는데, 학생들의 옷차림은 헤이세이나 레이와**의 분위기였다.

다만, 이 어색한 경치도 익숙해지니 신기하게도 위화감이 들지 않았다.

노면전차나 마차 외에는 제법 오래된 타입의 자동차가 달리고 있었다.

---

*일본의 연호. 각각 1868년~1912년, 1912년~1926년
**각각 1989년~2019년, 2019년~현재

"아, 리온. 이쪽으로 와."

웃는 얼굴로 손을 흔드는 노엘에게 다가가 옆에 선 나는 노면 전차가 오기를 기다렸다. 주위에는 10명 이상의 학생들이 있었고, 친구끼리 이야기를 하고 있다.

반대편 선로에 노면전차가 와서 학생들이 올라타는 모습이 눈에 들어왔다.

"노면전차가 있어 참 편리하군."

무엇보다 어디까지 가든 요금이 같다는 게 가장 좋다.

"그래? 난 잘 모르겠는데. 음~ 그리고 보면 리온은 다른 애들보다 이런 교통수단이 익숙한 듯한 느낌이 들어."

아무래도 감이 날카로운 편인가 보군.

생각하기보다 몸을 움직이는 타입답게 내가 율리우스나 다른 녀석들과는 다르다는 걸 감각적으로 느낀 모양이었다.

뭐, 전생에서 알고 있었고, 탄 적도 있으니까 익숙할 수밖에.

"비행선보다 간단하니까 익숙해지기도 쉬워."

"아, 맞다. 자가 비행선을 가지고 있댔지? 역시 백작님은 다르네."

"흐흐, 굉장하지? 다음에 타볼래?"

권유한 이유는 노엘에게서 좀 더 자세한 이야기를 알아내고 싶기 때문이다.

하지만 그게 노엘을 경계하게 만든 모양이다.

"어라? 꼬시는 거야?"

"아니래도. 친해지고 싶은 것뿐이야."

"에이~, 꼬셔주는 쪽이 기뻤는데."

아쉬운 듯이 말하면서도, 노엘은 내 권유를 부드럽게 거절했다.

"그래도 아쉽네. 이래 보여도 바쁘니까, 다음 기회에 부탁할게."

겉모습만 보면 금방 친해질 수 있을 것 같은데, 역시 가드가 단단했다.

뭔가 벽이 느껴지는군.

친해지는 것까지는 허락하지만, 깊이 파고드는 건 막겠다는 느낌이랄까.

뭐, 장이 있으니까 거절하는 걸 수도 있겠지만.

그대로 노엘과 잡담을 하고 있었더니, 노엘의 표정이 갑자기 변했다.

"왜 그래?"

"──전에 말했던 성가신 녀석이야."

뒤쪽에서 노엘에게 말을 건네는 소리가 들렸다.

"어머, 이번에는 새로운 남자한테라도 말을 걸고 있니? 노엘은 죄가 많은 여자네. 대체 얼마나 많은 남자한테 손을 대는 걸까?"

노엘은 나를 감싸기 위해서인지 뒤쪽에서 온 여자 앞으로 나섰다.

"루이제, 어째서 네가 여기에 있는 거야? 부자라면 얼른 차를 타고 집에 가도록 해."

"대기시켜 뒀으니까 안심해도 돼."

"얼른 가!"

노엘의 시선을 따라 힐끔 뒤돌아보니 거기에 여학생 한 명이 서 있었다.

주위 사람들은 엮이고 싶지 않은지 껄끄러워하는 눈치였다.

──오호, 이게 2탄의 악역 영애인가.

내가 그런 생각을 하며 바라보고 있자니, 악역 영애의 시선이 문득 나에게 향했다.

"너도 조심하도록 해. 이 애랑 연관되면 좋은 꼴을 못──"

그런데 나와 눈이 마주치자 눈을 휘둥그레 뜨더니, 갑자기 말을 멈추었다.

아니 잠깐, 뭔데. 내 얼굴이 그렇게나 끔찍해?

내가 얼굴을 만지고 있자, 노면전차가 도착했다.

노엘이 내 팔을 붙잡았다.

"리온, 그만 가자."

"그, 그래."

악역 영애는 내 이름을 듣더니 뭔가를 중얼거렸다.

"리온──이라고?"

우리가 노면전차에 올라타자, 악역 영애── 루이제 양이 우리를 물끄러미 바라보았다.

그리고는 노면전차가 움직이기 시작하자 노면전차를 잠깐 뒤쫓았다. 물론 이내 곧 금방 멈춰 섰지만, 그래도 시선은 계속 우리를 향하고 있었다.

"……뭐지?"

아니, 우리가 아니다. 명백히 내게 시선을 향하고 있었다.

노엘도 그걸 눈치챈 모양이었다.

"음, 첫눈에 반했다든가? 루이제가 저러는 건 나도 처음 봤어."

"오호? 나는 루이제 양의 취향이었던 건가?"

뭐, 예쁜 사람이긴 했다. 아마 나한테 약혼자만 없었다면 말을 걸었을지도 모른다.

뭐, 농담은 여기까지 하고—— 진짜로 운명의 만남 같은 걸 생각했다만 저렇게까지 놀라진 않았겠지.

그녀는 무척 놀란 얼굴을 하고 있었다.

학생으로 혼잡한 차량 내에서 나와 노엘은 자리에 앉지 않고 손잡이를 잡은 채 서서 이야기했다.

"아까 그 사람이 시비를 건다는 여자야?"

"맞아. 3학년인 루이제. 의장의 딸이야. 정말로 성가셔."

노엘의 말에 주변에 있던 학생들이 매우 미묘한 표정을 지었다.

"렐리아 양도 난처해하고 있어?"

노엘은 고개를 가로저었다.

"나한테만이야. 렐리아한테는 에밀이 있으니까, 루이제도 시비를 걸지 않아."

"에밀이 있어서라고?"

"플레벤 가의 차남이니까 말이야. 루이제도 그다지 자극하고 싶지 않은 거겠지."

같은 6대 귀족이기 때문인가?

하지만 아무리 공략 대상 남자와 친하게 지낸다 한들, 악역 영애는 시비를 걸었을 터다. 남자가 있어도 방해하는 것이 악역 영애일 터다. 마리에도 그렇게 말했었고.

이건 조금 이상하군.

다만, 마리에의 정보는 구멍이 워낙 많으니…….

우리가 모르는 무언가가 있나?

루이제 양이 시비를 건 탓에 짜증을 내고 있던 노엘이 갑자기 고개를 팟 들었다.

정말 표정이 획획 바뀌는 여자애다.

"아, 아차!"

"왜 그래?"

"오늘은 특매일이잖아! 원래라면 렐리아한테 말을 걸 생각이었는데! 그걸 잊어버리다니……."

노엘이 풀이 죽어 말했다.

그러고 보니 마리에도 '오늘은 특매일!'이라며 단단히 벼르고 있었던 것 같다.

카라와 카일을 데리고 대량으로 사들일 거라던가 뭐라던가. 그 녀석들도 고생이 많군.

물론 슈퍼마켓 같은 가게는 없지만, 대신 상점가가 있어서 채소 가게나 정육점 등이 늘어서 있는 건 봤다.

노엘이 나를 힐끔힐끔 쳐다봤다.

"······알았어. 도와줄게."

"정말?! 이야~, 리온은 상냥하네!"

생활감이 넘치는 2탄의 주인공——일지도 모르는 노엘은 내 어깨에 손을 올렸다.

거리감이 너무 가깝잖아. 이러다 착각하겠네.

◇

밤.

나는 루크시온에게서 보고를 들으며 저녁을 먹고 있었다.

접시가 부엌에서 떠올라 미끄러지듯 테이블까지 와서는 내 앞에 착지했다.

물론 루크시온이 하는 거지만, 내 눈에는 그저 마법처럼 보일 뿐이었다.

"혼자 사는 건데 우아한 저녁이군."

스테이크의 향이 식욕을 돋웠다.

『제가 있어서 다행이네요.』

"그러게나 말이다."

냉담하게 대답하자 루크시온은 살짝 뾰로통해졌다.

『좀 더 칭찬해도 괜찮습니다만?』

"최고네."

내가 그 한마디로 끝내자 루크시온은 『나 참』 하고 중얼거리고는 그대로 보고하기 시작했다.

『마스터, 공략 대상에 관한 보고가 있습니다.』

"어땠어?"

『나르시스 말입니다만, 담당 중인 특별 수업의 수강생이 부족하여 문제를 빚고 있습니다. 이번 연도는 수강 학생 수가 단 한 명도 없어 내년부터는 특별 수업을 하지 않는다는 듯합니다.』

"플래그가 완전히 꺾였군."

렐리아는 어쨌든 노엘이 플래그만 회수해 준다면—— 그렇게 생각했지만, 아무래도 장의 얼굴이 계속 어른거렸다.

『위그도 마찬가지입니다. 약혼 이야기가 나오고 있네요. 상대는 루이제입니다.』

악역 영애와 약혼이라니, 그 위그라는 공략 대상 남자도 운이 없군.

1탄의 안제와는 달리, 이야기를 듣는 한 정말로 심성이 고약한 여자인 것 같고.

"야, 루크시온. 그 루이제 양 말인데, 나를 보고 놀라지 않았었냐?"

『신경 쓰이는 겁니까?』

"다른 의미가 아니라, 진짜로 놀랐다는 표정이었으니까 말이지. 아니, 그보다 렐리아에게는 시비를 걸지 않는다니, 이상하지 않냐?"

악역 영애가 시비를 거는 상대가 주인공이라면, 노엘이 주인공이라는 말이 된다.

하지만 공략 대상 남자와 사이가 좋은 건 렐리아다.

『조사할까요?』

나는 스테이크를 나이프로 썰면서 이것저것 생각했다.

"……루크시온. 노엘의 연인을 우리가 결정한다는 건 뭐라고 할까, 잘못된 거 아니냐?"

『그걸로 세계를 구할 수 있다면 싼 대가 아닙니까? 저로서는 신인류의 세계 따위 애초부터 멸망해 버려도 상관없지만 말입니다.』

"그러냐."

여전히 신인류가 싫은 모양이었다.

대체 언제까지 과거의 전쟁을 신경 쓰고 있으려는 건지.

이제 끝난 이야기잖아.

포크로 고기를 찍고 입에 옮기기 전에 바라봤다.

"하다못해 마리에가 좀 더 자세한 내용을 기억하고 있었다면 도움이 되었을 텐데."

『정말이지 그 말대로군요.』

제04장 「공화국의 귀족」

호르파트 왕국.

왕도의 술집에 학원 학생들이 모여 있었다.

술집에서는 특대생을 모은 환영회가 한창이었다.

분주한 하루하루 속에서 리비아가 조금 뒤늦게 계획한 환영회 자리였다.

다만, 리비아는 리온이 이전에 그랬던 것처럼 술을 마시지 않고 주변 사람들을 신경 쓰고 있었다.

"여러분, 학원에는 익숙해지셨나요?"

그렇게 말을 건네며 돌아다니는 리비아를 교복을 풀어 헤친 남학생들이 쳐다보고 있었다.

모험가에서 학원 학생이 된 아론은 마찬가지로 질 나쁜 남학생들과 친해져 있었다.

"아론, 올리비아는 술을 마시지 않는대."

"잔뜩 취하게 해서 데리고 돌아가려는 계획이 허사가 되었군."

불온한 분위기를 내뿜는 세 사람.

리더 격인 아론은 미소를 씨익 띠며 테이블 위에 작은 병을 올려놓았다.

"이걸 쓰면 간단해. 일단, 적당한 때를 봐서 내가 마실 것에 섞고 오지."

무언가를 꾸미는 삼인조.

그런 삼인조 뒤에서 갑자기 불쑥 모르는 목소리가 들려왔다.

주위 경치에 녹아들어 있던 크레아레였다.

『못된 애들 발~견~.』

기뻐 보이는 목소리를 내는 크레아레가 '푸슛'하며 구체 보디에서 무언가를 분출했다.

갑자기 들려온 목소리와 달콤한 향기에 아론 일행은 주위를 마구 둘러보며 경계했다.

"뭐, 뭐야? 누구였어? 그리고 이 이상하게 달콤한 향기는 대……체……."

세 사람은 그대로 쓰러져 잠들었다.

엎드린 세 사람을 보며 크레아레가 속삭였다.

『너희들이 나쁜 거야. 리비아한테 손을 대려고 했으니까 이렇게 되는 거라고. 하지만 안심해── 나는 루크시온처럼 성미가 급하지 않으니까, 죽이지는 않을게.』

모습을 드러낸 크레아레는 파란 렌즈로 주위를 보며 이후의 계획을 짰다.

그러다가 믿음직한 그룹을 발견했다.

남자들끼리만 마시러 온 학원 학생들이었다.

그들은 자기들끼리 놀면서도 제법 들떠 있었다.

『아핫!』

크레아레가 흉계를 꾸미고 있자, 리비아가 쓰러진 세 사람을 걱정하여 가까이 다가왔다.

"셋 다 무슨 일이야?!"

크레아레는 당황한 리비아에게 조언하면서 유도했다.

『리비아, 세 사람 다 지쳐 있었던 것 같아. 조금 센 술을 마시고 졸려진 모양이야.』

"아레? 어째서 여기에 있는 거야?"

『걱정되어서 상태를 보러 왔어. 그것보다 세 사람을 얼른 학생 기숙사에 데려다주는 편이 좋지 않겠어?』

리비아는 잠깐 생각에 잠겼다.

환영회는 이제 막 시작된 참이었다.

"조금 쉬게 하고 나서 기숙사에 데리고 가 줄까?"

『아, 잠깐만. ──저기 남자들이 돌아가는 모양이야.』

크레아레의 시선이 남자들뿐인 그룹으로 향했다.

그들은 즐거운 듯이 서로 어깨동무하고 있었다.

다 같이 자리를 일어나는 걸 보아하니, 기숙사로 돌아가려는 모양이었다.

"부, 부탁해도 괜찮으려나?"

『괜찮아. ──흔쾌히 받아들여 줄 거야. 내가 보증할게.』

"미안한 기분이 드는데, 우리끼리 데려다주는 편이 좋지 않아?"

『문제없어. 오히려 기뻐하면서 받아들일 거야.』

"그, 그래?"

리비아가 크레아레의 말을 듣고 떠들썩한 남자들 테이블에 다가가자, 조금 전까지 즐거워하고 있던 그들의 분위기가 일변했다.

"저, 저기……."

개중에는 리비아를 노려보고 있는 남자도 있었지만, 대표자로 보이는 검은 머리카락을 올백으로 넘긴 남자가 가면 같은 미소로 대응했다.

"뭔가 용건이라도?"

리비아는 약간 긴장한 얼굴로 테이블에 엎드려 있는 아론 일행 쪽에 시선을 향했다.

"시, 실은 술에 취해 잠든 사람들이 있어요. 만약 남자 기숙사에 이대로 돌아가시는 길이라면 부탁드려도 될까요?"

자기가 말해 놓고도 민폐라고 생각한 리비아가 상대의 대답을 기다렸다.

화를 내려나 싶어 긴장하고 있었더니 남자들이 서로 얼굴을 마주 보며 뭔가 상담했나 싶더니만, 갑자기 미소를 지었다.

"뭐야, 그런 부탁쯤이야 아무것도 아니지."

"미안. 조금 경계해버렸어."

"저 세 사람 말이지? 응, 알았어. 우리가 책임지고 데려다줄게."

태도가 급변한 남자들은 리더를 중심으로 아론 일행을 주점에서 데리고 나간다.

"어, 저기. 정말로 괜찮은 건가요? 제가 부탁드리긴 했지만, 폐가 아닐까요?"

친절한 남자들의 태도에 곤혹스러워하고 있자, 리더가 아론을 등에 업으며 미소를 지어 보였다.

"문제없어. 우리가 책임지고 돌봐주도록 할게."

"감사합니다!"

고맙다는 말을 한 리비아는 '아레의 말대로 됐다'며 안도하고 환영회로 돌아갔다.

그 모습을 지켜보고 있던 크레아레는 남자들한테 업혀 가는 아론 일행을 파란 렌즈로 응시했다.

『너희들이 잘못한 거야. 리비아한테 손을 대려고 하니까.』

크레아레의 렌즈가 요사스러운 빛을 내뿜고는, 주위에 녹아드는 것처럼 사라져 갔다.

◇

다음 날.

아론이 눈을 뜬 곳은 남자 기숙사 방이었다.

하지만 자신의 방은 아니었다.

가구도 다르고, 무엇보다 이 방의 주인이 있었다.

그는 커피를 준비하고 있었다.

머리카락을 뒤로 넘긴 남자였는데, 키가 크고 몸도 제법 단련되어 있었다.

하얀 셔츠는 반쯤 풀려 앞가슴이 열려 있었다.

"커피 마실래?"

그가 갑자기 말을 걸자, 아론은 당황하면서도 고개를 끄덕였다.

"으, 응."

창문으로 비쳐 들어오는 아침 햇살을 받아 그 남자가 반짝여 보였다.

"어제 술집에서 잠든 너를 데리고 돌아왔는데, 기숙사 직원들에게 물어봐도 방을 알 수가 없어서 말이지. 미안하지만 내 방에서 재웠어."

보살펴 준 남자에게 아론은 예를 표했다.

"그, 그래? 폐를 끼쳤군."

"뭘, 괜찮아."

아론은 솔직하게 예를 표한 자신에게 놀라고 있었다.

'남자한테 보살핌을 받고서 예를 표한다고? 나는 어떻게 된 거지?'

평소라면 불평을 내뱉고 있었을 텐데, 오늘은 도저히 그런 기분이 들지 않았다.

고개를 돌리니 침대 근처 테이블에 자신의 교복이 깔끔하게 개어져 있었다.

아론은 자신이 속옷 하나만 입고 있다는 걸 깨닫고 곤혹스러워했다.

'이, 일부러 옷을 벗긴 건가? 그리고 엉덩이는 왜 아픈 거지?'

아론이 엉덩이를 신경 쓰자, 남자가 사과했다.

"미안해. 옮기고 있을 때 떨어뜨리고 말았지 뭐야. 갑자기 날뛰어대는 탓에 큰일이었다고."

상당히 취해 있었던 것 같다는 설명을 듣고, 아론은 생각에 잠겼다.

'그렇게나 많이 마셨던가? 애초에 언제 잠들어 버린 거지? 아, 안 되겠어. 기억이 나질 않아.'

리비아한테 손을 대려고 계획을 준비하던 기억은 있었는데, 그 이후가 전혀 생각이 나질 않았다.

하지만 아무래도 실패한 모양이다.

'그, 그건 그렇다 치고 어째서 나는 남자를 앞에 두고 긴장하고 있는 거지?'

아론은 상급생으로 보이는 남자를 앞에 두고 뺨을 물들이고 있었다.

크레아레는 아론의 모습을 감시하고 있었다.

『심장의 두근거림을 사랑이라고 착각할지 시험해 봤는데, 성공한 것 같네.』

즐거운 듯 보이는 크레아레는 다른 남자 둘의 상황도 확인했다.

두 사람 다 다른 남자의 방에서 아직 잠들어 있었다.

『아론 군과 다른 둘의 앞날이 기대되네.』

원래 크레아레는 연구소의 인공지능이었기에, 루크시온보다도 실험 등에 흥미를 갖게끔 되어 있었다.

『특수한 상황에 내던지면 어떻게 움직일지 신경 쓰였으니까 시험해 본 건데, 여기까지는 구인류와 큰 차이가 없네. 어느 의미로는 흥미가 깊어.』

반하는 약이라도 준비해 줄까 싶었는데, 그럴 필요는 없어 보였다.

뒤쪽에서 부스럭거리는 소리가 들려왔다.

아무래도 속옷 차림으로 잠들어 있는 안제와 리비아가 움직인 모양이었다.

뒤를 보니 두 사람이 침대 하나에서 사이좋게 자는 모습이 보였다.

크레아레의 혼잣말에 안제가 잠을 깬 듯했다.

안제는 아직 졸려 보이는 표정으로 상반신을 일으켰다.

『어머, 좋은 아침. 안제, 들어봐! 실은——』

들뜬 분위기의 크레아레를 향해 안제는 거의 무의식적으로 베개를 던져 입을 다물게 했다.

그대로 리비아의 가슴을 베개 삼아 또다시 자기 시작했다.

크레아레는 그런 안제에게 화를 냈다.

『너무해! 리비아의 위기를 구한 나한테 어쩜 이렇게 심한 짓을 하는 걸까. 그래! 오늘의 사진도 마스터한테 보내자!』

앙갚음할 생각으로 두 사람의 무방비한 모습을 사진으로 남겨

두었다.

데이터를 루크시온에게 송신하면 그 후에는 리온한테 전달될 것이다.

『후후후. 나를 화나게 한 게 잘못이야. 자, 그럼 아론 군과 다른 두 사람의 상황을 체크해야지.』

리온의 눈이 없는 왕국에서 크레아레는 암약하고 있었다.

이쪽 생활에 익숙해지기 시작했을 무렵.

"오늘도 지쳤군."

학원에서 귀가하기 위해 노면전차 정류장을 향하자 갑자기 내 눈앞에 자동차 한 대가 멈췄다.

한눈에 봐도 비싼 차라는 걸 알 수 있었다.

이건 또 뭐지? 하고 차를 바라보고 있자니, 운전석에서 운전사가 내리더니 공손하게 후방 좌석 문을 열었다.

"?"

나를 누군가랑 착각한 건가 싶었는데, 후방 좌석에서 한 여자가 내렸다.

주위 학생들이 술렁이는 가운데, 루이제 양이 날 불렀다.

"자기소개를 제대로 안 했었네. 나는 루이제 사라 라우르트야. 유학생 리온 군, 이야기를 좀 하고 싶어."

설마 악역 영애가 내게 먼저 말을 걸러 올 줄이야.

왜 이 사람이 나한테 흥미를 보이는 거지?

이전에 나를 보고 놀란 표정을 짓고 있던 것도 신경 쓰인다.

"이야기 말입니까?"

"그래, 맞아. 타 준다면 기쁘겠네."

차에 타 달라는 말을 듣고 나는 어깨를 으쓱인 뒤 올라탔다.

차 안도 제법 돈이 든 모양새였다.

좌석도 푹신푹신한 게, 그야말로 부자가 타는 차였다.

내 옆에 루이제 양이 앉자, 운전사가 문을 닫고 차에 올라타 시동을 걸었다.

내가 아는 자동차와 같은 구조인지, 아니면 전혀 다른 동력인지는 모르겠지만, 어쨌든 지구의 자동차처럼 움직이고 있었다.

그리운 감각에 살짝 취해 있었더니, 루이제 양이 조금 긴장한 기색으로 말을 걸었다.

"알제르에는 익숙해졌어?"

무난한 질문이었지만, 이건 인사치레다. 진짜 묻고 싶은 건 따로 있으리라.

"덕분에요."

"곤란한 게 있으면 말해 줘. 내 이름을 써도 좋아."

이거 또 엄청난 친절이군. 라우르트 가문 아가씨의 이름을 쓰면 대부분의 일은 가능하지 않을까?

무서우니까 쓰지 않겠지만.

"제법 친절하시군요."

"어머, 더 심술궂을 줄 알았니? 노엘한테 무슨 말을 들었나 보네."

"뭐, 그렇죠."

처음 만남은 그야말로 성미 고약한 여자였지만 말이다.

"언제나 그런 느낌인 건 아니야."

"본인이 그렇게 말해도 설득력이 없습니다만."

"너도 한마디도 지지 않네."

루이제 양은 왠지 즐거운 듯 그렇게 대답했다. 노엘을 대할 때와 태도가 전혀 달랐다.

루이제 아가씨와 가벼운 말투로 이야기를 하고 있었더니, 백미러 너머로 운전사가 날 노려봤다.

어이, 너는 앞을 보고 운전하라고!

"……그래서, 용건은 뭡니까?"

본론에 들어가려 했더니, 루이제 양이 내게 얼굴을 가까이 댔다.

"어?"

그리고는 왼손으로 내 뺨을 만지며, 촉촉이 젖은 눈동자로 나를 바라보았다.

"뭐, 뭘……."

나한테는 약혼자가 있습니다! 하고 외친 뒤 문밖으로 뛰어내릴까, 생각하고 있자니, 그녀의 입에서 예상치도 못한 말이 들려왔다.

"있지, '루이제 누나'라고 불러줘."

"어엉?!"

얼굴을 가까이 대기에 미녀가 눈시울을 글썽이며 '좋아해' 하고 고백이라도 할 줄 알았더니, 그보다 더 충격적인 '누나라고 불러줘'란 요청이 날아왔다.

아무리 나라도 이건 너무 예상 밖의 일이었다.

"아, 아니, 저기……."

"안 돼?"

루이제가 어리광 부리듯이 말하며 조금 침울한 표정을 지었다.

귀엽잖아! 대체 뭐지? 날 놀리는 건가?!

"전 누나한테 안 좋은 이미지밖에 없어서, 그 뭐라고 할까, 곤란합니다."

"누나분이 있구나."

"동생한테 폭탄도 설치하는 누나였지만 말이죠."

웃으며 알려주자 루이제 양이 눈을 휘둥그레 뜨며 깜짝 놀랐다.

"그, 그건 또 과격한 누나분이네. 괘, 괜찮았던 거지?"

"예, 뭐, 괜찮았습니다."

여름방학 전에 있었던 율리우스 및 주변 바보들과의 결투를 떠올렸다.

그 녀석들과 결투했을 때, 질크 녀석이 내 누나를 이용하여 아로간츠에 폭탄을 설치시켰다.

다행히 상처 없이 끝났지만, 동생한테 폭탄을 설치하는 누나

라니, 지금 생각해도 지독하군.

　뭐, 당시 누나의 처지를 생각하면 책망한들 어쩔 수 없었지만.

　실제로 나도 아무런 상처가 없었기에, 딱히 그 일을 원망하고 있지는 않다.

　"누나분을 싫어해?"

　"누나나 여동생을 단순히 좋아한다거나 싫어한다는 말로 표현할 수는 없죠. 얄밉긴 해도 **뼛속까지 미워할 수는 없다**는 느낌일까요?"

　"리온 군은 다정하구나."

　루이제 양이 그렇게 말해 주는 건 기쁘지만, 이 상황은 어떻게든 안 되나?

　조금 떨어져 주었지만, 그래도 여전히 가까웠다.

　어느샌가 허벅지가 서로 맞닿아 있었고, 내 손은 루이제 양의 손에 붙잡혀 있었다.

　뭐야, 이 상황?!

　힐끔 밖을 보니 차는 학원 주위를 빙글빙글 돌고 있을 뿐이었다. 목적지가 있는 건 아닌 듯했다.

　나를 놓치지 않을 생각인가?

　"──그래서, 누나라 부르라고 한 이유는 뭡니까? 취미입니까?"

　"취, 취미가 아니야! 다만, 이야기하면 길어질 테고, 믿어줄지 어떨지도 모르겠어."

　자기 취미로 이러는 게 아니라고?

그럼 무슨 생각인지 오히려 더 신경 쓰이는데.

어째서 나한테 '누나'라 부르게 하고 싶은 거지?

"그럼 이유가 뭐죠?"

"그, 그러니까, 그건……."

루이제 양은 쑥스러운 듯 얼굴을 빨갛게 붉히고 내게서 시선을 돌렸다.

나는 대답을 기다리며 그녀를 줄곧 바라보았지만, 그녀는 우물쭈물하며 좀처럼 이유를 이야기하려 하지 않았다.

…………이 사람, 좀 귀엽지 않아?

그런 감정을 품은 직후, 루크시온에게서 통신이 들어왔다.

『마스터, 한창 즐기고 계신 와중에 죄송합니다.』

곧바로 '즐기기는 뭘 즐겨! 그런 거 아니야, 인마!'라고 받아치고 싶었지만, 바로 옆에 루이제 양이 있는 탓에 모르는 척 잠자코 있었다.

루크시온은 그런 나를 바라보며 보고를 계속했다.

『학원에서 문제가 발생했습니다.』

──뭐?

◇

알제르 공화국 학원.

방과 후에 교사가 부탁한 일을 처리하느라 귀가가 늦어진 장은

127

교실에서 짐을 정리하고 있었다.

"노엘, 배곯고 있으려나?"

장은 집에 있는 노견을 떠올리며 중얼거렸다.

어두워지기 시작한 교실에서 가방을 가지고 나오자, 나쁜 소문이 끊이지 않는 남자가 복도를 막는 듯한 모양새로 서 있었다.

주위에는 그 남자랑 같이 어울려 다니는 녀석들의 모습도 있었다.

"어? 저기……."

히죽거리는 남자들을 본 장은 크게 당황했다.

그들── 피에르와는 점점 따윈 없었을 터인데.

"네가 유학생들 예절 교육 담당이냐? 이거 안 되겠구먼~, 그 녀석들 예절 교육이 제대로 안 되어 있잖아."

"예, 예절 교육? 아니, 저기, 난 유학생들을 도와 달라는 말을 들었을 뿐이지……."

장이 정정하자, 피에르 주위에 있던 녀석들이 거리를 좁혀 장을 둘러쌌다.

가방을 끌어안은 장이 떨고 있자, 피에르가 가까이 다가왔다.

"그딴 건 아무래도 좋다고! 난 그 녀석들이 눈에 거슬린단 말이다. 그건 즉, 네 책임이란 얘기지."

"그, 그런 억지가……!"

피에르의 소문을 알고 있는 장은 이제부터 자기가 무슨 일을 당하려나 싶어 겁을 먹었다.

학원의 문제이자 6대 귀족의 일각인 페베르 가문의 차남.

그의 오른손에는 6대 귀족들이 받은 성수의 가호를 증명하는 문장이 있었다.

주변에 있는 남학생들도 피에르보다 격이 낮기는 해도, 오른손 손등에 성수의 가호를 지니고 있었다.

즉, 이들 모두가 귀족 출신이란 의미였다.

"같이 좀 갈까? 우리가 너를 교육해 주마. 6대 귀족인 이 몸께서 친히 손을 대 주는 거니까 영광으로 생각하라고."

노골적으로 평민을 깔보는 태도였으나, 공화국에서는 드문 일이 아니었다.

공화국에는 오로지 두 종류의 인간이 있을 뿐이었다.

성수의 가호를 지니고 있거나, 지니고 있지 않거나.

성수의 가호를 지닌 사람들은 귀족을 칭하며, 가호를 지니고 있지 않은 자들을 멸시했다.

이는 공화국 사람만이 아니었다. 다른 나라에서 온 사람이라도 문장이 없다면 마찬가지로 업신여겼다.

"건물 뒤로 따라와."

피에르 무리한테 끌려가는 장은 들고 있던 가방을 떨어뜨리고 말았다.

◇

교문에 차를 세워 달라고 한 뒤, 서둘러서 내린 나는 건물 뒤로 급히 뛰어갔다.

"리온 군, 잠깐만!"

뭔가 루이제 양이 날 뒤따라 내렸지만, 나는 무시하고 서둘렀다.

지금까지 모습을 감추고 있던 루크시온이 내 오른쪽 어깨 근처에 출현했다.

"어째서 좀 더 빨리 알리지 않은 거야!"

『그는 감시 대상이 아닙니다. 오히려 지금이라도 알아차린 것을 칭찬해 주셨으면 하는군요.』

"젠장!"

그러나 학원이 쓸데없이 넓은 탓에, 내가 현장에 도착했을 때는 이미 모든 일이 끝난 뒤였다.

건물 뒤에는 교사나 아직 남아 있던 학생들이 모여 있었다. 그리고 그 중심에 있는 나무에는 장이 거꾸로 매달려 있었다.

호흡이 흐트러진 나는 멈춰 서서 교사들이 장을 나무에서 내리는 모습을 보고 있을 수밖에 없었다.

루크시온은 어느샌가 모습을 감추고 주위에 보이지 않도록 하고 있었다.

『아직 살아있습니다.』

곧 교사들이 들것을 가지고 와서 장을 옮기려 했다.

"이거, 심한데."

"설마 마법을 쓴 건가?"

"양호실에서는 대처할 수 없겠어. 병원으로 데리고 가야 해."

나는 인파를 헤치며 장에게 다가갔다.

"미안, 지나가게 해줘!"

그렇게 장에게 다가가, 나는 말을 걸었다.

"어이, 정신 차려, 장! 누구한테 당한 거야!"

"거기 너, 물러나도록 해."

교사들이 나를 떼어놓으려 하는 와중에, 장의 입이 움직였다.

"——노엘, 미안."

교사들이 장을 데리고 가자, 주위에 있던 학생들이 수군대기 시작했다.

"보나 마나 그 녀석들 짓이겠지."

"아주 제대로 찍혔나 본데."

"2학년이었지? 불쌍해."

그들은 마치 이미 범인이 누구인지 알고 있는 듯했다.

나는 곧장 근처에 있던 남자를 붙잡아 이야기를 캐물었다.

"이봐! 장을 저렇게 만든 건 누구지?"

"뭐, 뭐야? 진짜 몰라서 묻는 거야?"

내가 진지한 눈으로 보고 있자, 상대는 주변 눈치를 살피더니 작은 소리로 대답했다.

"……페베르 가의 피에르 씨야. 그 사람들은 마음에 안 드는 녀석이 있으면 여기서 나무에 매달아 놓는다고. 너무 뒤를 캐고 돌아다니다가는 다음은 네가 매달릴 거야."

남자가 떠나가자 다른 학생들도 이 자리에서 멀어져 갔다.

나는 피에르라는 이름과 페베르라는 가문의 정보를 떠올렸다.

『중반에서 주인공을 노리는 나쁜 귀족입니다. 주인공과 공략 대상의 사랑을 확인하는 이벤트에서 열쇠가 되는 인물이죠.』

피에르라는 건 고전적인 악역 귀족이다.

주인공에게 손을 대고, 공략 대상 남자가 그 상황에서 주인공을 구해 사랑을 확인한다.

말하자면 이벤트 캐릭터다.

"제멋대로 나대 주셨구먼."

『보복을 생각하고 계시는군요. 하지만 마스터의 방침으로 보자면 권장할 수는 없습니다. 피에르는 이벤트에 필요한 인물입니다. 마스터가 그를 짓뭉개 버리면 공화국에서의 시나리오는 크게 어긋나 버립니다.』

게임 이벤트를 중시한다면 피에르에게는 손을 댈 수 없다.

분하지만 나는 피에르를 내버려 두기로 했다.

"멋진 적이군. 화가 치밀어서 당장이라도 후려갈기고 싶어."

이벤트 때문에 장을 구타한 피에르를 방치한다.

정말이지 나 자신이 한심하게 느껴지는군.

내가 혀를 차며 가만히 서 있었더니, 루이제 양이 건물 뒤로 다가왔다.

숨을 헐떡이며 내게 사정을 물었다.

"리온 군, 대체 무슨 일이 있었던 거야?"

"……아뇨, 아무것도 아닙니다."

이벤트를 위해 망할 자식을 눈감아 주다니—— 나 역시 망할 자식이다.

◇

저녁.

나는 장이 사는 맨션으로 향했다.

집주인에게 사정을 설명하고 열쇠를 빌려 안으로 들어가자, 성실한 장다운 깔끔한 방이 나왔다.

방에는 있던 노견이 우릴 보고 다가와 으르렁댔다.

나는 그걸 무시하고 얼굴을 쓰다듬어 줬다.

"미안하다. 네 주인은 한동안 입원이야."

말을 알아듣지 못할 텐데도, 노견은 으르렁거리기를 멈추고 내 손을 핥기 시작했다.

몸이 상당히 약해져 있는지 서 있기만 해도 다리가 떨리고 있었다.

그 모습을 본 루크시온은 내게 물었다.

『이제 살날이 얼마 남지 않았습니다.』

"그러냐……. 퇴원할 때까지는 내가 맡겠어."

『속죄입니까?』

"그래, 속죄다. 세계의 위기를 회피하기 위해서 장의 복수는 그만뒀으니까 말이지. 뭐, 그렇게 친한 사이도 아니지만, 여러모로 신세를 졌으니까."

최악의 경우는 장과 노엘의 관계를 갈라놓는 것도 생각하고 있었다.

이 정도는 해야 하리라.

"그 녀석은 이 노엘을 귀여워하고 있었으니 분명 걱정할 거다."

『페베르 가의 피에르── 6대 귀족은 공화국에서 제법 강한 권력을 가지고 있군요.』

"나쁜 귀족이야 어디든 널려있잖아."

노엘을 안고 방을 나서려 하자, 루크시온이 내게 제안했다.

『멸망시키라고 한마디만 하시면 전부 해결됩니다만?』

공화국을 멸망시키면 성수의 문제도 해결되고, 루크시온으로서는 해피엔딩이라는 것 같다.

"그렇게 해결할 생각이었으면 처음부터 유학 따윈 하지도 않았어. 게다가 내가 그 방법을 선택하지 않을 거라는 걸 너도 알고 있잖아? 슬슬 받아들이는 게 어때?"

신인류를 절대로 용서하지 않는 인공지능은 정말로 과격해서 곤란하다.

『심경의 변화도 있지 않을까 싶어서 말이죠. 마스터는 자신의 의견을 획획 바꾸니까 말입니다.』

"임기응변이라고 말해 줘."

『마스터의 경우는 우유부단이라고 말하는 겁니다.』

방을 나와 문을 닫았다.

"그러게나 말이다. 그건 그렇다 치고, 피에르가 시비를 건 쪽이 주인공일 가능성이 높아서 손을 댈 수 없다니, 화가 치미는군."

이벤트가 끝나면 어떻게 해줄까?

『마스터는 노엘이 주인공이었을 경우에는 어떻게 하실 겁니까? 장과 노엘을 헤어지게 한 뒤에, 노엘에게 들러붙는 로이크와 이어줄 겁니까?』

"……렐리아 쪽이 주인공이기를 바란다고는 생각하지만 말이지."

나도 가능하다면 두 사람이 행복해졌으면 한다.

장도 실려 가는 순간, 무의식적으로 노엘의 이름을 불렀었고.

분명 좋아하는 것이리라.

"그런데, 이쪽의 노엘을 어떻게 돌봐주면 되는 거지? 먹이는 뭐가 좋으려나?"

『제가 준비하겠습니다.』

장이 돌아올 때까지, 이쪽의 노엘은 내가 돌봐주도록 하자.

호르파트 왕국 학원.

리온에게서 온 편지를 안제와 리비아가 침대에 앉아 둘이서 즐겁게 돌려 읽고 있었다.

편지에는 알제르 공화국에서 있었던 일이 적혀 있었다.

리온이 보낸 건 메일이었지만 크레아레가 일부러 인쇄하여 두 사람에게 편지로 전달했다.

두 사람이 전자 메일로는 너무 무미건조하게 느껴진다는 말을 꺼낸 게 이유였다.

리비아는 편지를 다 읽고 나서 약간 슬픈 표정으로 말했다.

"리온 씨, 나이 든 개를 맡은 모양이네요."

안제도 걱정하고 있었다.

"개 나이에 17살은 고령이니까 말이지. 돌봐주는 것도 큰일일 거다."

실제로 편지에는 노엘을 돌봐주는 게 힘들다고 적혀 있었다.

사실상 돌봐주기보다 간호에 가까우며 루크시온의 힘까지 빌려 가며 돌봐주고 있다는 모양이었다.

"하지만 리온은 건강해 보이는군. 다른 여자와 너무 사이가 좋아져 있지는 않은가가 조금 걱정인데 말이지."

두 사람에게 가장 큰 문제는 리온이 알제르 공화국에서 바람을 피우는가였다.

약혼하고 곧바로 떨어지게 된 걸 안제는 불만스럽게 느끼고 있었다.

리비아가 초조해하며 안제의 의견을 부정했다.

"괘, 괜찮아요! 리온 씨는 편지에 저희랑 만나고 싶다고 적어 주셨잖아요. 게다가 바람 같은 걸 피울 사람도 아니고요!"

안제는 살짝 웃음을 띠며 그런 리비아를 놀렸다.

"후후, 그건 모르는 법이다. 그 녀석도 남자니까 말이지. 게다가 자력으로 백작으로까지 올라간 영웅이잖나. 여자라면 가슴이 두근거리겠지. 나라면 내버려 두지 않아."

"화, 확실히 리온 씨는 멋지지만, 바람피우는 건 싫어요."

리비아가 울 것 같은 표정을 짓자, 안제는 다정하게 사과했다.

"미안하군. 용서해라. 나도 그 녀석이 바람을 피우는 건 원치 않아. 하지만 이런 문제는 원하지 않아도 꼭 들러붙기 마련이다."

클라리스나 졸업한 디어드리도 그렇다.

방심하고 있으면 옆에서 채어 갈 가능성이 있었다.

"못을 박아 두고 싶지만, 너무 꼬치꼬치 캐묻고 들면 리온도 싫어하니까 말이다. 어려운 부분이야."

"바람은 '떽!'이라고 답장을 쓰면 안 될까요?"

리비아가 그렇게 말하자 안제는 고개를 가로저었다.

"아무 짓도 하지 않았는데 바람피운다고 의심받으면 리온도 기분이 좋지는 않을 거다. 어디, 그런 정보가 있나, 크레아레?"

크레아레는 갑자기 자신에게 화제가 날아오자 흠칫하며 허공에서 살짝 떨었다.

"어이. 그 반응은 뭐냐?"

안제가 가까이 다가가자 크레아레가 거리를 벌렸다.

『아, 아니야! 지금 실험 중이라 이게 들켰다가는 혼나려나~? 하고 생각하고 있던 참이야!』

"……넌 대체 뭘 하는 거지? 실험이란 뭐냐?"

『그, 그건…… 말할 수 없어.』

루크시온과 달리 크레아레는 제법 자유로운 성격이었다.

리비아가 크레아레를 꾸짖었다.

"아레야, 못된 짓은 '떽!'이에요!"

두 사람에게 혼나, 크레아레는 우는 시늉을 하며 방에서 나갔다.
구체 보디에 진짜로 우는 기능은 없다.

『두 사람 다 너무해! 나는── 나는 모두를 위해 힘쓰고 있었는
데!』

"어, 어이!"

"아레야?!"

방에서 뛰쳐나간 크레아레를 서둘러 쫓아가는 안제와 리비아
였다.

★ 제16화 「성수에 대한 맹세」

교실은 아침부터 어두운 분위기였다.

학생들의 가장 주된 화제는 장이 크게 다쳐 입원한 이야기였다.

"들었냐? 장 녀석, 건물 뒤 나무에 매달렸다는 모양이더라."

"진짜냐. 귀족한테 찍히면 끝장인데."

"불쌍하지만 어쩔 수 없지, 뭐. 상대는 가호를 가진 귀족님이니……."

공화국 사람들에게 가호의 유무는 상당히 중요한 문제인 듯했다.

가호를 가지고 있으면 귀족이라 불린다니, 왕국의 귀족과는 구조부터가 달랐다.

성수에게 인정받으면 귀족이고 인정받지 못하면 귀족이 아니다.

그리고 귀족은 가호를 지니지 않은 사람에게 무슨 짓을 해도 용서된다.

"끔찍한 나라군."

혼자서 중얼거리고 있자, 앞자리에 앉아 있던 노엘이 고개를 숙였다.

사이가 좋았던 남자애가 귀족한테 크게 다쳐 입원했으니 그야 침울하겠지.

"괜찮아?"

얼굴이 파래진 노엘한테 말을 걸자, 그녀는 고개를 살짝 끄덕였다.

"나는 괜찮아. 하지만 장은 이제부터 어떻게 될지 걱정돼. 병원비를 낼 만한 돈은 없을 텐데…… 게다가 장이 기르는 개도 어떻게 됐을지……."

듣자니 노엘이 사는 맨션은 동물을 기를 수 없어 대신 맡아줄 수도 없었다고 한다.

"그건 걱정하지 마. 지금은 내가 돌봐주고 있어."

"리온이?"

노엘이 놀란 얼굴로 나를 바라보더니, 곧 안심했는지 얼굴을 풀었다.

"다행이다. 장 녀석, 그 애를 귀여워하고 있었으니까. 이걸로 안심할 수 있을 거야."

"그래……."

"실은 몰래 데려와서 우리 집에서 돌봐줄까 생각하고 있었는데, 설마 리온이 돌봐주고 있었을 줄이야. 아, 리온네 집에 상태를 보러 가도 돼?"

"대환영이지."

눈을 감고 담백하게 대답하자 "뭔가 환영받는 느낌이 안 드네"라고 노엘이 말했다.

미안하지만, 나는 이런 일로 기뻐할 순 없다. 장한테 여러 가지로 미안하니까.

노엘이 조금 기운을 되찾았을 때, 교실에 클레망 선생님이 들어왔다.

"다들 조용히. 이런저런 이야기를 들었을 테지만, 진정하렴. HR 시작할게."

평소보다도 어딘가 험한 표정을 지은 클레망 선생님의 시선이 힐끔 하고 노엘에게 향했다.

이 사람, 노엘을 꽤 걱정하고 있군.

◇

방과 후.

노엘과 같이 귀가하게 된 나는 입구에서 그녀가 오기를 기다렸다.

"······늦는데."

『여동생인 렐리아에게 사정을 이야기하고 오겠다고 말했었죠.』

같이 생활하고 있다는 모양이라, 걱정시키고 싶지 않단다.

언니는 수고스럽군.

나도 노엘 같은 가족을 갖고 싶었다.

나는 왕국에 남아 있는 누나를 떠올렸다.

남동생을 부려 먹는 지독한 누나였지.

지금이라도 교환할 수 없으려나?

『──마스터, 조금 곤란하게 됐습니다.』

"또 무슨 일이야?"

아무래도 감시하고 있던 노엘 쪽에 문제가 발생한 모양이다.

『노엘에게 공략 대상인 로이크가 접근하고 있습니다. 위험하다고 판단합니다.』

"으아! 진짜 좀 봐달라고!"

『안내하겠습니다.』

루크시온의 안내를 받아 건물 안을 달렸다.

노엘에게 다가가는 게 무슨 대수인가 싶지만, 루크시온은 '위험'하다고 했다. 대체 무슨 일이 일어나고 있는 거지?

내가 복도를 꺾었을 때, '루이제 누나'와 마주쳤다.

"뭘 그리 서두르고 있는 거야?"

내 모습을 보고 신경이 쓰였는지, 곧장 말을 걸어왔다.

"아~, 죄송합니다. 제가 지금은 시간이 없어서, 이만 실례하지요."

"잠깐 기다려. 이야기해 봐."

"아뇨, 실은 노엘과 관련된 일이어서──"

그렇게 말하자 루이제 양의 표정이 변했다.

노엘이 그 정도로 싫은 건가?

사람의 왕래가 없는 복도에서는 노엘이 로이크한테 떠밀리고 있었다.

"무슨 짓이야!"

노엘이 벽에 등을 부딪쳐 로이크를 찌릿 노려보자, 로이크는 한쪽 팔을 뻗어 벽에 난폭하게 손을 짚었다.

일부러 큰 소리를 내서 노엘을 으르댄 뒤 얼굴을 가까이 댔다.

"그건 이쪽이 할 말이라고! 노엘, 남자 집에 간다는 게 무슨 소리지?"

노엘은 등줄기가 오싹해졌다.

로이크는 얼굴이 잘생긴 편이었지만, 노엘은 오로지 혐오감을 느낄 뿐이었다.

'어째서 나를── 기분 나빠!'

"만지지 마!"

노엘은 마음속으로 악다구니를 내뱉으며 로이크를 밀쳐 저항했다.

하지만 상대는 남자.

자기보다 키도 크고, 힘도 강했다.

"어딜 가든 내 마음이지! 네 허가는 필요 없어! 그리고, 나를 네 여자라고 떠벌리고 다니지 마! 민폐야."

리온의 집에 들르겠다는 이야기를 한 건 교실이었다.

즉, 교실 내의 누군가가 로이크에게 고자질을 했다는 의미였다.

그렇게까지 조사하고 있다는 걸 알고 소름이 끼친 노엘은 그를 도저히 받아들일 수가 없었다.

노엘은 로이크를 노려보았다.

그러나 로이크는 화를 내기는커녕 웃음을 흘리고 있었다.

그러나 노엘은 그 미소가 공포스럽게 느껴졌다.

저도 모르게 뒤로 물러나려고 했지만, 이미 벽이 등에 닿아있었다.

"노엘, 이대로라면 넌 끝장이라고."

"혀, 협박해도 헛수고야. 네 말에 따르지는 않을 거야!"

"그런 게 아니야. 피에르가 너를 노리고 있단 말이다."

"뭐?"

예상 밖의 이름이 나오자 노엘은 곤혹스러웠지만, 로이크는 신경 쓰지 않고 이야기를 이어갔다.

"피에르 녀석, 유학생들을 손보려는 모양이더군. 그래서 유학생을 도와주던 애들을 제일 먼저 노린 거지."

"설마, 장을 나무에 매단 게——!"

"그래, 피에르 녀석이다. 그리고 다음은 너겠지. 하지만, 만약 네가 내 여자가 되면 피에르 따윈 손도 못 대지 해주지. 어떠냐, 노엘?"

피에르가 뭘 하려는 건지 알고 있는 로이크는 그걸 이용하여 노엘을 자신의 여자로 만들려 하고 있었다.

노엘은 그런 로이크의 다리 사이에—— 앞차기를 날렸다.

"까불지 마!"

"으윽!"

노엘은 다리 사이를 누르며 웅크리는 로이크를 차가운 눈으로 쳐다봤다.

"다른 사람을 이용해서 나를 손에 넣겠다니, 넌 자존심도 없어? 창피하지도 않아? 나는 그런 남자는 질색이야!"

쪼그려 앉은 로이크는 식은땀을 흘리며 씩 웃었다.

"여, 여전히…… 기, 기가 드세군……! 하지만 넌 너무 무르게 생각하고 있어. 에밀한테 의지하려 해도 헛수고라고. 그 녀석은 너를 지킬 수 없어. 널 지킬 수 있는 건 이 나뿐이다."

에밀은 6대 귀족 플레벤 가 출신으로, 렐리아의 연인이다.

아마 의지하면 도와주겠지만, 로이크는 의미 없는 일이라 말했다.

"만약 에밀이 나온다면, 나는 피에르한테 협력할 거다."

발리에르 가의 적남인 로이크가 피에르에게 협력하면 에밀 혼자서는 완전히 대처할 수 없게 된다.

노엘은 한층 화가 났다.

'이 자식, 어디까지── 어째서 렐리아는 이 녀석을!'

"피에르한테 협력하겠다니, 진심이야?!"

주먹을 꽉 쥔 노엘은 지금의 자신으로서는 어찌할 수가 없다는 것을 이해했다.

'정말 최악이야.'

로이크는 괴로운 듯이 일어서서는, 굳은 미소를 띠며 노엘의 어깨에 손을 올려놓았다.

"무얼, 네가 내 여자가 되면, 이제부터는 부자유스러운 것 없이 생활하게 해주마. 네 여동생도 그걸 바라고 있잖아? 하지만 만약 거절한다면── 네가 다른 남자의 것이 되겠다면, 지금 여기서──."

로이크의 오른손이 빛을 내뿜었다.

문장이 빨갛게 빛나기 시작했다.

"누가, 너 따위한테!"

노엘이 로이크를 노려보고 있는데, 멀리서 목소리가 들려왔다.

"뛰어선 늦겠군. 에이, 이렇게 되면!"

『마스터, 뭘 하실 생각입니까? 마스터! 그, 그만──!』

노엘이 시선을 옆으로 향하자, 로이크도 그에 이끌려 같은 방향을 봤다.

그런 로이크의 얼굴에 금속제 회색 공이 기세 좋게 날아와 부딪쳤다.

"푸읍!"

철 덩어리가 직격하여 로이크는 코피를 내뿜으며 그대로 바닥에 벌렁 나자빠졌다.

바닥을 나뒹구는 회색 공은 천천히 떠올라, 가까이 다가오는 리온을 빨간 눈동자로 쳐다봤다.

"스트~라이크!"

기뻐하는 듯한 리온과는 반대로 회색 공은 화났다는 걸 알 수 있는 목소리를 내고 있었다.

『제가 도중에 방향을 바꾼 겁니다. 마스터의 제구로 맞힌 게 아니라고요. 그리고, 제게 뭔가 할 말이 있지 않습니까?』

리온은 코웃음을 치고 있었다.

"좋은 투구였다."

『역시 저는 마스터가 싫습니다.』

"그러냐. 마음이 맞는구먼, 섬멸 군."

『정정해 주십시오. 제게는 '루크시온'이라는 이름이 있습니다.』

"훌륭한 이름이네. 그 이름을 붙인 나를 공경해도 좋다고?"

『마스터는 좀 더 저를 소중히 여겨야 하지 않겠습니까?』

"소중히 여기고 있어. 나 나름대로 말이지."

아니, 어떻게 봐도 사이가 나빠 보였다.

"윽, 대체 뭐야?"

노엘이 그들을 멍하니 보고 있는 사이 로이크가 자신의 코를 손으로 누르며 천천히 일어났다. 코를 누른 손 아래로 피가 뚝뚝 흘러 떨어졌다.

"네, 네 녀석, 그 유학생이로군."

격노한 로이크는 오른손 손등에서 빛을 냈다.

문장의 힘을 쓸 생각인 듯했다.

"리온, 도망쳐! 이 녀석은 6대 귀족의 후계자야!"

로이크는 리온을 감싸고자 앞으로 나선 노엘을 뿌리치다시피 밀쳐 내고는, 오른손을 리온에게 향했다.

"지금 막은들 이미 늦었다!"

하지만 그런 리온 앞에 마찬가지로 오른손 문장을 빛내고 있는 루이제가 끼어들었다.

루이제가 리온을 감싼 것이다.

"로이크, 날 화나게 만들 셈이야?"

그러자 로이크는 얼굴을 찌푸리며 오른손을 내렸다.

"무슨 생각이냐, 루이제! 어째서 그런 녀석을 감싸지?! 그 녀석은 내 여자한테 손을 댄 쓰레기라고!"

루이제는 그런 로이크를 보고 엷게 웃고는, 팔짱을 꼈다.

"그래? 나는 이 여자가 네 연인이라는 건 처음 알았는데. 망상과 현실의 구별 정도는 해야 하지 않겠어?"

"나랑 진심으로 맞붙을 생각이냐?"

6대 귀족 대 6대 귀족.

"어머, 문제를 크게 만들고 싶어? ——불리해지는 건 너야."

"큭!"

문장의 힘은 동격.

하지만 본가의 힘 관계로 보자면, 라우르트 가문이 의장 대리를 맡은 만큼 더 격이 높다.

로이크는 등을 돌리고는 노엘에게 말을 건넨 뒤 떠나갔다.

"노엘, 잊지 마라. 너는 나를 선택할 수밖에 없어!"

노엘은 그런 로이크에게서 시선을 떼고, 리온과 루이제를 쳐다봤다.

의외라고 할지, 신기한 조합으로 보였다.

"루이제, 왜 네가 나를 돕는 거야?"

루이제가 어째서 자신을 도운 건지 의미를 알 수 없었다.

"도와? 착각하지 마. 나는 리온 군에게 부탁받은 것뿐이야."

씩 웃는 리온 옆 근처에서 회색 공이 빨간 눈동자를 빛내고 있었다. 거리가 무척 가까운 게 위압하고 있는 것처럼 보였다.

"도와달라고 부탁했더니, 도와주셨단 말이지."

"그, 그렇구나."

노엘은 뭐라 매우 미묘한 기분이 들었지만, 일단은 고맙다는 말을 전했다.

"뭐, 도움을 받은 건 사실이니 감사의 뜻은 표할게. 두 사람 다 고마워."

루이제는 그런 노엘에게 등을 돌렸다.

"고맙다는 말은 필요 없어. 그것보다 리온 군, 잠깐 같이 가줘."

루이제가 리온의 팔에 자신의 팔을 감았다.

그걸 본 노엘은 리온의 반대편 팔을 붙잡았다.

"잠깐, 나도 리온한테 볼일이 있거든?"

리온은 양팔을 여자한테 붙잡혀 곤혹스러워하고 있었다.

"어? 뭐야, 이 상황? 야, 루크시온. 날 도우라고."

그러자 루크시온이 리온에게 빨간 외눈을 돌리고는, 『바람피우는 중 now』라고 중얼거렸다.

"너 인마, 주인을 저버리는 거냐! 그리고, 뭘 중얼거린 거야!"

『조금은 반성해 주셨으면 하는군요. 저를 던진 것에 대한 사죄도 요구합니다. 그러지 않는다면 현재 상황을 두 사람에게 전할 겁니다.』

"너, 정말로 최악이구먼!"

리온이 분한 듯이 얼굴을 찌푸리자, 루이제가 팔을 잡아당겼다.

"됐으니까, 잠깐 같이 가줘. 만나 줬으면 하는 사람이 있으니까."

리온이 고개를 갸웃했다.

"만나 줬으면 하는 사람?"

"──우리 부모님."

"푸흡!"

루이제가 조금 난처한 얼굴로 중얼거리자 리온은 사레가 들린 듯 기침을 뿜어냈다.

노엘도 아연실색했지만, 재빨리 정신을 차리고 루이제한테 따졌다.

"무, 무슨 생각을 하는 거야! 너, 라우르트 가의 아가씨잖아!"

그런 인물이 리온을 부모님과 만나게 하고 싶다니, 대체 무슨 생각이야?

'설마, 루이제는 진심으로 리온에게 반한 거야?!'

노엘의 반응을 보고 루이제도 당황스러워했다.

"바, 바보! 착각하지 마! 여기엔 이유가──"

노엘과 루이제가 서로 팔을 잡아당겨, 리온은 휙휙 흔들리고 있었다.

그런 와중에 루크시온이 리온에게 말했다.

『마스터, 문제가 발생했습니다.』

◇

리온 일행이 옥신각신하고 있을 무렵.

건물 뒤로 불려 나온 브래드는 자신을 둘러싼 남자들을 앞에 두고 머리카락을 만지작거리고 있었다.

"흐음. 불러내기에 와 봤는데, 이건 대체 무슨 속셈이지?"

브래드를 건물 뒤로 불러낸 것은 피에르였다.

"너희들 삼류 국가의 귀족이 공화국에서 잘난 체하는 게 눈에 거슬린단 말이지."

혀를 내밀어 천박한 표정을 짓고 있는 피에르를 보고, 브래드는 작게 한숨을 내쉬었다.

"공화국 귀족은 소문으로 듣던 것 이상으로 호전적이네. 이래 보여도 나한테도 입장이 있어. 6대 귀족에 속하는 네가 나한테 손을 대면 국제문제가 될 거야."

그 말에 피에르 주위에 있는 남자들이 낄낄 웃었다.

문제가 일어나든 말든, 손을 댈 생각인 것이다.

피에르가 한쪽 눈을 크게 뜨고 브래드에게 말했다.

"재밌잖냐. 이 몸이 직접 상대해 주마."

"——꽤 강하게 나오네."

"해치워 버려라!"

브래드가 주위로 시선을 향하자, 피에르 주위에 있던 남자들이 목도를 들고 덤벼왔다.

남자들이 목도를 치켜들고는 브래드에게 내리쳤다.

"하압!"

하지만 브래드는 그걸 피하고는 상대의 몸을 손으로 밀었다.

그것만으로도 목도를 든 남자들이 나뒹굴었다.

"이, 이 자식이."

일어난 남자들을 보고 브래드는 내심 어이없어했다.

'이 녀석들, 진심인가? 장난하고 있는 건 아니겠지?'

호르파트 왕국의 귀족은 모험가를 선조로 두고 있다. 학생일 때부터 모험가가 되어 왕도의 던전에 도전해 실력을 쌓는 관례가 있다.

브래드는 앞에 나서서 싸우는 타입은 아니었지만, 피에르 주위의 남자들보다는 강했다.

"이 자식!"

뒤에서 덮쳐 온 남자의 배를 무릎으로 가격하고 목도를 빼앗아, 덤벼 오는 남자들을 그대로 후려갈겨 나갔다.

'단련한 성과가 나왔군.'

조금 기뻤지만, 감정을 감추고 냉정하게 피에르를 쳐다봤다.

"아직도 더 하겠어?"

"칫! 너희들, 너무 약하잖냐!"

피에르가 호통을 쳤다. 그러나 브래드가 보기엔 피에르는 그 남자들보다도 더 약해 보였다.

"너무 거친 짓은 하고 싶지 않아. 어때? 여기서는 서로 물러나지 않겠어?"

브래드가 원만하게 끝내려 했더니, 피에르가 오른손을 브래드에게 향했다.

"멍청이가. 검 실력이 강하다고 해서 뭐가 어떻다는 거냐!"

피에르 주위 남자들이 브래드에게 손바닥을 향했다.

"파이어 볼!"

"아이스 니들!"

"에너지 볼트!"

브래드를 향해 잇따라 자신들의 특기 마법을 발사했다.

'이 녀석들 제정신인가?!'

브래드는 놀라면서도 냉정하게 대처했다. 애초에 브래드는 검보다도 마법이 특기였다.

"어스 월."

목도로 지면을 치자, 브래드 주위를 감싸는 것처럼 흙으로 된 벽이 출현하여 마법 공격으로부터 브래드를 지켰다.

남자들이 실력 차이를 느끼고, 피에르에게 도움을 요청하는 시선을 보냈다.

"——정말로 쓸모가 없군, 너희들은!"

브래드가 격노하는 피에르를 달랬다.

"그만 끝내자. 실력 차이는 명백해."

이런 말을 한번 해 보고 싶었던 브래드가 내심 기뻐하고 있었더니, 피에르가 꺼림칙하게 웃었다.

'뭐지?'

브래드가 경계하는 가운데, 피에르가 오른손을 들자 문장이 빛을 내뿜었다.

"나를 화나게 했군, 망할 삼류 국가의 사이비 귀족이!"

그러자 브래드 바로 아래에 마법진이 떠올랐고, 브래드가 만들어 낸 흙벽이 무너져 내리고 말았다.

"아니?!"

황급히 목도를 들고 자세를 취하자, 이번에는 지면에서 나무뿌리가 튀어나와 브래드를 덮쳤다.

뿌리를 막아내는 동시에 목도가 부서졌다. 브래드는 즉각 마법을 사용했다.

"칫! 파이어 랜스!"

그러나 이변이 일어났다. 나무뿌리를 불꽃으로 태워 없애버리려 했으나, 마법이 발동하지 않았다.

"어, 어째서?!"

마법 발동이 실패한 게 아니라 발동을 제지당한 듯한 감각이었다.

나무뿌리가 브래드의 발목에 휘감겨 브래드를 들어 올렸다.

그대로 거꾸로 매달린 브래드는 어떻게든 도망치려 했으나 나무뿌리가 발목을 단단히 조이고 있어 도무지 벗어날 수 없었다.

"젠장!"

주위에는 목도를 든 남자들과 오른손 손등을 빛내는 피에르가 있었다.

브래드를 둘러싸고 히죽히죽 웃고 있다.

브래드는 거꾸로 매달린 채 팔을 굽혀 방어 자세를 취했다.

그걸 본 피에르가 이마에 손을 대고, 다른 한쪽 손으로 브래드를 가리키며 웃었다.

"조금 전까지의 대단한 위세는 어디에 간 거냐. 어이! 까불어 댄 만큼, 처벌도 추가해야겠군. 그 얼굴을 엉망진창으로 만들어주마!"

브래드는 마음속으로 분하게 생각하면서도, 그걸 얼굴에는 드러내지 않았다.

'난처하게 됐네. 미안하다, 마리에, 율리우스, 다들── 폐를 끼치게 되겠지만, 용서해다오.'

한순간 이런 때, 리온이라면 어떻게 할지 생각했다가 약간 우스워져서 무심코 웃음을 흘리고 말았다.

피에르가 외쳤다.

"손봐 줘라!"

마리에의 저택.

건물 내부도 넓고 정원도 있어서 무척이나 호화로운 저택이었지만, 유감스럽게도 마리에 일행은 벌을 받는 중이었다.

저택을 유지하는 데 필요한 사용인 수는 최소한이며, 그나마도 저택에 같이 살며 일하는 게 아니라 통근하는 사용인들뿐이라 밤이 되면 다들 돌아가기 때문에 저녁 등은 자기들이 알아서 준비해야만 했다.

식당에서는 카일이 식기를 준비하고 있었고, 굶주린 그렉이 테이블에 뺨을 얹은 채 저녁 식사를 기다리고 있었다.

"카일, 밥은 아직이냐? 뱃가죽이 등에 들러붙을 지경이다."

그렉은 조금 전부터 여기 와서 '배가 고프다'는 말을 반복하고 있었다.

카일은 기가 찬다는 얼굴로 대꾸했다.

"그러면 도와 달라고요."

"배가 고파서 움직일 수가 없어. 무리다."

그렉의 머리를 후려갈겨 줄까 하고 생각했지만, 카일은 억지로 참으며 부엌으로 돌아갔다.

부엌 안에서 마리에와 카라의 목소리가 들려왔다.

"파스타를 대량으로 데쳐!"

"네, 마리에 님!"

"정말이지, 다들 한창이라고 엄청나게 먹는다니까!"

성장기인 사람이 여덟 명이나 있기 때문에 식사 준비도 큰일이었다.

하지만 율리우스를 비롯한 남자들은 이를 돕지 않았다.

예외는 카일뿐이었다.

카일은 한숨을 내쉬고는 그렉에게 다른 멤버들에 관해 물었다.

"율리우스 전하와 다른 사람들은 어디인가요?"

"율리우스와 질크는 방에서 내일 준비를 한다더군. 성실하지. 크리스 녀석은 한가하니까 정원에서 휘두르기 연습을 하겠다고 했어."

그럴 틈이 있다면 일을 좀 도왔으면 좋겠는데.

카일은 본심을 속으로 삼켰다.

'뭐, 이 사람들은 애초부터가 도련님으로 자라 온 사람들이니 이런 일은 사용인이 하는 게 당연한 거겠지만 말이야.'

기대해 봤자 헛수고구나 하고 카일이 고개를 젓고 있자니 현관 쪽이 소란스러워졌다.

문이 난폭하게 열리고, 크리스의 목소리가 저택에 울려 퍼졌다.

"다들, 큰일이다!"

긴박한 목소리에, 부엌에서도 마리에가 얼굴을 내밀었다.

◇

저녁을 준비하기 위해 마리에는 머리를 묶고 앞치마를 두르고 있던 마리에는 긴박한 목소리를 듣고 저택 문까지 나왔다.

그곳에는 충격적인 광경이 펼쳐져 있었다.

"브래드!"

브래드가 줄에 묶여 지면에 나뒹굴고 있었다.

그리고 그 위에 한 공화국 남학생이 앉아 있었다.

"여어, 삼류 국가의 여러분. 좋은 밤이야. 이 몸은 페베르 가의 피에르 님이라고 한다."

얼굴이 부어 있는 브래드를 보고, 마리에가 뛰쳐나가려 했지만, 율리우스가 어깨를 붙잡고 제지했다.

"율리우스, 이거 놔!"

"진정해라, 마리에. 브래드는 아직 살아있어. 지금 중요한 건 당당히 쳐들어온 이 녀석들이다."

피에르는 측근 남자들을 데리고 있었고, 그 뒤쪽에는 차가 몇 대나 있었다.

개조한 건지 차가 하나같이 화려했다.

브래드 위에 걸터앉은 피에르가 율리우스를 보며 히죽히죽 웃고 있었다.

"네가 폐적당한 왕국의 전 왕태자냐. 한심한 면상이군."

마리에는 격노했다.

'이 자식, 피에르라고 했었나── 어째서 우리 집에 온 거야? 그리고, 네 면상이 더 끔찍하다고!'

다만, 율리우스는 바보 취급당해도 침착했다.

"──브래드를 다치게 한 건 너희들인가?"

제법 화가 난 것인지 율리우스의 목소리가 평소보다 차가웠다.

피에르는 실실 웃으며 대답했다.

"그래. 약해서 싸울 맛이 안 나는 상대였다고. 너희들 너무 약한 거 아니냐. 너희들 나라로 돌아가는 게 어때?"

뒤에서 대기하고 있는 질크는 언제라도 무기를 손에 쥘 수 있도록 하고 있었다.

그렉은 이마에 핏대를 세우고 있었고, 당장이라도 뛰쳐나갈 것만 같았다.

크리스는 휘두르기 연습 도중이었는지 이미 목도를 들고 있었다.

카일과 카라는 가장 뒤에 숨어 있었다.

율리우스는 모두를 대표하여 피에르와 이야기를 했다.

"브래드를 이쪽에 보내 주겠나."

"좋지. 일부러 데리고 와준 거라고. 아~, 그래그래. 너희들한테 볼일이 있었어. 이 몸이랑 잠깐 놀자고."

마리에는 안 좋은 예감이 들었다.

'어라? 뭐더라? 뭔가 잊고 있는 듯한 느낌이……'

피에르가 일어서더니 율리우스에게 승부를 걸었다.

"지금부터 이 몸이랑 승부하는 거다. 이 몸이 이기면 너희들의 배를 받아 가지. 아, 이기든 지든, 이 녀석은 돌려주마. 하지만 승부하지 않는다면 돌려주지 않겠다. 성수에 맹세해도 좋다고."

마리에는 배라는 말을 듣고 곧바로 아인호른을 떠올렸다.

'배라니── 애초에 아인호른은 오빠의 배야. 그걸 건다는 것 자체가 말이 안 돼. 아니, 그보다 성수에 맹세한다는 말을 어디선가 들은 듯한…….'

그건 율리우스도 같은 의견인 모양이었다.

"무리군. 그 배는 발트파르트의 소유물이다. 내게 권리는 없어."

"그러냐. 그러면 이 녀석은 죽여야겠군."

브래드의 머리카락을 붙잡고 들어 올리는 피에르를 보고 율리우스가 순간적으로 말했다.

"잠깐! 승부라면 받아 주겠지만, 배는 걸 수 없다는 뜻──"

다음 순간, 피에르가 입가를 초승달처럼 일그러뜨리며 미소를 띠자, 오른손 손등이 빛났다.

"받아들이겠다고 말했군! 성수에 맹세했어!"

피에르가 마치 이긴 것처럼 웃기 시작하고는 양팔을 벌려 하늘을 올려다보았다.

갑작스러운 태도에 율리우스도 약간 기겁하고 있었다.

"무, 무슨 말을──"

계속 고민하던 마리에는 피에르의 모습을 보고 뒤늦게 사태를 파악했다.

"아, 안 돼! 이 승부는 받아들여서는 안 돼!"

피에르를 중심으로 마법진이 나타나 넓어지더니, 마리에 일행이 있는 곳까지 확대되었다.

지면에 떠오른 마법진을 보고 마리에의 얼굴이 새파래졌다.

'기억났어! 이 녀석이 주인공에게 트집을 잡는 장면에서 썼던 건——!'

피에르가 자랑하듯이 설명하기 시작했다.

"성수에 맹세한 승부다. 너희들은 이 승부를 받아들일 수밖에 없다고! 이 나라에서 성수는 절대적이지. 그 성수에 맹세한 승부는 신성하며 절대적인 것! 이걸 깬다면 그 앞에 기다리고 있는 건 죽음뿐이다!"

햐햐햐, 하고 기분 나쁘게 웃는 피에르가 율리우스를 손가락으로 가리키며 승부 방법을 알렸다.

"승부는 간단해. 너희가 최후의 한 사람이 남을 때까지 서로 죽고 죽여라."

말도 안 되는 승부 방법을 들이미는 피에르에게, 율리우스를 비롯한 이쪽 남자들도 인내심의 한계에 달한 모양이다.

"까불고 있어!"

질크가 권총을 뽑으려 하자, 마법진에서 가느다란 나무뿌리나 넝쿨이 기세 좋게 뻗어 와 피에르 일행 이외의 전원을 구속했다.

마리에는 자신의 목에 휘감기는 넝쿨을 벗겨 내려 했지만, 사람의 힘으로는 도무지 손 쓸 방도가 없었다.

피에르가 교복 주머니에 손을 넣은 채 웃으면서 마리에 일행을 보고 있었다.

"까불고 있는 건 너희라고. 이건 성수에 맹세한 승부란 말이다. 얼른 서로 죽이지 않으면, 너희들의 패배다."

마리에는 피에르를 보며 이를 악물었다.

'뭐야, 이 자식. 게임에서도 비겁한 소인배 같은 녀석이긴 했지만, 이런 건 비겁함 그 자체잖아! 게다가 승부에서 건 대상은——'

아인호른은 리온의 배다.

그걸 빼앗긴다는 건 마리에한테도 심각한 문제였다.

'오빠의 옐로 존*을 돌파해버릴 사안이라고?!'

율리우스가 피에르를 노려보며 오기를 보였다.

"그런 짓은 할 수 없다. 애초에 이런 불합리한 승부가 인정될까 보냐!"

"여긴 너희들의 삼류 국가가 아니라고. 절대적인 승자인 알제르다. 너희가 우리랑 동등한 취급을 받을 수 있을 줄 알았나? 꿈이 지나치게 야무지군."

방어전 불패의 공화국.

확실히 경이적인 나라다.

하지만 이러한 불합리한 행위는 용납될 수 없다며 율리우스와 다른 이들이 분노하자, 목에 통증이 전해졌다.

"큭! 뭐, 뭐지?"

그렉이 목에 들러붙은 넝쿨을 억지로 떼어냈다. 그러자 거기에는 목줄 같은 흔적이 새겨져 있었다.

크리스가 그걸 알아차리고 그렉에게 말했다.

"그렉, 네 목에 뭔가 무늬가 생겨나 있다!"

---

*위험 수위에 도달하기 전까지의 일정한 한도치

"너도 마찬가지라고!"

전원에게 목줄 같은 흔적이 새겨지고 말았다.

마법진이 사라지자 나무뿌리나 넝쿨이 움직이지 않게 되었다.

"성수에 대한 맹세는 절대적이다. 그걸 깨려고 하는 극악인은 성수가 직접 벌을 내리지. 너희들이 거스르면 목부터 그 위가 날아갈 거다."

피에르의 설명에 율리우스의 눈이 휘둥그레졌다.

전원이 마리에를 보니, 거기에도 성수가 새긴 문장이 또렷하게 들어가 있었다.

네 사람이 피에르에게 분노를 느꼈지만, 지금의 자신들에게는 어찌할 방도가 없었다.

피에르 일행이 차에 올라탔다.

"자, 그럼 삼류 국가의 비행선을 보러 가도록 할까. 이제 이 몸 것이니까 말이지."

떠나가는 피에르 일행.

율리우스가 마리에한테 달려가더니 걱정하며 말을 건넸다.

"마리에, 괜찮나?!"

"──려."

"뭐?"

"곧바로 리온한테 알려! 알겠지? 절대로 자극하면 안 돼. 사정을 제대로 설명하고 이해를 요청하는 거야! 당장! 그렇지 않으면 큰일이 날 테니까!"

"아, 알았다! 내가 금방 알리고 오지."

혼란에 빠진 마리에를 보고, 곧바로 크리스가 사정을 알리기 위해 리온이 있는 곳으로 향했다.

◇

여러 가지로 큰일이었지만, 겨우 집으로 돌아올 수 있었다.

나 참, 내 인기 전성기는 어떻게 되어 버린 거지?

호르파트 왕국에서 약혼자를 두 명 만들고, 그 뒤에 곧바로 유학지에서 나를 둘러싸고 쟁탈전을 벌이는 여자가 두 명이나 나오다니 예상 밖에도 정도가 있다.

"노엘은 어떻게 생각해? 내 전성기, 굉장하다고 생각하지 않아?"

나는 집으로 돌아와 노견 노엘을 돌봐주고 있었다.

결국 루이제 양의 권유는 거절하고 노엘이 내 집으로 오는 것도 다른 날이 되었다.

루크시온이 준비한 흐물흐물한 먹이를 먹고 있던 노엘은 식사가 끝나자 곧바로 포개 놓은 담요 위에 앉았다.

내 얼굴을 보며 혀를 내밀고 있었다.

노엘을 위해 아기용 침대를 마련하여 거기다 눕히며 돌봐주고 있다.

허리의 부담을 줄이기 위해 준비한 건데, 이게 의외로 괜찮았다.

"전부 먹었군."

오늘도 건강한 것 같다며 지켜보고 있자, 루크시온이 그런 내 게서 거리를 벌리고 날 보고 있었다.

"뭐야?"

『제가 계산한 완벽한 영양과 식사량입니다. 확실하게 다 먹을 수 있는 양으로 준비해 둔 겁니다.』

내던진 걸 아직 화내고 있는 모양이다.

정말이지 성가신 인공지능이다.

"불만이라도 있는 거냐?"

『없다고 생각하고 계셨던 겁니까?』

"너, 주인한테 너무 차갑지 않냐?"

『마스터를 주인으로 인정한 것을 후회하고 있는 참입니다.』

"그러십니까. 유감스럽게 됐군요."

삐친 루크시온을 상대하는 데 곤란해하고 있자, 노엘이 고개를 들어 바깥의 낌새를 신경 썼다.

그 직후, 저택 문을 난폭하게 두드리는 소리가 났다.

"이런 시간에 누구지?"

『마스터, 아직 이야기는 끝나지 않았습니다. 이후에 관해 확실히 이야기해야 한다고 생각합니다.』

"다음에 다시 하자고."

방에서 나와 현관으로 향했더니, 문을 격렬하게 두드리고 있던 건 크리스였다.

여기까지 뛰어왔는지 숨이 상당히 거칠었다.

"무슨 일이야?"

"발트파르트—— 미안하다!"

"뭐가?"

나는 크리스를 집 안으로 들여 자세한 이야기를 들었다.

★제06화 「배신」

　밤의 항구에 찾아오니 제법 소란스러웠다.

　아인호른을 정박시키고 있는 장소로 오자 수많은 사람이 있었고 멋대로 아인호른에 올라타 있었다.

　선체에는 문양 하나가 희미하게 빛나고 있었다.

　성수의 문장인가 하는 그건가?

　내가 문양을 올려다보고 있었더니, 먼저 와 있던 마리에 일행이 내게 다가왔다.

　다들 면목 없다는 듯한 표정을 짓고 있었다.

　"미, 미안해. 실은——"

　마리에가 새파래진 얼굴로 떨면서 경위를 설명하려 했지만 나는 마리에를 멈추었다.

　"됐어. 크리스한테서 들었으니까. 너희들, 남의 것을 잘도 내기의 대상으로 삼는군."

　"그런 게 아니다! 이건 저 녀석들이!"

　마리에를 대신하여 율리우스가 반론했지만, 나는 아인호른에서 내려온 남자에게 시선을 향했다.

　그 남자는 피에르였다.

　같은 보라색 머리카락을 지닌 브래드와 비교하면 품위가 없는 남자였다.

"네가 이전 주인이냐."

"이전?"

아무래도 아인호른에 올라타 있는 건 피에르의 부하들인 모양이었다.

갑판에서 우리를 내려다보고는 술을 마시며 웃고 있다.

"되찾으러 왔쩌유~?"

"무리래도."

"성수에 거스르면 너희들 뒤진다니까."

남의 비행선에서 제멋대로 구는 놈들을 보고 있자니 슬슬 화가 나기 시작했다.

피에르가 내게 얼굴을 가까이 댔다.

"이제 이 배는 이 몸 거다. 저 문장이 보이지? 저건 성수가 이 배를 이 몸의 것이라고 인정한 증거라고. 되찾으려 하면 성수가 가만히 있지 않을 거다. 시험해 볼 테냐?"

어떻게 되는지 꼭 보고 싶지만, 지금은 그만두기로 했다.

"네 태도를 보고 단념한 상태기는 하지만, 일단 말해 둘까. 돌려줬으면 한다."

그러자 피에르가 내게 침을 뱉었다.

뺨에 맞은 피에르의 침이 몹시 기분 나빴다.

"싫은데."

"그러냐."

"처음에는 별 기대 안 했으니까, 너희들 눈앞에서 파괴할 생각이었는데 말이지, 막상 보고 나니 생각이 바뀌었다. 이건 이 몸한테 어울리는 배다. 갑옷도 겉모습은 촌스럽지만 파워는 있어. 이 몸이 써 주마."

아로간츠에 대해서도 이미 조사한 모양이었다.

재빠르기도 해라.

그러자 내 오른쪽 어깨 근처에 떠 있던 루크시온이 그대로 피에르의 왼쪽 어깨 근처로 이동하여 빨간 렌즈를 내게 향했다.

나보다도 피에르가 놀라고 있었다.

"뭐야, 이 녀석은?"

『처음 뵙겠습니다. 저는 루크시온── 이 아인호른을 관리하는 존재입니다. 아인호른의 소유자가 변경되었기에 저도 마스터를 변경하겠습니다. 이후 잘 부탁드립니다.』

"──루크시온."

내가 노려보자, 루크시온은 빨간 렌즈를 돌렸다.

그 모습을 지켜보고 있던 마리에가 혼란에 빠졌다.

"기, 기다려! 네 주인은 리온이잖아!"

루크시온은 담담히 대답했다.

『조금 전까지는 그랬지요. 하지만 이제부터는 이분이 제 주인입니다.』

"그, 그럴 수가!"

마리에가 낙담한 것을 보고 피에르도 왠지 모르게 사정을 눈치

팼는지 루크시온한테 손을 올려놓고 웃기 시작했다.

"깜짝 놀랐다만, 그런 건가. 이 녀석은 사역마의 일종으로, 이 비행선을 관리하는 거군. 어쩐지 배의 크기에 비해 선원의 기척이 적다 했어."

『예. 제가 있으면 선원 같은 건 필요 없습니다.』

"굉장한데! 더더욱 마음에 들었다."

기분이 좋아진 피에르가 나를 보며 비웃었다.

"어때? 비행선뿐만 아니라 사역마까지 빼앗긴 기분은? 이거에 넌더리가 났다면 두 번 다시 공화국에 오지 말라고. 뭐, 만약 화가 나서 되찾으러 온다면── 이 몸이 상대해 주마."

방어전 불패의 공화국이다.

피에르도 허세로 그런 말을 하는 게 아니라, 진심으로 왕국을 상대로 싸워도 괜찮다고 생각하고 있는 것이리라.

정말로 넌덜머리가 난다.

"그러면 지금 당장이라도 배를 걸고 나와 승부하겠어?"

내가 제안하자, 피에르는 거부했다.

"아무것도 없는 너랑 내기 따위 하겠냐. 하다못해 이 배랑 걸맞은 걸 가지고 오라고. 그렇게 하면 승부 정도는 받아 주지. 뭐, 그렇긴 해도 이 몸이 지는 일 따위 있을 수 없지만 말이다."

나는 뺨에 묻은 침을 닦고, 피에르한테 등을 돌리고 항구에서 떠나기로 했다.

"그 말 잊지 마라."

"그래, 네가 이 배랑 걸맞은 것을 준비할 수 있다면 얼마든지 승부해 주마."

캬햐햐, 하고 기분 나쁘게 웃는 피에르는 정말로 악역다운 악역이었다.

마리에 일행이 내 뒤를 따라온다.

자, 그럼 이제부터 어떻게 움직인다?

저택으로 돌아온 마리에는 바닥 위에 정좌하고 있었다.

식은땀이 멈추질 않았고, 고개를 들 수가 없었다.

리온은 그 마리에의 주변을 원을 그리며 천천히 걷고 있었다.

"즉, 너는 부주의하게 승부를 받아들이겠다고 말한 율리우스를 제지하지 못한 거군."

"……제성해여."

말하다가 혀를 깨물고 말았다.

하지만 그런 건 아무래도 좋다.

지금 중요한 건 리온이 아주아주 격노하고 있다는 점이었다.

전생에서 남매였던 만큼, 마리에는 리온의 한계선을 잘 알고 있었다.

전생에서도 리온이 화를 내는 아슬아슬한 선을 잘 가리며 어리광을 부리곤 했다.

그렇게 하면 응석을 받아 주니까.

그리고 리온은 진심으로 열을 받으면 불같이 화를 내는 게 아니라, 조용히 상대를 몰아넣어 나간다.

전생에서 리온이 초등학생이었을 무렵, 리온은 같은 반의 짓궂은 녀석들에게 괴롭힘의 타겟이 된 적이 있었다.

마리에가 그걸 알게 된 건 제법 나중이 되어서였다.

그 무렵에는 '오빠는 참 쉽다니까'라고 생각하고 있었지만, 어머니한테서 이야기를 듣고는 질겁했다.

리온을 괴롭히던 남자들은 세 명이었는데, 무슨 짓을 한 건지 세 사람 모두 끝내 전학했다.

전학 가기 전, 리더 격인 애가 울면서 우리 집에 푸념하러 왔었는데, 리온은 그때마저 웃으며 바라보고 있었다고 한다.

마지막에는 '전학 가서도 잘해보라고'라고 말했더니, 남자애는 울면서 도망갔단다.

리온은 자신을 괴롭히던 애들을 모조리 전학 보내버렸다.

그게 무슨 대수냐 할 수 있지만, 이 모든 게 초등학생이 해낸 일이라는 걸 생각해야 한다. 대체 무슨 짓을 하면 그런 결과가 되는지 마리에는 상상도 할 수 없었다.

그때 자신은 절대로 오빠를 화나게 만들지 않겠다고, 새삼 맹세했다.

그렇다── 리온은 시작하면 끝까지 철저히 하는 남자다.

"성수의 맹세였던가? 나는 그런 이야기를 못 들었는데. 내가

까먹고 있는 것뿐인가? 그런 것 치고는 꽤 중요한 정보인 거 같은데?"

리온의 취조에 마리에는 떨림이 멎질 않았다.

"말씀을 못 드렸어요. 제 잘못이에요."

"그러냐. 말하는 걸 잊고 있었나. ──매우 유감이야. 마리에 양."

울음이 터져 나올 것만 같았지만 참았다.

'우, 울면 안 돼. 오빠는 우는 여자를 매우 싫어하니까, 여기서 울면 신경을 거스르게 돼.'

마리에는 필사적으로 우는 것을 참으며 고개를 숙였다.

엎드려 빌어야 한다.

솔직히 나쁜 건 피에르고, 일단 변명 거리도 있었지만, 리온이 분노 중이라면 있다면, 어떤 변명을 해도 역효과일 뿐이었다.

무엇보다 리온은 전쟁을 경험해 버렸다.

마리에는 그게 무서웠다.

'TV 같은 데서 한번 총을 쏘면 점점 방아쇠를 당기는 손가락이 가벼워진다고 했었잖아!'

전생의 지식이 지금의 리온은 한다고 정하면 상대의 목숨마저 빼앗을 수 있다고 말해 주고 있었다.

'피에르 바보 자식아아아아아! 어째서 우리 오빠를 화나게 만든 거야아아아! 게다가 '마리에 양'이라니, 타인 취급이잖아!'

"용서해 주세요. 무슨 일이든지 하겠어요!"

"멋진 마음가짐이야. 그렇다면 네 성의를 보여줘. 우선은 얼른 브래드를 치료해.”

브래드는 응급 처치를 끝낸 뒤 침대에 눕혀 놓았다.

마리에는 일어서더니 등을 쭉 펴고, 고개 숙여 인사한 뒤 방에서 뛰쳐나갔다.

“정말로 죄송하게 됐습니다! 그러면, 실례하겠습니다!”

도망치다시피 방에서 뛰쳐나간 마리에는 눈물을 닦으며 달렸다.

‘저질러 버렸어어어! 이대로라면 난 오빠한테 죽고 제2의 인생이 끝나고 말아. 아니면, 버림받고 끝나거나! 그런 건 싫어어어!’

마리에의 머리는 오랜만에 풀 회전하여 이 상황을 극복할 방법을 생각했다.

“……겁을 너무 많이 줬나.”

멋대로 남의 배를 건 것이나, 피에르가 제멋대로 행동하게 둔 것.

그 불만을 가볍게 부딪쳤을 뿐인데, 마리에한테는 충분히 먹혀든 것 같았다.

뭐, 이 건에 관해서는 저 녀석도 그렇게까지 큰 잘못을 저지른 건 아니니까.

보고 있자니 불쌍해질 정도였기에, 이번에는 이 정도로 용서해 줘야겠다.

“그보다 피에르 녀석, 왜 접점도 없는 우리 쪽에 손을 댄 거지?”

지금 가장 성가신 것은 중요 이벤트의 열쇠인 피에르였다.

그 녀석이 이쪽에 손을 댈 거라고는 생각지도 않았다.

주인공한테 시비를 걸 줄 알고 노엘이나 렐리아만 마크하고 있었던 것이 역효과를 냈다.

"아인호른은 빼앗겼고, 루크시온도 저쪽에 가 있고."

이렇게 있으니 오른쪽 어깨 부근이 영 허전했다.

"뭐, 아인호른은 되찾으면 그만이니까. 오히려 문제는 그 이후인데……."

피에르가 이제부터 어떻게 움직일지 예상할 수 없는 게 뼈아팠다.

이제부터 주인공한테 시비를 거는 걸까? 아니면 이미 스토리가 파탄 난 건가?

인생 참 뜻대로 되지 않는군.

"그리고 루크시온 녀석, 설마 그렇게까지 삐져있을 줄이야. 혹시 상당히 화내고 있었던 건가?"

나한테서 떠나 피에르가 있는 곳으로 갈 때, 아무래도 그 녀석이 화를 내는 느낌이 들었다.

기분 탓일까?

◇

다음 날, 노엘이 학원에 오니 교실 안의 낌새가 이상했다.

"안녕~."

인사를 했지만 아무도 대답하지 않았다.

그러기는커녕 반 아이들은 노엘에게서 고개를 돌리고 있었다.

"어? 뭔데?"

노엘은 동요했고, 그 외에도 이상한 점을 알아차렸다.

"어라? 왜 책상 수가 적어?"

교실에 늘어선 책걸상. 그중에 구멍이 뻥 뚫린 것처럼 비어 있는 공간이 두 군데 있었다.

리온과 브래드의 책상이 있던 자리였다.

교실 안을 둘러보니, 다들 거북한지 고개를 숙이고 있었다.

무엇보다 리온과 브래드의 모습이 없었다.

"대체 어떻게 된 거야?"

가까이 있던 친구 여자애한테 다가가자, 그녀는 불안한 듯 시선을 이리저리 회피했다.

"무슨 일이 있었어?"

"그, 그게……."

난처해하는 여자를 대신하여 설명해 준 것은 노엘과 친한 남자였다.

"유학생들이 귀족과 싸웠어. 아침부터 유학생들은 귀족들한테 철저히 짓밟혔다고 들었는데. 노엘, 너도야. 너 대체 무슨 짓을 한 거야?"

"뭐, 뭐야 그게! 나는 아무것도 하지 않았어! 그것보다 너희들은 그런 녀석들의 말에 따르는 거야?!"

반 아이들이 노엘의 말에 고개를 돌렸다.

공화국에서 6대 귀족은 절대적이다.

성수에 선택받은 귀족은 단순히 권력뿐만 있는 게 아니라 성수의 힘을 빌릴 수 있다.

그들에게 거스르면 공화국에서 살아갈 수 없다.

노엘은 곧바로 교실을 뛰쳐나갔다.

그랬더니, 복도에서 로이크가 기다리고 있었다.

"안녕, 노엘."

미소를 띤 얼굴로 인사하는 로이크를 보고 노엘은 아침부터 오한이 났다.

"로이크, 너……!"

"어때? 내 사랑을 받아들일 마음이 들었냐?"

아무래도 로이크가 교실 안에서 일어난 일과 연관이 있는 건 분명한듯했다.

'이 자식, 대체 왜 이렇게까지 하는 거야? 게다가 어째서 목줄 같은 걸 들고 있는 건데?'

상쾌한 미소를 보여주고 있는 로이크였으나, 손에는 어째서인지 사슬이 달린 목줄을 쥐고 있었다.

"멋진 목줄이지? 이거, 너와 나의 사랑의 증표라고. 네가 나한테서 도망치겠다면, 어디로도 도망가지 못하도록 이걸로 매어 두어야겠지."

'농담이지? 대체 뭐야, 이 녀석.'

아침부터 공포체험을 한 노엘은 곧바로 로이크한테서 도망쳤다.

로이크는 쫓아오지 않았다.

"넌 금방 현실을 알고 돌아올 거다. 그때가 기대되는군, 노엘."

노엘은 로이크가 하는 말의 의미를 알 수 없었다.

하지만 이 자리에서는 도망치지 않으면 곤란하다는 것만큼은 노엘의 위기감이 최대한의 경보를 울려 알리고 있었다.

'위험해. 지금의 저 녀석은 진짜로 위험해. 어떻게든 하지 않으면, 정말로——!'

도움을 요청하기로 한 사람은—— 여동생인 렐리아였다.

학원에서 문제가 일어나고 있을 무렵.

항구에서도 소동이 일어나고 있었다.

"이이야호오오오!"

항구를 드나드는 비행선 바로 근처를 날아다니는 것은 피에르가 올라탄 아로간츠였다.

비행선 측면을 엄청난 속도로 지나치자, 그 충격으로 선체가 흔들렸다.

갑판 위에서 혼란스러워하고 있는 승객이나 승조원을 보고, 피에르는 입을 크게 벌리고 웃고 있었다.

"이거 굉장한데! 생김새는 별로지만, 파워도 속도도 최고잖냐!"

아로간츠의 콕피트 안에서는 루크시온의 목소리가 들려온다.

『즐기고 계신 듯하여 다행입니다.』

"어이, 외눈. 더 재미있는 놀이를 알려줘 봐. 이 녀석은 뭘 할 수 있지?"

아침부터 아인호른이나 아로간츠의 성능을 시험하고 있는데, 그 성능에 기분이 좋아진 피에르가 항구에서 마구 날뛰고 있었다.

『그것보다도 경비대가 이쪽을 향해 오고 있습니다만?』

"경비대 조무래기들이 이 몸한테 거스를 수 있을 리 없잖냐! 이 몸은 페베르 가의 피에르 님이라고. 불평을 내뱉었다가는 갈가리 찢어 주마."

『과연. 6대 귀족 출신은 공적 기관보다도 권력이 강한 거군요.』

"당연한 걸 묻지 말란 말이다. 그것보다도, 이 녀석으로 진짜로 싸워 보고 싶어졌는데. 어딘가에 적당한 적은 없냐?"

『그러시다면 호르파트 왕국을 추천합니다.』

"뭐야. 전 주인을 죽이고 싶은 거냐? 너도 나쁜 녀석이군."

『그럴지도 모르겠군요.』

"뭐, 호르파트 왕국이라면 나름 큰 나라니 딱 좋은 공훈이 되겠군. 그 녀석들 왕자의 머리라도 보내 주도록 할까?"

『방어전으로 끌고 들어가기 위해서, 상대가 도망칠 수 없는 상황을 만드는 겁니까?』

"도발하면 저쪽에서 쳐들어오겠지. 여기는 공화국이라고. 성수의 가호가 닿는 한, 우리가 질 일은 없는데도 말이다."

즐거워 보이는 피에르는 자랑하는 것처럼 술술 이야기를 계속해 나갔다.

『과연. 이해했습니다. 그렇다면 노리는 건 다른 인물이 좋지 않을까 합니다.』

"응?"

『리온 포우 발트파르트―― 녀석은 호르파트 왕국의 영웅입니다. 그의 머리를 베면 피에르 님의 공은 물론, 왕국을 향한 강한 도발이 되겠죠. 리온의 약혼자는 왕국 공작가 출신이니, 왕가도 가만히 있을 수는 없을 겁니다.』

"호오~, 그거 좋은데. 그 영웅을 죽이고, 약혼자를 빼앗는 것도 재미있겠어."

한없이 야비한 생각을 지닌 피에르였다.

『예, 표적은 리온이 좋겠지요.』

그리고 루크시온은 피에르가 리온을 노리도록 유도했다.

◇

호르파트 왕국 대사관.

아침부터 마리에는 공화국에 당한 짓을 털어놓았지만, 직원들의 반응은 좋지 않았다.

"항의야! 항의하겠어! 이 취급은 부당한 횡포야!"

마리에가 이렇게까지 강하게 항의하는 이유는 리온을 향한 어필이기도 했다.

그리고, 평범하게 나라에 호소해서 해결하게끔 하는 것이 목적이었다.

하지만 마리에를 상대한 직원들에게서는 상상도 하지 못했던 대답이 돌아왔다.

"죄송합니다. 본국에 보고는 하겠습니다만, 마리에 님이 바라시는 결과가 될 거라고는 생각되지 않습니다."

"어째서?! 나는 아인호른을 돌려받고 싶은 것뿐이야!"

그것만 성사된다면 마리에로서는 리온에게 어떻게든 변명을 할 수 있다.

반대로, 그걸 돌려받지 못하면 리온의 분노는 사그라지지 않으리라.

마리에 양, 이라는 남을 대하는 듯한 태도가 계속 이어질 거다.

"현재 왕국은 알제르 공화국으로부터 마석을 대량으로 구입하고 있습니다."

"──윽!"

마리에는 공화국에 오기 전에 리온 일행과 이야기했던 내용을 떠올렸다. 알제르 공화국은 마석을 수출하는 에너지 자원 대국이다. 그런 나라와 싸우는 건 호르파트 왕국으로서도 피하고 싶을 터였다.

더 나아가, 공화국은 군사적 방어전에서 무패라는 기록을 세우고 있었다.

"항의도 하겠습니다. 보고도 하겠습니다. 하지만 공화국이 성실하게 대응할 거라고는 생각되지 않습니다."

"어째서야~!"

마리에는 눈물이 나올 것만 같았다.

동행해 준 율리우스가 직원과의 대화를 이어받았다.

"어떻게든 안 되겠나? 아무리 그래도 그건 너무한 처사다."

"전하, 이것이 공화국입니다. 더구나 하필이면 페베르 가와 충돌하셨으니……."

"그렇게나 평판이 나쁜 집안인가?"

"6대 귀족 중에서는 제일일 겁니다."

마리에는 내심 초조해하고 있었다.

'어, 어쩌지. 이대로라면 나는 정말로 오빠한테 버림받을 거야!'

대사관에 항의해도 헛수고로 끝나자, 마리에는 곧바로 다음 방책을 생각했다.

학원.

아침부터 노엘한테 불려 나간 렐리아는 노골적으로 불쾌한 얼굴을 하고 있었다.

"왜 내가 1교시를 빼먹어야만 하는데."

"미, 미안. 그래도 나로서는 도저히 손 쓸 도리가 없으니까 도와줬으면 해."

쌍둥이라 닮은 자매지만, 성격은 크게 달랐다.

노엘이 마음먹은 것을 그대로 드러내는 활발한 여자라면, 렐리아는 침착함이 있는 지적인 여자였다.

렐리아는 한숨을 내쉬고 팔짱을 낀 채 노엘의 이야기를 들었다. "대체 뭘 한 거야?"

"내가 그런 게 아니야! 피에르가 리온이랑 다른 유학생들을 쫓아내려 하고 있어. 게다가 로이크도 협력하고 있는 모양이라, 아침부터 나한테 이상한 말을 하는데 무서워서⋯⋯."

노엘은 혼란에 빠져 있어서 잘 설명하지 못했다.

렐리아는 그다지 관심을 보이지 않았다.

"피에르 건은 알고 있어. 근데 이건 로이크랑 사귀면 끝나는 이야기 아니야?"

"전에도 말했잖아. 그 녀석은 싫어. 네가 부추기니까──"

"내 탓이라고 말하고 싶은 거야? 언니도 싫지 않다고 했었으니까 사이좋아질 수 있도록 조언한 것뿐이잖아. 대체 뭐가 마음에 안 드는데? 얼굴도 괜찮고, 집안도 좋잖아."

"나는 그런 걸로 상대가 좋아지거나 하지 않아!"

예전에는 로이크도 더 상냥했었다. 노엘도 이렇게 싫어하지는 않았다.

하지만 언제부턴가 독점욕이 강해져, 노엘이 하는 일 전부에

참견하기 시작했다.

그리고 그 로이크를 뒤에서 부추긴 것이 바로 렐리아였다.

"그런 거? 어린애처럼 사랑 운운할 생각이야? 좀 더 어른이 되란 말이야."

쌍둥이지만 생각은 달랐다.

노엘은 렐리아의 이런 부분을 받아들일 수 없었다.

"어쨌든, 로이크는 싫어."

"아, 그러셔. 그럼 알아서 해결해. 난 바쁘단 말이야."

"미, 미안. 그렇지만 이번에는 정말로 위험해. 도와줘."

아침에 있었던 로이크의 모습을 보고, 노엘은 신변의 위험을 느끼고 스스로 자신의 몸을 끌어안았다.

그 모습을 보고도, 렐리아는 차가운 눈을 노엘에게 향할 뿐이었다.

"로이크랑 사귀면 전부 해결되잖아. 그 유학생들도 도울 수 있어."

"렐리아, 내 이야기를 제대로 들어 줘!"

떠나가려 하는 렐리아의 팔에 매달렸지만, 렐리아는 그걸 뿌리쳤다.

"꺄앗!"

렐리아가 엉덩방아를 찧은 노엘을 내려다보고 있었다.

"정말로 민폐야. 나도 바쁘다고 말했잖아. 피에르 건은 에밀한테 얘기해 보겠지만, 로이크 건은 언니가 해결해."

떠나가는 렐리아를 지켜본 뒤, 노엘은 고개를 숙이고 말았다.

"어쩌면 좋은 거야……."

◇

밤.

장을 보고 돌아오니 집 앞에 한 여자가 쪼그려 앉아 있었다.

밤에 여성이 집 앞에 있는 시추에이션은 처음――이 아니었다.

전생의 여동생으로 이미 경험한 바 있었다.

마리에 녀석, 전생에서 실컷 놀며 돌아다니다 집에 돌아갈 돈이 없어, 내가 사는 맨션 현관 앞에 앉아 날 기다리고 있었지.

――엄청나게 무서웠다고.

아무튼, 나는 쪼그려 앉아 있는 여자의 머리카락 색깔을 보아 누구인지 대충 알 수 있었다.

"이렇게 늦은 시간에 무슨 일이야?"

그러자 노엘이 고개를 들었다.

"미안. 오늘은 집에 가고 싶지 않아."

웃고 있는 얼굴에 기운이 하나도 없었다. 나는 문제가 생겼구나, 하고 생각했다.

"들어와."

"미안. 정말로 미안해. 여러 가지로 힘들 때 와 버려서."

아무래도 우리 상황도 알고 있는 모양이었다.

"……학원은 어땠어?"

노엘은 오른손으로 머리를 긁적이고는 웃으면서 알려주었다.

"정말이지 최악이었어."

"그런가."

짐을 들고 집으로 들어간 나는 노견 노엘의 식사를 챙겨주기로
했다.

◇

노엘이 노견 노엘을 쓰다듬었다.

그녀에게서 이것저것 자세한 이야기를 들어 보았는데, 마리에
한테서 들었던 이야기와 어긋나는 부분이 많았다.

로이크는 진짜 공략 대상 남자인가 싶을 만큼 태도나 발언이 이
상했고, 주인공을 괴롭혀야 할 피에르는 엉뚱하게도 우리를 괴롭
히고 있었다.

그 결과, 노엘은 로이크한테 궁지에 내몰리고 있었고, 렐리아
는 에밀이 지켜주고 있었다.

──대체 누가 주인공인지 알 수가 없었다.

내가 테이블 위에서 편지를 쓰고 있자니, 노엘이 나를 바라보
았다.

"뭐 하는 거야?"

"고향에 편지를 쓰고 있어. 슬슬 선물이라도 보내라고 가족이

시끄러워서 말이지. 그밖에 근황 보고도 해야 하고."

사태가 사태니, 공화국이 우리한테 싸움을 걸었다고 망할 롤랜드 자식한테 보고할 필요가 있다.

그 녀석이 어떤 표정을 지을지 지금부터 기대되어서 견딜 수가 없었다.

나는 두근거리는 마음을 안고 편지를 몇 통이나 썼다.

"기껏 유학하러 왔는데, 미안해."

"딱히 사과할 필요 없어. 네가 사과할 일도 아니고."

애초에 이 나라에 온 건 내 사정이다. 장래에 있을 불안의 싹을 제거하기 위해 온 것이다.

사과 따위는 필요 없다. 말 그대로 불요(不要)다.

"이제 어떻게 할 거야? 다른 유학생들이랑 본국으로 돌아가는 거야?"

"나도 체면이 있으니까 말이지, 피에르한테서 비행선을 되찾을 때까지는 돌아갈 수 없어."

"그건…… 무리야. 성수에 맹세했다면 쉽게는 되찾을 수 없어."

"호오? 잘 아는가 보네?"

"뭐, 뭐어, 그 나름대로는."

황급히 얼버무리려 하는 노엘을 보면서, 나는 이후의 계획에 관한 이야기를 했다.

"아까도 말했지만, 나한테도 입장이라는 게 있어서 말이지. 지금 도망쳐서 돌아가면 문제가 돼. 그리고 무엇보다 이 공화국은 내게 그런 일을 저지르고도 사과 한마디 없더군. 그럼 나도 그 대가를 치르게 해줘야지."

어지간한 일이라면 참으려고 했는데, 피에르는 내 허용 범위를 넘고 말았다.

나도 조금 화가 나고 말았다고.

"진심이야?"

노엘이 놀라 물었지만 나는 고개를 끄덕였다.

"뭐, 피에르를 결투로 끌어들이기만 하면 돼. 그 녀석이 여러 사람이 지켜보는 가운데 혹해서 나올 만한, 특급 보물 같은 거, 어디 없으려나?"

그러자 노엘은 약간 질린 얼굴로 대답했다.

"왕국 사람은 용감하다고 듣긴 했지만, 피에르한테 도전하겠다니, 정말 대단하네. 상대는 성수의 가호를 가지고 있다고."

"상관없어."

알제르 공화국의 불패 신화 말인데, 조사할 것도 없이 명백히 성수가 관여하고 있다.

아니, 실제로도 그럴 게 틀림없다.

"뭐, 지금은 느긋하게 계획을 짜겠어. 노엘도 마음껏 머물다 가."

"──어?!"

깜짝 놀라는 노엘의 얼굴을 보며, 나는 손을 하늘하늘 흔들어 보였다.

"안심해. 손대거나 하지 않을 테니까. 그리고 어차피 집에 돌아갈 수 없잖아?"

"으, 응……."

여동생인 렐리아와 다툰 모양인데, 방이라면 남아도니까 한동안 머물다 가도 딱히 상관없다.

루크시온이 없는 지금은 노엘이 어디에 있는지 알 수 없게 되는 편이 더 골치 아프기도 하고.

◇

며칠 뒤.

구 레스피나스령(領)에 있는 성수 신전에서 6대 귀족들이 주관하는 회의가 열리고 있었다.

이날은 6대 귀족 당주들이 한자리에 모였다.

세세한 의제는 부하들이 처리하지만, 오늘은 당주들의 허가가 필요한 안건에 관해 논의가 이루어지고 있었다.

중요한 의제 첫 번째는 페베르 가의 피에르가 호르파트 왕국에 싸움을 건 사건이었다.

의장 대리인 【알베르크 사라 라우르트】는 무표정하게 보고서를 읽고 있었다.

하지만 내심으로는 씁쓸한 기분으로 가득했다.

'또인가. 페베르 가도 질리지도 않는군.'

상대를 도발하여 쳐들어오게 만드는 전략은 알제르 공화국의 특기다.

방어전에 강한 공화국은 어떻게 해서든 타국이 쳐들어오게 만들어 방어전을 치른다.

과거에도 그걸 위해 오랫동안 도발을 반복해왔다.

'그렇다고 해도, 이러한 짓을 언제까지 계속하면 되는 건지……'

그는 속으로 넌덜머리를 내고 있었다.

알베르크는 머리카락이 짧고 정장 차림에 멋진 중년 남성으로, 나이가 마흔 중반인데도 훤칠하고 단련된 몸을 가진 덕에 30대처럼 보였다.

그는 의장 대리로서 당사자의 가족에게 화제를 던졌다.

"호르파트 왕국을 도발한 건에 관해서, 랑베르 경으로부터는 무언가 할 말이 있는가?"

알베르크와 비교해, 문제가 된 페베르 가의 당주【랑베르 이오 페베르】는 작은 몸집에 살이 찐 체구였다.

머리카락도 듬성듬성하고, 복장도 장식이 과도하게 많아 품위가 없었다.

"나로서도 아들 녀석 때문에 골치가 이만저만이 아닐세. 하지만, 그 녀석도 무공을 원하고 있어서 말이네. 최근에는 알제르에 쳐들어오는 적도 적지 않았는가. 이참에 호르파트 왕국과 한 번 전쟁을 벌이는 건 어떤가?"

그러자 젊지만 실력 있는 드루이유 가의 당주,【페르낭 토아라 드루이유】가 랑베르의 발언에 불쾌감을 나타냈다.

곱슬기가 있는 짧은 금발에 녹색 눈동자를 지닌 미남으로, 아직 20대 전반으로, 이 자리에서는 가장 젊었다.

"개인적인 이유로 타국에 싸움을 건 것입니까? 본인이 귀족이란 자각이 없는 거 아닙니까?"

그런 정론에 랑베르는 고개를 돌렸다.

"애송이가. 전쟁이 무섭다면 너는 출전하지 않으면 되는 거다."

방어전 불패가 계속되어 전쟁에 대한 6대 귀족들의 의식은 상당히 가벼워져 있었다.

하면 반드시 이기기 때문이었다. 우쭐해질 만도 했다.

다른 당주들도 받아들이는 방식은 제각각이지만, 그다지 중요시하고 있지 않았다.

"그것보다도 올해는 보주(寶珠)가 아직 손에 들어오지 않는 것이 문제 아닌지?"

"호르파트 왕국 따위, 의제로 삼을 필요도 없네."

"사과하고 배상금을 주면 끝날 이야기다. 그래도 트집을 잡는다면 전쟁으로 입을 다물게 하면 돼."

당주들이 다음 의제로 넘어가려 했으나, 알베르크는 보고서에 적힌 이름을 보고 시선을 멈추었다.

"──리온이라."

페르낭이 알베르크에게 말을 걸었다.

"왜 그러나, 의장 대리?"

"아니, 아무것도 아닐세. 그것보다 억지로 빼앗은 비행선은 반환할 것을 요구하지. 랑베르 경, 그래도 문제없겠지?"

비행선 한 척 정도 돌려주라는 분위기였지만, 랑베르는 명백히 동요하고 있었다.

"아, 아니, 그건 무리라네. 성수에 맹세한 신성한 승부라고. 아들이 정식으로 손에 넣은 비행선을 돌려줄 필요는 없어!"

알베르크나 페르낭도 그 태도가 신경 쓰였지만, 다른 당주들은 흥미도 없기 때문에 깊게 캐물을 수가 없었다.

"의장 대리, 우리도 한가하지는 않네. 곧바로 다른 의제에 관해 이야기했으면 하는군."

로이크의 아버지인 발리에르 가 당주의 재촉을 받고, 알베르크도 다음 화제로 넘어가기로 했다.

'이 이상은 이야기해도 헛수고인가.'

"그러면 다음으로 보주에 관한 의제다. 이번 연도는 아직 하나도——"

회의장에서 호르파트 왕국 건은 가볍게 넘어가고 말았다.

★제17화★ 「모험가의 후예들」

호르파트 왕국 학원에는 리온이 보낸 짐이 도착해 있었다.

수취인은 안제와 리비아로 되어 있었다.

"리온 녀석, 한동안 연락도 하지 않는다 싶더니만 선물을 보낸 건가."

기쁜 듯이 상자를 여니, 리온답게 찻잎이나 여성들이 좋아할 물품이 들어 있었다.

편지도 들어 있어서 리비아가 그걸 읽고는 깜짝 놀랐다.

"안제, 리온 씨가 성가신 일에 말려들었다는 모양이에요. 폐하와 왕비님께 편지를 전해 주었으면 한대요!"

"뭐?"

안제도 편지를 읽어 보니, 두 사람을 향한 사랑의 말이 조금 적힌 뒤에는 공화국에서 문제가 일어났다고 적혀 있었다.

그에 대처하기 위해 롤랜드나 밀렌에게 편지를 건네주었으면 한다고 쓰여 있었다.

안제가 방 안에서 외로운 듯이 떠 있는 크레아레에게 시선을 향했다.

『──나한테는 선물이 없다니. 마스터를 위해 이렇게나 힘쓰고 있는데.』

193

"크레아레, 너는 뭔가 듣지 못한 건가? 지금까지 모든 연락은 너를 통했을 텐데?"

『루크시온이 입을 다물고 있으니까 알 수가 없단 말이지. 무슨 일이 있었던 거 아니야?』

안제는 입가에 손을 대고 생각에 잠겼다.

"무슨 일이 있었던 거지? 일부러 편지를 두 통이나 준비한 이유는 뭐지? 게다가 우리한테 설명도 없는 게 신경 쓰이는군."

리비아가 곤란해하면서도 짐 속에 들어 있던 편지를 손에 쥐었다.

"읽어 버릴까요?"

"그러고 싶지만, 리온이 일부러 따로 준비했다면 의미가 있을 거다. 나는 곧바로 편지를 전달하도록 하지."

크레아레는 공중에서 빙글빙글 돌고 있었다.

『으응~, 어쩌려나? 마스터가 하는 일이니까 그렇게 깊은 의미는 없을지도 몰라. 어쩌면 롤랜드한테 보내는 건 불만을 적어 놓은 편지고, 밀렌한테 보내는 건 마스터가 열심히 쓴 러브레터 아닐까?』

그러자 리비아가 표정이 사라진 얼굴로 두 통의 편지를 봤다.

"그건 좀 아니지 않을까 싶어."

안제는 도리어 웃기 시작했다.

"약혼자가 두 명이나 있는데 왕비님한테 러브레터를 쓸 배짱이 있다면 오히려 칭찬하고 싶을 정도다. 덧붙여서, 그 편지를 내게

전달해달라 하고 있으니 말이지. ──실로 믿음직스러울 지경이다."

웃고는 있지만, 속으로는 전혀 좋게 생각하지 않는다는 표정을 짓고 있었다.

크레아레는 일단 리온의 편을 들어 주었다.

『겁쟁이인 마스터한테는 불가능한 이야기였네. 저쪽에서 무슨 일이 있다면 내 쪽에서도 이것저것 준비하도록 할까?』

"준비라니, 뭘?"

리비아가 물어보자, 크레아레는 즐거운 듯이 대답했다.

『알고 싶어? 그러면 가르쳐 줄게. 실은 마스터의 아인호른 말인데, 정비용 파츠 같은 게 있어서, 그걸 모으면 두 번째 배를 만들 수 있어. 아인호른급 2번함── 그러네, 이름은 【리코른(Licorne)】같은 게 좋지 않을까? 실은 회수한 것 중에 재미있어 보이는 장치가 있어서 말이야. 그것도 탑재해 두고 싶어.』

"그, 그렇구나."

즐거워 보이는 크레아레의 이야기에 따라가질 못해 리비아가 화제를 끝내자 안제가 두 통의 편지를 손에 쥐었다.

"곧바로 전하도록 하지. ──리온의 몸에 아무 일도 없다면 좋겠다만."

◇

내가 보낸 짐은 슬슬 왕국에 도착했으려나?

나는 연일 학교를 쉬고 있었다. 내게 이런 상황에 일부러 학교에 가서 괴롭힘당하는 취미는 없고, 이에 관해 학원 측도 딱히 문제를 제기하지 않았다.

나는 마리에의 저택에서 브래드와 이야기를 하고 있었다.

"미안하다. 민폐를 끼쳤어."

"크게 다친 것치고는 회복이 빠른데."

"마리에가 매일 밤 치료해 주니까 말이지. 모두에게는 미안하지만, 솔직히 득을 본 기분이야."

"그런 실없는 자랑질을 듣고 싶은 게 아니라고."

"어라, 그건 유감이군."

저런 말을 늘어놓는 걸 보면 이제 몸은 괜찮은 듯했지만, 여전히 애처로워 보였다.

마리에가 '정말로 위험했어. 내가 치료할 수 있는 아슬아슬한 선이었다고' 하고 말했으니, 피에르 일당이 얼마나 인정사정없었는지는 물어볼 것도 없었다.

"──브래드, 널 다치게 만든 녀석들이 그렇게 강했냐?"

본론으로 들어가자, 브래드는 조금 난처한 표정을 지었다.

"솔직히 말하자면, 처음에는 약하다고 느꼈어. 마법은 치졸한 수준이었고, 근접전도 형편없었지. 질 거란 생각이 들지 않을 정도였어."

브래드는 근접전이 서툰 편이다. 나보다 약하다.

그런 브래드보다도 약하다니, 공화국 귀족들은 그래도 괜찮은 건가?

"도중에 마법을 사용하기 시작해서 이쪽도 응전했어. 그런데, 무슨 일인지 도중부터 갑자기 마법을 쓸 수 없게 되더군."

"마법을 쓸 수가 없게 되었다고? 실패한 게 아니라?"

"갑자기 반응이 사라지더군. 마법 발동까지 아무 문제도 없었는데, 그걸 다른 무언가가 억지로 막은 듯한 느낌이었어. 그 대신에, 피에르라는 녀석의 마법은 위력도 굉장했지. 지면에서 솟아난 식물을 자유자재로 다루더군. 마법사라면 상당한 레벨이라고 생각하는데, 겉모습을 봐서는 그런 것 같진 않아. 신기해서 어쩔 수가 없었지 뭐야."

"혹시 녀석의 오른손이 빛나고 있었냐?"

"오른손? 음, 그러고 보니, 뭔가 문장 같은 것이 빛나고 있었어. 내가 아는 마법진과는 뭔가 다른 것 같긴 했는데── 역시 거기에 비밀이 있는 걸까?"

브래드는 성수의 가호에 관해 모르는 모양이었다.

"그러냐. 뭐, 이것저것 이야기를 들을 수 있어서 다행이다. 우선은 부상 치료에 전념하라고."

"발트파르트── 너 설마, 뭔가 꾸미고 있어?"

방을 나가려 하는 내게 브래드가 말을 건넸다.

"어째서 그렇게 생각해?"

"이대로 잠자코 있는 건 너답지 않으니까 말이지. 그런 네게 내가 해줄 수 있는 말은, 그 녀석들은 아직 뭔가 숨기고 있는 느낌이 든다는 것뿐이야."

"조심하도록 하지. 너는 얼른 다친 걸 치료하도록 해."

방을 나서자, 복도에는 노트 한 권을 품에 안은 마리에가 서 있었다.

◇

나는 눈 밑에 다크서클이 생긴 마리에로부터 한 권의 노트를 건네받았다.

밤을 새워서 쓴 듯했다. 내가 노트를 받아들자, 마리에는 내 얼굴을 보지 않고 이야기하기 시작했다.

"지, 지금 떠올릴 수 있는 것 전부를 노트에 썼어요."

처음부터 이렇게 열심히 했으면 좋았잖아 하는 생각이 들었지만, 나는 일단 입을 다물고 노트를 펼쳤다. 노트에는 몇 가지 흥미로운 정보가 담겨 있었다.

"——힘쓴 것 같군."

"힘냈어요!"

공화국에 오기 전보다도 훨씬 많은 정보가 있었다. 노력했다고 할만했다.

예를 들자면, 성수에 대한 맹세.

성수에 맹세함으로써 평소보다도 많은 에너지를 성수로부터 끌어낼 수 있다는 듯하다.

그걸 응용한 것이 피에르가 행한 부조리한 결투이리라.

그리고 성수가 수여하는 문장의 종류에 관해서도 적혀 있다.

수호자의 문장이 가장 강력하고 무녀의 문장이 두 번째, 그 밑으로 6대 귀족들의 문장이 있단다.

'그다음으로 강력한 문장'이라고 내용이 계속되어 있는데, 이 문장의 격은 그대로 귀족들의 지위에 영향을 주고 있었다.

성수의 인정을 받았으니까 귀족이라니—— 실로 알기 쉬웠다.

"——재미있는 정보가 있잖냐."

노트에는 피에르에게 복수하는 방법도 적혀 있었다.

"오, 오빠, 이제부터 어떻게 할 거야?"

마리에가 불안한 듯이 물어보았다.

너무 놀려서 위축된 마리에의 긴장을 풀어 주고자 나는 미소를 지으며 대답했다.

"어떻게 할 거냐고? 정해져 있잖냐. 놈한테 대가를 치르게 할 거다. 그러는 김에 공화국에도 분수라는 걸 가르쳐 줘야지. 언제까지고 우쭐대지 말라고 말이야."

어차피 이대로 도망쳐 돌아갈 수도 없는 노릇이다.

세계의 위기는 여전히 남아 있다.

하지만 긴장을 풀어 주려고 한 나의 마음과는 반대로, 마리에는 덜덜 떨기 시작했다.

눈에 눈물을 그렁그렁 띠며 "죄송해요. 죄송해요. 죄송해요"라고 연달아 중얼댔다.

——어째서 그런 반응이야?!

복도에서 날 앞에 두고 떨고 있는 마리에를 보고, 율리우스가 달려왔다.

"마리에, 괜찮나!"

"나왔군, 바보 왕자."

질렸다는 얼굴로 그렇게 말해 주자, 율리우스 녀석이 마리에를 감쌌다.

"발트파르트, 확실히 우리한테도 책임은 있다. 하지만 마리에를 윽박지르는 건 그만둬라! 하고 싶은 말이 있다면 나한테 말하면 되지 않나!"

어쩜 이리 남자다운 왕자님이지.

내가 여자라면 분명 가슴이 두근두근할—— 아니, 하지 않겠군.

"그러냐. 그러면 너는 일을 좀 해줘야겠다."

"뭐, 뭐냐?"

뒤이어서 질크가 얼굴을 내밀었다.

"전하! 그리고 마리에 씨도 무사합니까!"

"좋아, 녹색도 추가로."

"예?"

복도가 소란스러워지자 상반신 알몸이 크리스가 다가왔다.

휘두르기 연습 중이었는지 땀을 흘리고 있었다.

"대체 무슨 일이지?"

나는 크리스를 보면서 그렉과 크리스 중 어느 쪽이 좋을지 생각했다.

그 결과, 이 자리에 없는 그렉을 남기기로 했다.

"좋아, 파랑도 데리고 가겠어. 마리에, 이 세 명을 빌려 간다."

그렇게 말하자, 율리우스와 질크, 크리스가 "대체 무슨 이야기를 하는 거냐!"라며 화를 냈지만, 마리에는 그 정도라면 문제없다는 태도로 고개를 끄덕이며 대답했다.

"괜찮은데, 뭘 하려는 거야?"

"마리에?!"

놀라는 세 사람을 보며, 나는 노트를 둥글게 뭉쳐 어깨를 툭툭 쳤다.

"공화국 던전에 들어갈 거다. 보물을 손에 넣겠어."

그렇게 말했더니, 마리에가 눈을 반짝였다.

"보물!"

그건 율리우스를 비롯한 남자 셋도 마찬가지였다.

썩어도 준치라고 이 녀석들도 모험가의 후예다.

보물이란 말에 피가 끓는지, 흥분한 모양이었다.

"뭔가 잘 모르겠다만, 보물이라는 말을 들으면 잠자코 있을 수 없지."

"전하, 얼른 채비하도록 하지요."

질크도 조금 전과는 달리 무척 즐거워 보였다.

크리스는 마치 소풍 가기 전의 어린애같이 보일 정도였다.

"비장의 검을 준비하도록 하지. 발트파르트, 출발은 언제냐?"

——이 녀석들, 정말 즐거워 보이는군. 부러울 따름이라고.

"잠깐 기다려. 학원 쪽에 미리 교섭하고 오겠어. 하는 김에 안내인도 확보하고 싶으니까 말이지."

마리에가 고개를 갸웃하며 물었다.

"안내인?"

"공화국 던전에 빠삭한 교사가 있잖냐."

◇

오랜만에 학원에 오자 학생뿐만 아니라 교사들도 흠칫하며 내게서 시선을 돌렸다.

6대 귀족이 학원에서도 얼마나 큰 권력을 쥐고 있는 걸 잘 알 수 있었다.

사람들이 날 피해서 양쪽 벽에 붙는 바람에 나는 복도 한가운데를 걷고 있었다.

이유야 어쨌든, 내게 길을 비켜주는 느낌이라 살짝 기분이 좋아졌다.

"자, 그럼 나르시스 선생님은 어디려나."

학원에 온 목적은 나르시스 선생님에게 부탁이 있기 때문이다.

나르시스는 2탄의 공략 대상이자 유일한 교사다.

던전이나 유적을 조사하는 것을 좋아하는 교사로, 학원에서는 현장 답사를 중시한 수업을 하고 있다.

나르시스의 수업은 선택제 특별 수업인데, 본인도 교사라기보다도 학자에 가깝다.

고고학자로서 살고 싶지만, 6대 귀족 출신이기에 자유롭게 운신할 수 없는 캐릭터라고나 할까.

그 여성향 게임에서는 주인공을 도와주는 교사이기도 하다.

그렇다면 나도 좀 도움을 받아 보자고.

특별교실을 향해 걷고 있자, 우연히도 루이제 양과 마주쳤다.

"리, 리온 군?!"

루이제 양이 날 보고 놀랐기에 태연하게 손을 흔들어 주었다.

"오랜만입니다. 이야~, 피에르한테 비행선을 빼앗겨 버렸지 뭡니까."

내가 대수롭지 않다는 듯 말하자, 루이제 양의 눈초리가 날카로워졌다.

"——이쪽으로 와."

루이제 양이 내 팔을 붙잡고 데리고 간 곳은 빈 교실이었다.

"대체 무슨 일이 있었던 거야? 자세한 이야기를 들으려 해도, 너희들은 등교하지도 않고 말이야. 게다가 노엘도 학원에 등교하지 않던데, 이것도 관계가 있는 거야?"

루이제 양이 내게 사정을 물어봤기에 나는 간단히 설명했다.

"피에르 그 망할 자식이 성수의 맹세인지 뭔지로 제 배를 빼앗아 가서 말입니다. 노엘은 로이크가 목줄을 들고 사랑이 어쨌느니 하며 지껄이고 있었다는 모양이라, 저의 집에서 보호하고 있습니다."

노엘 건을 듣고 루이제 양이 어딘가 안도한 표정을 보였다.

"그래—— 그러면 내가 아버님께 이야기해 놓을게. 피에르와 로이크 건은 맡겨줘."

이 악역 영애, 생각했던 것보다도 남을 잘 신경 써주는데.

그건 제쳐 두고.

"그건 곤란합니다. 이대로라면 저희는 얕보인 채로 끝이거든요. 저는 이래 보여도 왕국의 영웅이라서요. 그리고 녀석들한테 당한 브래드는 왕국을 대표하는 귀족의 전 후계자입니다. ——피에르 쓰레기 자식이 목줄 같은 문장을 새긴 상대 중에는 전 왕태자도 있다고요."

마리에의 목에 새겨진 목줄 문장을 떠올렸더니—— 속이 부글거리기 시작했다.

그러자 루이제 양의 표정이 약간 굳어졌다.

"마음은 이해해. 하지만 피에르도 6대 귀족 출신이야. 이길 수 있는 상대가 아니야."

루이제 양에게 이것저것 이유를 댔지만, 솔직히 어느 것이고 진짜 이유는 아니었다. 나는 결국 진짜 이유를 실토했다.

"정정하겠습니다. 저한테 싸움을 건 것을 용서할 수가 없습니다. 그러니 호된 꼴을 맛보여주고자 합니다. 그걸 위해서, 조금만 협력해 주시지 않겠습니까?"

밑져야 본전으로 부탁해 봤더니, 의외로 루이제 양은 고민하면서도 승낙해 주었다.

"위험한 일은 피했으면 좋겠는데……."

"이래 보여도 거친 일은 특기거든요."

"……그래. 그래서, 내가 뭘 협력해 주면 되니?"

"사람을 소개해 주십시오. 그리고——"

두 번째 부탁을 들은 루이제 양은 매우 놀란 표정을 짓고 있었다.

◇

나는 루이제 양의 안내를 받아 특별교실이 있는 건물로 향했다.

준비실에 들어가자 소파에 누워있는 【나르시스 칼세 그랑주】 선생님의 모습이 눈에 들어왔다.

준비실은 바닥 여기저기에 자료가 한가득 쌓인 탓에 발 디딜 곳이 거의 없었다.

나를 데리고 와준 루이제 양은 기가 막힌다는 얼굴로 문을 세게 두드려 나르시스 선생님을 깨웠다.

"일어나 주세요, 나르시스 선생님."

그러자 나르시스 선생님은 놀라 상반신을 재빨리 일으켰다.

회색 머리카락은 뒤로 대충 넘겨놓았고, 수염도 아무렇게나 자라 있었으며, 상의 셔츠는 구깃구깃한 것도 모자라 얼룩까지 있었다.

키가 크고 마른 근육이 붙은 타입으로, 약간 피로한 느낌이 있었지만, 제법 미형의 교사였다.

그는 낮은 테이블에 놓여 있던 안경을 쓰고는 우리 쪽을 봤다.

"어라, 루이제? 네가 이런 장소에 오다니 별일이네."

아무래도 두 사람은 면식이 있는 모양이었다.

"오늘은 손님을 데리고 온 거야."

"나한테 손님?"

나는 나르시스 선생님에게 인사를 했다.

"처음 뵙겠습니다. 유학생인 리온입니다. 나르시스 선생님, 실은 던전에 관해 상담이——"

그러자 나르시스 선생님은 내가 이야기를 마치기도 전에 소파에서 벌떡 일어나더니 내게 달려들었다.

"기다리고 있었어, 모험가!"

"으억? 예?"

내가 혼란에 빠져 그대로 굳어 있자, 술 냄새가 나는 나르시스 선생님은 그대로 날 덥석 끌어안았다.

결국 보다 못한 루이제 양이 억지로 나와 나르시스 선생님을 떼어 놓았다.

"나르시스, 당신 무슨 생각이야!"

어느샌가 '선생님'이라는 호칭이 사라졌지만, 나르시스 선생님은 그조차도 신경 쓰는 기색이 없었다.

"이야, 미안하군. 올해는 왕국에서 유학생이 온다고 들어서 기대하고 있었거든. 왕국 학원생들은 모두가 모험가라고 들어서 말이지. 던전에 들어간다면 분명 활약해 줄 거라고 기대하고 있었어."

이 사람, 취미와 엮이면 들뜨는 유형인가.

"그것보다, 한동안 한가하지?"

"응? 뭐, 그렇지. 유적에서 막 돌아온 참이고. 하지만 슬슬 수업하지 않으면 학원 측에서 잔소리를 들으려나?"

"당신의 수업을 희망한 학생은 단 한 명도 없어. 수업을 하고 아니고의 문제가 아니야."

"어? 그래? 난처하네. 학원의 교사 자리에 있어야 고고학을 계속할 수 있는데."

심지어 상당히 태평한 사람이었다.

학원 사정에 관해서도 어두울 것 같았다.

"그것보다도 나르시스 선생님, 제 이야기를 들어 주시지 않겠습니까."

"아, 잠깐만. 곧바로 차를 준비할 테니까. 분명, 이 근처에 차 세트가 있었던 거 같은데……."

나르시스 선생님은 그렇게 말하며 혼자 분주히 움직이다 방 안에서 미끄러졌고, 자료의 산이 무너져 파묻히고 말았다.

"——도, 도와줘."

나는 루이제 양을 봤다.

"이 사람, 6대 귀족 출신이지요?"

"맞아. 별종 나르시스. 젊은 세대한테는 자주 바보 취급을 당하지만, 학자로서는 우수하다고 들었어."

나는 별종이란 별명에 고개를 끄덕인 후 자료 더미에서 나르시스 선생님을 구해 냈다.

◇

나는 무사히 구출된 나르시스 선생님에게 지금까지의 경위를 설명했다.

피에르 건을 듣고 나르시스 선생님도 마음 아파하는 표정을 지었다.

"뭐라고 할지, 정말로 미안하네. 같은 6대 귀족 출신으로서 사죄하도록 하겠어."

"피에르를 어떻게든 할 수 없었던 겁니까? 이야기를 듣는 한, 지금까지도 문제아였던 것 같습니다만?"

당연한 질문을 던지자, 나르시스 선생님이 곤란한 표정을 지었다.

"6대 귀족이라 칭하고는 있지만, 각자가 왕족 같은 것이니까 말이지. 과장되게 말하자면, 내가 주의를 줬다가는 내정 간섭으로 받아들여질 수 있어."

공화국은 성수 아래 모인 나라의 집합체다. 아무래도 서로 간

섭하기가 어려운 모양이었다.

뭐, 나하고는 딱히 상관없지만.

"피에르 건은 제가 정리하겠습니다. 그것보다 부탁드린 건은 어떻습니까?"

"──레스피나스령 던전 공략 말이지? 나로서는 기쁘지만, 상당히 위험해. 공화국 던전은 성수에 가까워질수록 어려워지거든. 성수가 있는 레스피나스령의 던전은 그야말로 고난도 던전뿐이야."

"문제없습니다."

그러자 루이제 양이 걱정스러운 얼굴로 말했다.

"역시 나로서는 위험한 일은 피했으면 좋겠어. 자신이 있는 것 같지만, 과신은 좋지 않아."

──어쩜! 정말로 이 사람이 내 누나라면 좋았을 텐데!

진짜 누나인 제나나 여동생인 핀리였으면 '선물 잘 부탁해' 같은 말이나 했을 거다.

그들을 떠올리고 있으니 무심코 눈물이 나올 뻔했다.

"왜, 왜 그래?! 어째서 우는 거야, 리온 군."

"아뇨, 다정한 말을 건네 주는 여성이 있다는 건 멋진 일이구나 싶어서 말이죠."

지금이야 안제와 리비아가 있지만, 학원에서 보낸 1년간은 정말로 끔찍했다.

──지독했어.

나는 소매로 눈물을 닦으며 나르시스 선생님에게 던전 안내를 부탁했다.

"어떻게든 안 되겠습니까?"

나르시스 선생님이 팔짱을 끼고 무언가 이것저것 생각한 뒤 ──고개를 끄덕였다.

"알겠어. 안내역을 받아들이지. 단, 약속한 보수는 확실히 받으마. 최근에는 연구비가 부족해서 난처하던 참이니까 말이야."

"그건 안심하세요. 보수는 확실하게 드리겠습니다. 공화국 던전은 많은 돈을 벌 수 있다는 평판이 있으니까 말이죠. 저도 기대됩니다."

정말로 기대된다.

국외에 내다 팔 정도로 넘쳐나는 마석이나 자원을 확보할 좋은 기회다.

그 다섯 바보도 일하게 할 수 있고 말이지.

"그러면 곧바로 출발할까요."

"……어?"

나는 웃는 얼굴로 나르시스 선생님의 팔을 붙잡아 일으켜 세우고는 그대로 준비실 밖으로 끌고 나가다가 멍하니 보고 있는 루이제 양을 바라보며 미소를 지었다.

"돌아오면 도와달라고 한 그 건도 부탁드리겠습니다."

"으, 응."

준비실을 빠져나온 나는 입가에 엷은 미소를 띠었다.

──피에르, 날 화나게 만든 걸 후회하게 해주마.

◇

학원 안뜰.

점심시간만 되면 함께 시간을 보내려는 연인이 모여드는 곳이지만, 렐리아는 연인인 에밀과 안뜰에서 함께 식사하면서도, 정작 마음이 딴 데 가 있었다.

이유는 언니인 노엘이었다.

'정말로 어딜 간 거야.'

집에 돌아오지 않는 노엘이 걱정됐지만, 동시에 짜증도 났다.

'얼른 로이크랑 이어지면 되는데, 뭘 망설이고 있는 건지.'

에밀이 렐리아가 걱정되었는지 말을 걸었다.

"노엘 씨가 아직 집에 돌아오지 않았어?"

렐리아는 상냥한 에밀에게 미소를 지었다.

"으, 응. 아마 괜찮겠지만, 그래도 어디에 있는지 연락 정도는 해줬으면 좋겠는데."

그러자 에밀은 걱정된다는 표정을 지었다.

"최근에는 여러 가지로 흉흉하니까 말이지. 아무리 피에르라도 로이크가 신경 쓰고 있는 노엘 씨한테 심한 짓을 하지는 않을 거 같긴 하지만."

"그렇겠지? 하아, 언니도 완고해서 문제야. 로이크랑 사귀면 전부 해결되는데."

렐리아는 언니인 노엘과 로이크가 이어지길 바라고 있었다. 뒤에서는 로이크에게 여러 가지 조언을 하는 등 로이크를 도와왔기에, 심정적으로는 로이크의 편이었다.

"음, 하지만 내가 보아도 최근의 로이크는 어딘가 이상해. 어쩐지 분위기가 무서워진 느낌이 들어."

에밀은 로이크에게서 위험을 느끼고 있었지만, 렐리아는 그렇지 않았다.

"그런가? 잘 진전되지 않아서 초조해하고 있을지는 모르지만, 그렇게 무섭지는 않아. 뭐, 독점욕이 조금 강한 게 문제지만."

그런 렐리아의 말에 에밀이 난처한 표정을 지었다.

"조금뿐이라면 괜찮겠지만 말이야……. 어라?"

에밀의 시선이 문득 다른 곳으로 향했다. 그 시선 끝에는 나르시스의 팔을 잡아당기는 리온의 모습이 있었다.

"유학생이 등교하다니 별일이네. 나르시스 선생님을 어디로 데리고 갈 생각일까?"

에밀은 신기하다는 듯 바라보고 있을 뿐이었지만, 렐리아는 충격을 받은 것처럼 눈을 휘둥그레 뜨고 리온을 바라보았다.

심지어 들고 있던 점심 빵을 떨어뜨렸지만, 신경 쓰는 기색조차 없었다.

"──저 녀석들."

◇

　나르시스 선생님을 데리고 찾아간 곳은 구 레스피나스령에 있는 던전 동굴이었다.

　소형정에 올라탄 우리는 입구에 와서 출입금지라 적힌 간판을 떼어냈다.

　물론 입장 허가는 이미 받았다.

　6대 귀족의 이름을 꺼내면 출입금지 던전도 들어갈 수 있다니, 참 편리하군.

　사실 나르시스 선생님을 끌고 온 건 이게 목적이나 마찬가지였다.

　"상쾌한 날씨군! 모험하기에는 절호의 날씨다!"

　"네, 전하!"

　아침부터 들떠 있는 율리우스에게 라이플을 짊어진 질크가 찬동했다.

　반쯤 억지로 데리고 온 나르시스 선생님이 커다란 배낭을 멘 채 하늘을 올려다봤다.

　"아니, 오늘 날씨는 흐린데."

　곧장 나르시스 선생님이 딴지를 걸었지만, 율리우스는 여전히 웃는 얼굴이었다.

　"기분의 문제입니다, 선생."

　"아니, 조금 전에는 날씨 이야기를 하고 있었지?!"

정말로 즐거워 보이는군.

한편 크리스는 몇 자루나 들고 온 검을 서로 비교하며 어느 걸 가지고 갈지 고민하고 있었다.

"역시 이쪽으로 해야 하려나? 아니, 이쪽도 나쁘지 않은데. 에에잇! 그렇다면 양쪽 다 가지고 가자!"

——이 녀석들, 던전 공략을 소풍과 착각하고 있는 건 아니겠지?

이런 바보들을 인솔해야 하는 내 마음을 알고는 있을까.

"장비 확인이 끝났으면 곧바로 안에 들어가도록 할까."

스마트폰과 닮은 단말을 든 나는 주변 지도를 확인했다.

성수의 영향인지 화면에 약간 노이즈가 생기고 있었다.

"어라, 왕국에는 특이한 도구가 있구나."

나르시스 선생님이 내가 들고 있는 단말을 들여다봤다.

"아~, 이건 로스트 아이템이에요. 편리해서 쓰고 있습니다."

"로스트 아이템! 그건 굉장한데. 꼭 조사해 보고 싶군."

"분해하면 망가지니까 안 됩니다. 자, 얼른 던전으로 들어갈까요."

나는 샷건과 무거운 배낭을 짊어졌다.

그 모습을 보고 나르시스 선생님이 미묘한 표정을 지었다.

"리온 군, 어째서 폭탄을 들고 온 거지?"

그 말을 듣고 우리는 고개를 갸웃했다.

"예? 당연히 있어야 하는 거 아닙니까?"

"폭약 지식도 잘 갖추고 있으니 안심하십시오. 보물에는 흠집을 내지 않을 겁니다."

내게 동의한 건 폭탄 취급에 일가견이 있는 질크였다.

"아니, 던전 안에는 유적이 있을 때도 있다고! 폭탄 같은 걸 쓰면 안 되지 않나!"

그러자 율리우스가 웃으며 대답했다.

"괜찮습니다. 가능한 한 파괴하지 않도록 하지요. 보물에 흠집이 생기면 가치가 낮아지니까 말입니다."

"그건 틀림없이 역사적인 가치라는 의미겠지?! 너희들, 정말로 이곳의 유적이 중요하다는 걸 이해하고 있는 거야?!"

나는 웃으면서 나르시스 선생님을 설득했다.

"맡겨 주세요. 이 녀석들이 도가 지나치면 제 쪽에서 멈출 테니까요. 게다가 이번에는 유적보다 다른 것이 목적이니 말이죠."

게임에서는 가지고 있어 봐야 아무런 효과가 없는 단순한 키 아이템이었다.

그저 스토리 진행을 위해 필요할 뿐이지, 도구로서의 가치는 없는 것이나 마찬가지였다.

하지만 무대가 현실이 되면 그건 터무니없는 아이템으로 변한다.

"다른 것?"

나르시스 선생님이 곤혹스러워하고 있었지만, 나는 무시하고 던전에 들어갔다.

"알제르의 던전 공략이다. 다들 기합 넣으라고, 자식들아!"

목소리를 높이자 율리우스나 질크, 그리고 크리스까지 용감하게 목소리를 높였다.

"정말로 괜찮으려나?"

그런 우리를 보고 나르시스 선생님은 고개를 푹 숙였다.

⭐제08화 「성수의 묘목」

호르파트 왕국의 왕궁.

국왕인 롤랜드는 우아하게 홍차를 마시고 있었다.

"으음. 주위가 격무로 바쁠 때 마시는 홍차는 각별하군."

롤랜드는 창문으로 비쳐 들어오는 햇볕을 쬐며, 반짝이는 듯한 미소로 최악의 발언을 늘어놓았다.

그때, 공국전 이후의 격무로 바쁜 밀렌이 불쑥 찾아왔다.

"여전히 쓰레기군요."

밀렌의 발언에 롤랜드는 과장된 리액션을 섞으며 대답했다.

"아아, 그래. 아무런 도움이 못 되는 나 자신이 슬퍼. 그런데, 일은 끝났나?"

물론 말로만 슬프다고 할 뿐, 속으로는 즐기고 있었다.

그것이 롤랜드라는 남자였다.

리온과는 서로를 밉상으로 여기며 가능한 범위 내에서 이것저것 치고받고 있는 최악의 왕이었다.

"유학 간 리온 군에게서 편지가 왔어요. 급한 용건이라고 해서 안제가 제게 직접 가지고 왔더군요. 당신한테 온 것도 있어요."

"그 애송이한테서? 흥, 어차피 날 헐뜯는 내용이겠지. 읽고 싶지 않으니까 네가 읽고 내용을 말해 줘. 아, 그렇지. 모욕의 말이 있다면 알려줘. 그 녀석을 사형대에 보내 주겠어."

그런 농담을 했더니, 밀렌이 차갑게 식은 눈으로 롤랜드를 째려봤다.

"사형대로 가는 건 당신 쪽일지도 몰라요."

"괜찮아. 그 애송이는 무르니까 나를 사형대까지 보내지는 않을 거라고."

리온이 어떻게 움직일지 완벽히 내다보고 있는 점을 보면 두 사람은 서로 닮은 꼴일지도 모른다.

"나 참……."

밀렌이 봉투를 뜯어 내용을 확인하더니 표정이 진지하게 변했다.

"어때? 아니, 어차피 별 내용 없겠지. 그 애송이는 한가하니까, 그 편지도 날 놀리려고 준비했을 거야."

롤랜드는 별거 아니라는 듯 손을 휘휘 저었으나――

"――6대 귀족인 페베르 가와 싸우게 되었다고 적혀 있는데요."

"뭣?!"

의자에서 벌떡 일어선 롤랜드는 홍차를 흘려 "앗, 뜨거!"라고 말하면서도 밀렌에게서 편지를 빼앗아 확인했다.

「친애하는 폐하, 병환은 없으십니까? 저는 매우 건강하여, 매일같이 폐하께서 건강을 잃기를 기도하고 있습니다. 자, 그럼 본론입니다만, 실은 페베르 가의 차남인 페베르 군의 시비에 걸리고 말았습니다. 그렇기에 이를 받아 주고자 합니다. 단지, 이후에

219

여러 가지로 성가신 일이 될 테니, 사후 처리를 부탁드립니다.」

편지를 쥔 롤랜드의 손이 격렬하게 떨렸다.

"그, 그 망할 꼬맹이가아아아! 무슨 짓을 해준 거냐아아아!"

그리고 편지의 뒤는 이렇게 이어졌다.

「PS. 이전에 '성가신 것들을 잘 처리하도록'이라는 편지를 받았기에, 명대로 성가신 알제르 공화국을 잘 처리해 드리도록 하지요. 뒤처리 잘 부탁해(웃음) ―by 너한테는 아까운 가신으로부터.」

롤랜드는 편지를 찢어 버렸다.

"악독한 노오오오옴! 진짜로 사형대에 오르고 싶어 작정했구나! ――밀렌, 곧바로 대신을 비롯해 궁정 귀족을 소집해라! 그리고, 당장 공화국에 사람을 보내 상황을 조사해! 지금 그 꼬맹이를 멈추지 않으면 큰일이―― 이봐, 어째서 얼굴이 빨간 거지?"

"네?"

혼자 분노하던 롤랜드를 놔두고 자신 앞으로 온 편지를 읽던 밀렌은 뺨을 붉힌 채 리온이 보낸 편지를 롤랜드로부터 감추었다.

"비, 비밀이에요."

밀렌이 쑥스러워하며 말하자, 롤랜드는 곧장 질색했다.

"비밀? 하! 귀엽게 말하는 건 좋다만, 나이를 생각하는 게 어때? ――푸헙!"

본심을 입 밖에 내고 만 롤랜드는 뺨따귀를 얻어맞았다.

◇

찾아왔습니다, 알제르의 던전!

동굴 안이지만 실로 신기한 공간이었다.

지면이나 벽에 이끼가 넓게 나 있었고, 천장에는 구멍이 뚫려 빛이 비쳐 들어오고 있었다.

동굴 안은 미로로 되어 있었고, 본 적도 없는 식물이 자생하고 있었다.

꽃잎이 둥글게 뭉쳐 따뜻한 빛을 내뿜는 식물도 있었다.

호르파트 왕국에 있는 던전과는 인상이 전혀 달랐다. 마치 숲 속에 있는 듯한 기분이었다.

그런 장소에서 우리는──.

"온다. 전방 거리 300! 여섯 마리!"

──곧장 단말을 주머니에 집어넣고 샷건을 준비하고 있자니, 질크가 가장 먼저 움직이기 시작했다.

"선제 공격은 맡겨 주십시오."

질크는 라이플을 겨누고 이쪽을 향해 오는 몬스터를 차례로 쏘아 꿰뚫었다.

볼트액션으로 약협을 배출하고, 차탄을 장전하여 또다시 겨누기를 반복했다.

라이플에 달아 둔 스코프를 들여다보며 또다시 다음 목표를 쏴서 꿰뚫었다.

"질크, 우리 몫은 남겨 둬라!"

율리우스가 앞으로 나서자 뒤처지지 않겠다는 듯이 크리스도 앞으로 나섰다.

"여기는 제게 맡겨 주시지요. 전하는 물러나 주십시오."

적이 거리를 좁히더니, 마치 지네 같은 몬스터가 벽이나 천장을 기어 이쪽을 향해 다가왔다.

나는 앞으로 나선 두 사람과 사선(射線)이 겹치지 않는 위치로 이동하여 전투를 지켜봤다.

율리우스가 천장에서 덮쳐 온 몬스터를 공중에서 베자, 지면에 떨어져 곧바로 검은 연기를 내뿜으며 사라졌다.

그사이에 크리스는 세 마리나 되는 몬스터를 베어 쓰러뜨리고 있었다.

——이 녀석들, 점점 인간의 영역을 벗어나고 있는데?

"좋아, 주위 안전 확인이 끝났으면 잠깐 휴식이다."

단말을 꺼내 지도를 확인하니, 아직 목표까지의 거리가 제법 떨어져 있었다.

나르시스 선생님이 우리를 보며 박수를 쳤다.

"이야, 굉장하네. 왕국은 모험가의 본고장이라고 들었는데, 솔직히 상상 이상이야! 몬스터 따위는 상대도 되지 않는군. 약한 몬스터도 아니었는데 말이야."

그러자 한 마리밖에 쓰러뜨리지 않은 율리우스가 쓸데없이 자신감을 드러냈다.

"그렇게 대단한 건 아닙니다. 이 정도라면 10마리나 20마리라도 대처 가능합니다."

아니, 그렇게나 몰려오면 난 도망칠 건데.

"그러냐. 너만 싸워라. 나는 도망칠 거니까."

"발트파르트. 너는 정말로 마음에 안 드는 녀석이군."

"20마리나 있는 장소에 도전한다니, 바보냐? 함정을 설치해서 유인하라고."

내 발언에 나르시스 선생님이 침울해지고 말았다.

"이 던전에 함정을 설치하지 마. 여기는 중요한 유적도 잠들어 있고, 무엇보다 성수가 가까우니까 말이야."

그의 말대로 이 던전에는 가끔 성수의 뿌리가 동굴 안으로 튀어나온 장소가 있었다.

너무 커서 처음엔 그냥 벽이나 바닥인 줄 알았는데 실은 나무 뿌리였다. 정말로 굉장한 던전이다.

율리우스가 눈을 반짝이며 말했다.

"중요한 유적인가. ──발트파르트, 조금 살펴보고 가지 않겠나?"

크리스도 안경을 수상쩍게 빛내고 있었다.

"그렉도 운이 없군. 이런 모험에 함께 하지 못하다니."

그러나 질크는 약간 불만스러운 얼굴이었다.

"그렇기는 합니다만, 그건 마리에 씨와 둘이서 있다는 말이나 마찬가지 아닙니까."

이 녀석들, 마리에의 어디가 좋은 걸까?

나르시스 선생님이 우리의 이야기를 듣고 감동하고 있었다.

"역시 왕국의 젊은이는 좋네. 고고학에 흥미가 있고, 모험가로 서도 실력이 뛰어난 사람이 많으니 던전에서도 믿음직스러워."

아, 이 사람, 이 녀석들을 착각하고 있군.

"나르시스 선생님, 이 녀석들이 고고학에 흥미가 있다고 생각 하고 계신 겁니까?"

"아닌가?"

"저라면 몰라도, 이 녀석들은 야만인이라고요."

그렇게 말해 줬더니, 율리우스가 나를 노려봤다.

"실례군!"

"그러냐? 율리우스, 그러면 너는 보물이 잠들어 있는 장소를 안다고 치고, 도중에 막힌 문이 나오면 어떻할 거지? 그 문도 유 적의 일부고, 역사적인 가치가 있다는 게 전제다."

"뻔하지 않나! 파괴해서 보물을 빼앗는다!"

그 발언을 듣고 나르시스 선생님이 소리쳤다.

"잠깐! 문도 유적의 일부라고!"

질크가 웃으면서 율리우스를 뒷받침했다.

"안심해 주십시오. 그 경우는 폭탄으로 문만 깔끔하게 날려 버 릴 테니까 말입니다. 다른 유적은 무사합니다."

"아니, 애초에 폭탄을 쓰지 말아 줘!"

크리스는 못 말리겠다는 듯 고개를 젓더니 혼자서 선을 그었다.

"전하도 질크도 과격하군. 잠금장치만 파괴해서 문을 열면 될 텐데 말이야."

결국 나르시스 선생님의 인내심이 한계에 달했다.

"애초에 파괴하지 말라고! 보물도 귀중한 자료란 말이다. 어째서 빼앗는다는 발상에서 벗어나지 않는 거냐!"

세 사람이 "예?!" 하고 놀란 표정을 지었다. 나는 녀석들을 바보 취급하며 웃어 줬다.

"이제 아시겠죠? 이 녀석들은 야만인이라고요."

"그럼 발트파르트 백작이라면 어떻게 할 겁니까?"

"나는 너희들과는 다르지~."

내가 웃으며 말하자 나르시스 선생님이 "리온 군, 자네는 알아줄 거라고 믿고 있었어!"라며 고개를 끄덕였다.

"이럴 때는 당연히 문을 파괴하지 않고, 내부에 있는 보물만 빼앗아야 하지 않겠냐. 증거도 남기지 않고, 안에 있는 보물만 챙기는 거라고."

그 말을 듣고 율리우스, 질크, 크리스 세 사람이 웃었다.

"이건 한 방 먹었군!"

"정말이지, 그 말대로입니다."

"음, 그게 제일이겠어."

나 참, 바보들을 상대하는 게 가장 힘들단 말이지.

"어라, 나르시스 선생님. 왜 그러십니까? 쪼그려 앉아서 머리까지 감싸 쥐고서는?"

나르시스 선생님이 중얼거렸다.

"리온 군, 자네가 제일 지독해."

그런가?

고개를 갸웃하고 있었더니, 율리우스가 고개를 끄덕이며 내게 말했다.

"그렇다, 발트파르트. 네가 우리보다도 더 야만인——이라고 할지, 무모한 건 사실이다."

"어째서?"

"평범한 모험가는 로스트 아이템을 손에 넣기 위해 혼자서 던전에 도전하는 짓 따위 하지 않지요."

질크가 웃으면서 이야기하는 내 실적을 듣고, 나르시스 선생님이 고개를 들었다.

"로스트 아이템이라고? 혹시, 리온 군은 그 밖에도 로스트 아이템을 가지고 있는 건가?!"

크리스가 팔짱을 끼고 몇 번이나 고개를 끄덕였다.

"파르트너 말이군. 그건 좋은 배였어."

"여, 였다? 어, 잠깐만. 무슨 일이 있었던 거지?"

크리스가 나르시스 선생님에게 사실을 들이밀자, 나르시스 선생님의 얼굴은 보고 있으려니 불쌍해질 정도로 변했다.

"어째서! 어째서 귀중한 아이템을 전쟁에 쓰는 거야?! 고고학적으로 얼마나 귀중한 건지 이해하고 있어? 애초에 어째서 그렇게 쉽게 가라앉았다고 말할 수 있는 거지! 리온 군, 대체 무슨 일이 있었던 건지 설명해 주게!"

인류의 귀중한 재산이! 하고 탄식하는 나르시스 선생님을 앞에 두고, 실은 파르트너는 인양해서 정비 중이라든가, 건조한 건 최근이기에 고고학적인 가치는 없다든가 하는 말은 할 수 없었다.

그렇기에 웃으면서 얼버무려 뒀다.

"하하핫! ──자, 그럼 휴식 끝. 앞으로 나아갈까."

"──왕국 사람은 지독해."

공화국 사람한테 그런 말을 들어도 납득할 수가 없단 말이지.

◇

그 무렵.

저택에 남은 그렉은 마리에와 도서관에 와 있었다.

그렉이 남은 건 마리에의 호위를 위한 일이었으나, 내심 던전에 가지 못한 걸 한탄하고 있었다.

"하아…… 나도 가고 싶었는데, 어째서 나만 남는 거냐고. 그 세 명이 된다면 나도 괜찮잖아."

조용한 도서관에서 책 페이지를 팔락팔락 넘기며 그렇게 말하자, 마리에가 그렉에게 질문했다.

"그렉, 이건 무슨 의미야?"

마리에는 공화국어로 적힌 책을 닥치는 대로 읽으며 모르는 단어가 나오면 조사하고 있었다.

다만, 그중에는 전문 용어도 있어서 사전으로는 완벽히 의미를 파악할 수가 없었기에 귀공자 교육을 받은 그렉에게 일일이 물어보고 있었다.

"아아, 이건 ~~라는 의미군."

가르쳐 주자, 마리에는 감사를 표했다.

"고마워."

"마리에, 아직도 더 조사하는 건가? 최근에는 수면 시간도 적다고 카라와 카일이 걱정하고 있었다고."

그러나 마리에는 쉴 생각이 없는지 다시 책으로 눈을 향했다.

"아직 부족해. 이것저것 더 조사하지 않으면 안 돼."

브래드가 피에르 일당한테 크게 다친 날부터, 마리에는 여러 가지로 힘쓰고 있었다.

그걸 봐 온 그렉은 생각했다.

'나만 낙담하고 있어 봤자 어쩔 수 없지. 마리에를 위해, 그리고 브래드의 원수를 갚기 위해서 도와주도록 할까.'

이리하여 그렉은 정력적으로 행동하는 마리에를 돕기 시작했다.

던전 내부.

단말 화면이 나타내는 방향으로 나아가니 절벽 같은 거대한 나무뿌리가 길을 막고 있었다

올려다보기도 힘들 정도라, 올라 넘어가기는 어려워 보였다.

"이건 우회하는 편이 좋겠네."

나르시스 선생님이 절벽을 올려다보며 다른 루트를 나아가자고 말했다.

하지만 그래서는 시간이 걸리고 만다.

내가 크리스에게 시선을 향하자, 무슨 말을 하고 싶은지 눈치챘는지 고개를 끄덕였다.

"내가 나설 차례로군."

크리스는 부랴부랴 짐을 내리고는 배낭 안에서 로프 등의 도구를 꺼내기 시작했다.

"그러면, 다녀오지!"

"힘내라고~."

미소를 띤 얼굴로 혼자 절벽을 오르기 시작한 크리스에게 나는 성원을 보냈다.

그런 크리스의 모습을 보고 나르시스 선생님은 놀라는 정도를 넘어 기막혀하고 있다.

"너희들은 뭐든 할 수 있는 거니?"

율리우스가 당연하다는 듯한 태도를 보였다.

"이 정도는 필수 능력입니다. 저나 발트파르트도 할 수 있지요."

이 맹추 왕자, 왜 거기서 날 예시로 든 거지?

나는 나르시스 선생님에게 물었다.

"공화국 학원 학생들은 못 하는 겁니까?"

"왕국과는 교육 방침도 다르니까, 일률적으로는 비교할 수 없지만 말이야. 공화국 학생은 너희들보다 씩씩하지는 않아. 뭐, 너희들을 따라갈 수 있을 법한 건 손에 꼽을 정도밖에 없으려나."

그런 이야기를 하고 있었더니, 크리스가 절벽 위에서 손을 흔들었다.

아무래도 위험은 없는 모양이었다.

"그럼 올라가죠."

이 절벽을 오르면 목표까지는 이제 얼마 남지 않았다.

다만, 키 아이템을 얻기란 여전히 쉽지 않아 보였다.

"몬스터가 많군."

단말을 보며 중얼거리자, 질크가 들여다봤다.

"적의 위치를 알 수 있는 겁니까? 그런 도구는 언제 준비한 건가요?"

"얼마 전에 손에 넣었어."

"그렇습니까. 그러면 여기까지 오기 위해 이용한 소형정은? 그런 건 언제 마련한 거죠?"

"아인호른을 빼앗기기 전에 한 번 사용하고 바깥에 꺼내 뒀어. 덕분에 살았지."

질문에 능청스럽게 요리조리 잘 대답하며, 나는 함정을 준비할 장소를 결정했다.

"그럼, 적이 많으니까 함정을 설치할까."

"역시 함정을 쓰는 건가. 끝나면 제대로 철거해 줘."

나르시스 선생님은 체념한 얼굴로 말했다.

곧바로 적을 한꺼번에 상대할 수 있는 장소를 찾아 거기에 함정을 배치하기로 했다.

보통 이런 음습한 짓은 질크의 특기이므로 나는 질크에게 설치를 맡겼다.

"어째 불명예스러운 생각을 하고 있지 않습니까?"

질크가 함정을 설치할 때 나를 도끼눈으로 쳐다봤지만, 이 녀석은 전과가 있기에 나는 물러서지 않았다.

"네 성격에 딱 맞는 일이라고 생각해서 말이지. 누나를 이용해서 폭탄을 설치한 수완은 훌륭했어."

"큭! 반론할 수 없군요."

"자, 얼른 설치해."

그렇게 함정을 설치하고 나니, 미끼 역할이 필요해졌다.

그래서 나는 율리우스의 어깨에 손을 올려놓았다.

"율리우스, 너만이 할 수 있는 일이 있다만?"

"발트파르트, 이제야 너도 나를 인정한 건가. 뭐든 말해 다오. 완벽히 해내 보이마."

그거 잘됐군. 율리우스, 너도 나를 위해 도움이 되라고.

◇

"발트파르트ㅇㅇㅇㅇㅇ! 이 일은 절대로 잊지 않겠다아아아!!!"

율리우스는 던전 안을 달리며 뒤쪽을 향해 권총을 발포했다.

그러자 그중 한 발이 몬스터의 정수리를 꿰뚫어 검은 연기로 바꾸었다.

하지만 율리우스를 따라오는 몬스터는 대충 봐도 100마리가 넘었다.

대충 쏘아도 맞을 상황에서 율리우스는 필사적으로 도망치며 합류 지점을 향해 달렸다.

이끼가 가득 난 지면을 달리며, 간간이 튀어나온 나무뿌리에 발이 걸리지 않도록 주의했다.

필사적으로 도망치고 있자니 계속 눈앞에 리온의 얼굴이 아른거렸다.

"역시 그 녀석을 믿은 게 잘못이었다!"

설마 자신을 미끼로 삼을 줄이야.

겨우 도착한 합류 포인트에 오니, 질크의 목소리가 들려왔다.

"전하, 그대로 끝까지 계속 달려 주십시오!"

질크가 율리우스에게 덤벼든 거대한 애벌레 같은 몬스터를 라이플로 꿰뚫자 검은 연기가 되어 사라져 갔다.

율리우스가 질크의 말대로 그 장소를 끝까지 달려 빠져나오자, 샷건을 거머쥔 리온이 기다리고 있었다.

"좋은 일을 해 줬어, 왕자님."

리온이 거머쥔 총구 앞에는 마법진이 떠올라 있었다.

율리우스가 그대로 달려 리온 옆을 지나치자, 리온이 방아쇠를 당겼다.

"자, 전부 깡그리 날아가라!"

샷건의 산탄이 마법진을 통과하자, 빛으로 된 꼬리를 길게 끌며 몬스터들을 덮쳤다.

뇌전 속성 마법으로 강화된 탄환이 수많은 몬스터를 꿰뚫어 날려 버렸다.

숨을 헐떡이며 그 자리에 주저앉은 율리우스는 리온의 뒷모습을 보고 있었다.

"고, 고난도 마법인가? 발트파르트, 언제 습득한 거지?"

그 말에 리온은 고개를 향하지 않고 대답했다.

"편리한 마법을 골라서 배운 것뿐이야. 이것 말고는 딱히 쓸 줄 아는 건 없어."

친구 다섯 명 중에서 마법을 쓸 줄 아는 건 브래드밖에 없기에, 율리우스는 리온을 바라보며 그렇게 생각했다.

'이 녀석, 진지하게 하면 우리보다 굉장한 것 아닌가?'

리온에게 그럴 생각이 없기 때문에 성적이 항상 중상을 유지하고 있을 뿐, 진심을 발휘하면 자신들과 동등한 성적── 아니, 그 이상의 실력을 손에 넣을 수 있는 것 아닐까?

그러나 율리우스는 곧 땀을 닦고 일어나 생각을 고쳤다.

'아니, 이 녀석의 경우는 개인의 실력보다 결과지.'

혼자서 던전을 공략하여 로스트 아이템을 얻었다.

공국전에서는 활약하여 커다란 결과를 냈다.

개인의 실력보다도 그 결과가 리온의 대단한 점이라고 율리우스는 확신했다.

'노력(勞力)을 줄이고 최고의 결과를 얻는 타입이군.'

그 후, 자신이 달려 빠져나온 공터가 폭발했고 회색 연기가 자신들을 향해 불어왔다.

주변이 온통 연기로 뒤덮였다.

리온의 목소리가 들려왔다.

"――좋아, 끝났군. 다음은 메인 타겟이다."

◇

목적지에 도착하자 넓게 뻥 뚫린 공간이 나왔다.

던전 안인데도 천장에 커다란 구멍이 나 있었고, 그 구멍으로 햇빛이 비쳐 들어왔다. 참으로 환상적인 풍경이었다.

지면에서는 제법 커다란 마석 덩어리나 금속이 박혀있어, 빛을 반사하며 반짝반짝 빛났다.

그리고 그 안쪽으로 매우 커다랗고 털이 무성한 몬스터가 눈에 들어왔다.

여러 동물을 섞어놓은 듯한 모습이었는데, 코는 코끼리와 비슷했고, 이마 양쪽에서 커다란 뿔이 튀어나와 있었다. 그리고 몸체의 무성한 털과 어울리지 않는 파충류 같은 꼬리가 달려 있었고, 앞발에는 날카로운 발톱이 달려 있었다.

그 모습을 본 나르시스 선생님이 외쳤다.

"키메라 비스트?! 어째서 이런 성가신 녀석이 있는 거지? 서, 설마!"

혼자서 달아오르기 시작한 나르시스 선생님은 "몬스터들이 이상하게 많은 장소. 그리고, 성가신 몬스터의 출현——! 그런가, 어쩌면 이곳에!"라며 시끄럽게 떠들어댔지만, 나는 당연하다는 듯이 무시하고 곧바로 주위에 지시를 내렸다.

"나르시스 선생님은 물러나 주십시오. 전위는 율리우스와 크리스다. 원호는 질크가 맡도록."

수류탄을 손에 든 질크가 곁눈질로 나를 봤다.

"어라, 발트파르트 백작은 강 건너 불구경입니까?"

"바보 녀석. 나는 적의 뒤로 파고들어 안전한 장소에서 찔끔찔끔 공격할 거라고!"

내가 달려 나가자, 율리우스나 크리스도 움직이기 시작했다.

키메라 비스트가 우리를 보더니, 위를 향해 소리를 크게 질렀다. 압도적인 포효 소리에 귀가 아플 지경이었으나, 질크는 기다리지 않고 곧바로 공격에 나섰다.

"이건 어떻습니까!"

내던진 수류탄이 화염을 내뿜었고 키메라 비스트를 감쌌다. 하지만 녀석은 털에 불이 붙어도 문제없다는 듯이, 앞으로 나선 율리우스와 질크를 향해 네 발로 달리며 덤벼들었다. 아무래도 뿔로 율리우스를 꿰뚫을 작정인 듯했다.

"나를 노리는 건가! 그 배짱은 인정해 주마!"

율리우스가 꽉 쥔 검을 지면에 꽂자, 눈앞에 마법진이 떠올랐다. 그리고는 곧 마법의 방패가 나타나더니 키메라 비스트의 돌격을 막아냈다.

크리스가 부딪혀서 튕겨 나간 키메라 비스트에게 달려들었다.

"하아아아압!"

양손으로 든 검을 전력으로 내려치자, 키메라 비스트의 몸에 깊은 상처가 생겼다.

칼날이 빛나고 있어서 검의 궤도가 꼬리를 끄는 것처럼 보였다.

나르시스 선생님의 목소리가 울렸다.

"조심해! 녀석은 재생 능력이 높아!"

그 말대로 키메라 비스트의 상처가 곧장 재생되었다.

그러나──.

"눈을 노려."

뒤쪽으로 돌아가 샷건을 발사한 나는 질크에게 지시를 내렸다.

"어려운 명령을 쉽게도 내려 주는군요."

그렇게 말하면서도 질크는 라이플로 키메라 비스트의 눈을 꿰뚫었다.

이 녀석들 평소에는 맹추지만, 실력만은 진짜배기다.

"크리스! 나랑 양쪽에서 협공한다!"

"맡겨라."

두 사람이 키메라 비스트의 팔다리를 공격하는 가운데, 나는 목표를 겨냥하여 샷건의 방아쇠를 당겼다.

머리에서 피를 뿜어내는 키메라 비스트가 재생된 눈으로 나를
보고 있었다.

"여어."

인사를 했더니 포효하면서 나를 향해 달려왔다.

곧바로 왼손으로 단말을 꺼내 미리 준비해 뒀던 화면을 터치하
자 내 주위에 마법진이 전개되었다.

"이야, 이거 정말로 편리하단 말이지!"

키메라 비스트가 보이지 않는 벽에 부딪혀 뒤쪽으로 나뒹굴자,
거기에 질크가 수류탄을 던졌다.

이 녀석들 인정사정없군.

하지만 연기가 걷히고 보니 키메라 비스트는 건재했다.

잃어버린 팔을 재생하는 키메라 비스트. 그 모습을 보며 율리
우스를 비롯한 다른 녀석들이 내게 지시를 요청했다.

"발트파르트, 이대로는 쓰러뜨릴 수 없다."

"안심해. 비장의 수가 있어."

샷건에 특별제 마탄을 넣고 펌프액션으로 장전한 뒤, 전원에게
물러나도록 지시했다.

"다들 멀리 떨어져!"

율리우스나 크리스가 키메라 비스트에게서 떨어지는 걸 확인
하고 나서 방아쇠를 당기니, 탄환이 키메라 비스트의 상반신을
날려 버렸다.

상반신을 잃어버린 키메라 비스트는 그대로 대량의 검은 연기

를 내뿜으며 사라져 갔다.

이윽고 공간 전체가 검은 연기로 뒤덮였으나, 나는 그 검은 연기 너머로 희미한 초록빛을 발견했다.

그 희미한 초록빛은 곧 검은 연기를 빨아들이기 시작했고, 주위 연기가 전부 사라졌을 땐 한 그루의 어린나무만이 남아 있었다.

그 어린나무를 보고 나는 샷건을 짊어졌다.

"——'성수의 묘목'이 틀림없군."

천장에서 내리쬐는 햇빛을 받으며, 신성하게 반짝반짝 빛나는 그 어린나무는 2탄의 키 아이템인 성수의 묘목이었다.

⭐제09화 「비열한 함정」

던전 안.

성수의 묘목을 발견한 나는 나르시스 선생님에게 감정을 부탁했다.

"후, 훌륭해. 전해 들었던 대로야. 여기까지 오는 과정에서 일어난 몬스터의 대량 발생도, 그리고 묘목을 지키는 몬스터의 존재도 책에서 읽었던 것과 똑같아!"

"그러면 이 녀석이 성수의 묘목이 틀림없습니까?"

일단 확인해 보니, 나르시스 선생님이 반짝반짝한 눈으로 고개를 끄덕였다.

이미 성수의 묘목에 정신이 팔렸는지 내 쪽은 보고 있지도 않았다.

"틀림없어. 성수의 묘목은 지금까지 몇 번이고 발견됐지만, 그때마다 최후에는 메말라 버리고 말았지. 학회에서는 장소에 뭔가 의미가 있다고 보고, 발견하면 그 장소를 확보하도록——"

이야기가 길어질 것 같기에 나는 선생님을 무시하고 배낭을 내려 케이스를 꺼냈다.

묘목을 심을 화분과 그걸 감쌀 아크릴 케이스——같은 거랄까?

나는 곧장 묘목을 난폭하게 당겨 뽑았다.

"어잇차."

그러자 눈앞에서 묘목이 뽑히는 걸 본 나르시스 선생님이 소리를 질렀다.

"무, 무무무, 무슨 짓을 하는 건가, 자네느으으으은!"

나르시스 선생님은 절망한 얼굴로 내게 항의했지만, 나는 웃으면서 묘목을 화분에 심었다.

"아니, 이게 이번의 목적이어서 말이죠. 이 녀석이 있으면 6대 귀족을 낚을 수 있을 것 같으니 발견해서 다행입니다."

며칠은 걸릴 줄 알았는데, 첫날에 찾다니, 운이 좋았다.

"성수의 묘목이 목적? 설마, 자네는 처음부터 여기에 성수의 묘목이 있다는 걸 알고 있었던 건가?"

"설마요. 있으면 좋겠는데, 하고 생각했을 뿐입니다. ──이 녀석은 피에르 자식을 끌어내기 위한 좋은 미끼가 될 거거든요."

조사해 본 바, 성수의 묘목은 6대 귀족이 매우 탐을 내는 물건이라는 것 같다.

상세한 사정은 마리에도 몰랐지만, 그 여성향 게임의 키 아이템이다.

분명 중요한 의미가 있을 것이다.

"잠깐 기다려 줘. 내 본가인 그랑주 가에 연락하지. 피에르에게서는 비행선을 되찾을 테니까, 그 묘목을 알제르에 인도해 주었으면 해. 내기의 대상이 될 만한 물건이 아니야!"

묘목을 옮겨 심고 케이스를 씌운 나는 묘목을 한 손에 들고 바라봤다.

이걸로 한동안은 마르지 않을 것이다.

"싫습니다. 저는 말이죠, 이 손으로 피에르를 날려 버리고 싶단 말입니다."

그런 내 마음을 이해하지 못하는 건지, 나르시스 선생님은 고개를 가로젓고 있었다.

하지만 무언가를 깨달았는지 고개를 들었다.

"그, 그래. 이 환경이 묘목의 생장에 최적이라면 이곳을 확보하기만 해도 다음 묘목을 손에 넣을 가능성이——"

그러나 주위를 둘러본 나르시스 선생님은 곧 얼굴에서 핏기가 사라지고 말았다.

"질크, 봐라! 이렇게나 커다란 마석 덩어리가 손에 들어왔다고."

커다란 마석을 품에 안은 율리우스가 자랑하자, 질크는 부러운 듯이 그걸 보고 있었다.

"전하, 제게도 삽을 빌려주십시오."

"거절하지. 나는 마석을 더 모으고 싶다."

어린애가 장난감을 서로 빼앗는 듯한 대화를 주고받고 있는 두 사람 옆에서는 크리스가 상반신 알몸이 되어 땀을 흘리고 있었다.

주위는 흙이 파내어지고 금속이 산더미처럼 쌓여 있다.

작업이 얼추 끝났다며 크리스가 이마를 닦고 있었다.

"기분 좋을 정도로 풍년이군. 가지고 돌아가는 것조차 큰일이 겠어."

주위 환경은 엉망진창으로 망가져 있었다.

나르시스 선생님이 하늘을 향해 소리 질렀다.

"너희들 무슨 짓을 한 거야아아아아!"

그리고 나는 단말을 꺼내 조작했다.

그러자 근처에 와 있던 소형정이 천천히 천장에서 내려왔다.

"이, 이건, 리온 군의 비행선 아닌가?! 아무도 타고 있지 않은데 어째서 멋대로 움직이고 있는 거지?"

나르시스 선생님이 새로운 흥미의 대상을 발견하여 진정되자, 나는 마석을 양손으로 품에 안은 율리우스와 이야기를 했다.

"손에 넣은 보물은 비행선에 실어 줘. 가지고 돌아가서 팔아치울 거다."

"발트파르트, 저 소형정도 멋대로 움직이는 건가?"

"그래, 맞아. 아, 그리고 이번에 손에 넣은 마석이나 자원은 왕국에 가지고 돌아가서 팔 거니까 보수는 선금으로 주는 걸로 참으라고."

"그건 괜찮다만……."

보수 운운보다도 소형정이 더 신경 쓰이는 모양이었다.

"도구를 가지고 올 테니 실을 준비를 하고 있어."

자세히 사정을 말할 생각도 별로 없기에, 나는 재빨리 소형정에 올라탔다.

그런데 막상 올라타고 보니 출발할 때는 없었던 편지와 종이봉투가 소형정 안에 놓여 있었다.

종이봉투 안에는 노견 노엘용 애견 사료가 들어 있었다.

편지를 확인한 나는 내용을 보고 나서 주머니 안에 집어넣었다.

◇

그 무렵.

항구에 정박한 아인호른에는 검은 정장 차림의 남자들이 올라타 있었다.

그들을 이끄는 것은 화려한 정장을 입은 남자로, 어깨에는 머플러를 걸치고 있었다.

마중 나온 피에르가 그 남자와 친밀한 듯이 이야기를 하고 있었다.

"여어, 건강해 보이는군."

"피에르 님, 또 제법 화려하게 놀고 계신 것 같군요."

살찐 그 남자가 모자를 벗고 피에르에게 저자세로 나왔다.

루크시온이 그들을 보고 물었다.

『이분들은?』

"아앙? 매번 시끄러운 녀석이구먼. 그냥 상인이야. 뭐, 공공연히 취급할 수 없는 물건을 다루기는 하지만 말이지."

『——과연.』

시가를 피우기 시작한 상인 남자는 부하에게 명령하여 피에르에게 가죽제 가방을 몇 개나 내밀었다.

피에르의 측근들이 가방을 받아 안을 확인하니, 지폐 다발이 들어 있었다.

"피에르 씨, 이쪽은 문제없습니다."

"그러냐. 그러면 가져다줘라."

가방 안에 꽉꽉 담겨 있던 지폐 다발로 보건대, 수십억 엔 규모의 거래로 추정됐다.

그 대가로 피에르의 측근들이 가지고 온 것은 연녹색으로 빛나는 볼링공 정도 크기의 구체였다.

그걸 받아든 상인은 입꼬리를 크게 올리며 웃었다.

"언제나 감사합니다."

"이쪽도 고마워하고 있다고. 내용물이 적어진 보주를 슬쩍 유출하는 것만으로도 이 몸한테 거금이 들어오니까 말이야."

루크시온은 보주라 불린 구체를 보고 데이터를 모으기 시작했다.

'이것이 보주입니까. 내부에 에너지를 상당히 축적하고 있군요. 성수의 과실 안에 보주가 있다고 들었습니다만, 이게 실물입니까── 무척 흥미롭지만, 이 보주는 전부 국가가 관리하고 있었을 터.'

나라가 중요하게 관리하는 것을 남들 눈에 띄지 않는 장소에서 팔아넘긴다.

아무래도 피에르와 이 상인은 뒤가 구린 관계인 듯했다.

"──그래서, 언제쯤 당주의 자리를 손에 넣으실 수 있을 것 같습니까?"

상인이 그렇게 말하자 피에르는 또다시 기분 나쁜 미소를 지었다.

그리곤 손톱을 깨물며 상인에게 이것저것 이야기했다.

"아버지도 이 비행선에 흥미가 있었으니까 말이지. 언젠가 왕국과 전쟁이라도 해서, 그 녀석들의 기술을 빼앗아 이 비행선을 양산하겠다고 이야기했더니 매우 기뻐하시더군. 그렇게 되면 형을 제거할 필요도 없이, 차기 당주는 내가 될 테지."

"그거 좋군요! 지금까지 투자해 온 보람이 있습니다."

두 사람의 대화를 듣고 루크시온은 정보를 정리했다.

'당주의 자리를 노리고 있는 피에르가 이 상인과 손을 잡기 위해 보주를 유출하고 있는 모양이군요. 아니면, 당주가 되기 위한 자금 벌이이거나.'

형을 밀어내면서까지 자기가 정점에 서겠다는 기개만큼은 루크시온도 높게 평가했다.

그건 리온에게 부족한 부분이었다.

다만 교우 관계는 좋게 평가할 수 없었다.

지폐 다발을 손에 쥔 채 세고 있는 피에르의 측근과 아인호른 선내에는 있는 해적 같은 사람들.

어느 쪽이든 피에르의 부하들이겠지만, 전부 양아치들뿐이었다.

피에르가 상인과 담소하고 있자, 선내에 측근 중 한 명이 뛰어들어왔다.

"피에르 씨, 큰일입니다!"

큰 목소리로 말하는 측근을 보고 피에르는 미간을 찌푸렸다.

"이럴 때 큰 소리 내지 말라고! 그래서, 무슨 일인데? 왕국 녀석들이 쳐들어왔나?"

사태를 그다지 중요하게 받아들이고 있지 않은 피에르였으나, 이야기를 듣더니 태도가 일변했다.

"그런 게 아닙니다. 성수의 묘목이 발견되었다고요! 게다가 아직 마르지 않은 성수의 묘목입니다!"

"——정말이냐?!"

피에르도 이 정보는 놀라지 않을 수 없었다. 그는 측근이 하는 이야기를 진지하게 듣기 시작했다.

"예, 사실입니다. 다만 문제가 있는데, 그걸 손에 넣은 게 하필 유학생들이라…… 특히 그 리온이라는 녀석이 성수의 묘목을 가지고 학원에 와서는 피에르 씨보고 나오라고 했다 합니다."

루크시온은 잠자코 공중에 떠 있다.

피에르는 화가 치민다는 듯한 표정을 짓고 있었다.

"감히 이 몸을 불러낸다고? ——하지만 성수의 묘목은 탐이 나는군. 마음 같아서는 당장 빼앗고 싶지만…… 아무리 그래도 학원에서 손을 대는 건 어렵겠지."

"그, 그것이, 아무래도 루이제 씨가 뒤에 붙어 있는 것 같습니다. 나르시스 선생님도 있어서, 쉽게는 손을 댈 수 없지 않을까 합니다."

"루이제가?"

피에르는 루이제의 이름을 듣더니 조금 생각에 잠겼다.

나르시스의 이름에는 흥미도 없는 듯했다.

"──뭐, 됐어. 성수의 묘목을 보러 간다."

루크시온은 서둘러 학원으로 향하는 피에르 일행을 지켜보며 생각했다.

'성수가 존재하는데도, 그 대체물인 성수의 묘목을 원하고 있다? 손에 넣고 싶은 마음은 이해하지만, 아무래도 영 초조해하고 있는 것처럼 보이기도 하는군요.'

빨간 렌즈가 요사스러운 빛을 발하고 있었다.

◇

학원에 오니 응접실로 안내받았다.

나는 한 손으로 성수의 묘목이 든 케이스를 쥐고, 다리를 테이블 위로 올려놓고는 거만한 태도로 교사들 앞에 앉았다.

그러자 교사들이 곧장 얼굴을 찌푸렸다.

"발트파르트 군, 그 태도는 실례가 아닌가?"

"이래서 왕국 인간은 야만인인 거라고."

"그보다도 묘목을 바로 내려놓아 줬으면 하는군. 떨어뜨리면 어쩔 셈인가!"

교사들의 반응도 가지각색이었다.

성수의 묘목을 앞에 두고, 아주 그냥 쩔쩔매고 있었다.

그런 응접실의 분위기를 다잡은 건 놀랍게도 클레망 선생님이었다.

"다들 조금 진정해요. 나르시스꿍도 제대로 설명해 줘."

"――클레망 선생님. 어째서 제 팔에 안겨드는 겁니까?"

"어머, 싫다. 나도 경망스럽게 참."

진지하게 이 자리를 수습하는가 싶더니만, 나르시스 선생님한테 몸을 가까이 댔다. 아니, '나르시스꿍'은 뭔데?!

클레망 선생님의 취향은 나르시스 선생님 같은 타입인 모양이었다. 경망하다고 말하면서도 떨어질 기색도 없었다.

나르시스 선생님은 다른 사람의 감정에 둔한지, 클레망 선생님의 어필을 알아차리지 못하고 있는 낌새였다.

둔감계 녀석인가―― 나 참, 이만큼 어필을 당하는데도 눈치채지 못한다니, 나중에 돌이킬 수 없게 되어도 모른다고.

주위 교사들도 슬쩍 시선을 피했고, 조용해졌을 때 내 근처에서 있던 루이제 양이 주의를 주었다.

"리온 군, 예의 없는 행동이야."

"이거 실례했습니다. 여하간 이쪽은 모험가 출신 야만인이니 말입니다. 묘목을 난폭하게 다룬다 한들 어쩔 수 없는 면이 있지요."

내가 노골적으로 비아냥대자, 응접실에 있는 교사들이 불쾌한 표정을 지었다.

나는 테이블에서 다리를 내리고 성수의 묘목―― 아니, 내게 행

운을 가져다준 귀여운 묘목이 든 케이스를 테이블에 올려놓았다.

단, 손은 케이스를 쥔 상태로 놓지 않았다.

"그것보다 피에르 나오라고 해. 언제까지 기다리게 할 셈이지?"

내 말투에 교사 한 명이 황급히 주의를 주었다.

"함부로 부르는 짓은 그만둬라. 그는 6대 귀족 출신이라고. 루이제 님도 그자의 편을 드는 건 멈춰 주십시오."

루이제 양에게 시선을 향해 보니, 그녀가 교사들의 말에 따르는 기색은 없었다.

"내가 누구의 편을 들든지 당신들과는 상관없어."

6대 귀족의 영애가 그렇게 말하니, 교사들은 입을 다물었다.

그건 그렇고, 이 사람은 어째서 나한테 이렇게까지 협력해 주는 걸까?

나를 속이려는 낌새도 없다.

나르시스 선생님이 한숨을 내쉬었다.

"아무래도 온 듯해."

응접실 문이 난폭하게 활짝 열리더니, 거기에는 측근들을 거느린 피에르의 모습이 있었다.

아직 해도 중천인데 술 냄새를 풍기고 있었다.

불려 나온 것에 화가 난 낌새였지만, 내가 들고 있는 귀여운 묘목을 보더니, 눈을 휘둥그레 뜨며 놀랐다.

"진짜냐?"

나 같은 건 안중에 없는지, 묘목을 빼앗고자 손을 뻗어 왔다.

"만지지 마라."

케이스를 들어 올리자, 곧바로 미간을 찌푸리며 나를 노려봤다.

"너 이 자식, 감히 누구한테 그딴 식으로 지껄이는 거냐."

피에르의 오른손 손등이 희미하게 빛을 내자, 루이제 양이 나를 감쌌다.

"그만해. 피에르, 이 자리에서는 2대 1이야."

"비켜, 루이제! 이 몸한테 거스르겠다는 거냐? 너는 나랑 마찬가지로 선택받은 쪽의 인간이잖냐!"

성수의 선택을 받았다는 것에 긍지를 가지고 있는 것이리라.

하지만 루이제 양은 물러나지 않았다.

나르시스 선생님도 대화에 끼어들었다.

"피에르 군, 보기 흉한 짓은 하지 말도록."

"학자 행세하는 나르시스까지 이 녀석 편을 드는 거냐? 너희들, 성수의 묘목이 이런 녀석의 손에 넘어가서 분하지 않은 거냐고!"

피에르의 행동거지에 다른 교사들은 입을 다물고 있었다.

이젠 그냥 귀찮아졌기에 내가 상대했다.

"꽥꽥 떠들지 말라고. 듣고 있으려니 짜증이 치솟는군. ──자, 전에 한 약속을 지켜주실까."

"아앙?"

질 나쁜 피에르의 부하들도 있지만, 이쪽에 루이제 양과 나르시스 선생님이 있기에 그들은 끼어들 수 없었다.

피에르는 양아치 같은 태도로 주머니에 손을 넣은 채 내게 얼굴을 가까이 댔다.

"전에 말하지 않았던가? 동등한 가치의 물건을 준비하면 승부하겠다는 이야기였지. 그게 아니면, 얼마 전에 한 이야기도 기억 못하는 건가? 이건 실례했군. 너한테는 어려운 이야기였으려나?"

피에르를 살짝 도발해 주자, 곧바로 얼굴이 시뻘게졌다.

"깝죽거리는군. 이 자리에서 죽여 줄 수도 있다고!"

"할 수 있으면 해 보든지. 그때는 이 녀석도 같이 말라 버릴 거지만 말이다."

묘목을 드러내 보이자, 피에르도 입을 다물고 말았다.

그 여성향 게임에서는 단순한 키 아이템이었던 모양이지만, 현실 세계에서는 충분히 쓸모가 있군.

"나한테서 빼앗은 아인호른을 건다면 승부해 주지. 방법은, 그래── 순수한 결투로, 갑옷을 사용한 것이 좋겠지. 단, 성수의 힘을 사용하지 않는 것이 조건이다."

그렇게 말하자, 피에르가 한순간이지만 놀란 표정을 보였다.

그리고는 망설이는 기색을 보이더니 동요하며 거부했다.

"어째서 네 녀석이 룰을 정하는 거냐. 불공평하잖냐."

"불공평? 비겁한 수를 쓴 네가 잘도 말하는군. 거울이라도 준비해 줄까?"

"큭!"

격노로 곧장 성수의 힘에 기대고 싶은 듯했지만, 루이제 양과 나르시스 선생님이 있기에 손을 댈 수가 없는 모양이었다.

"이야기가 끝나지 않으니까 진행하지. 나는 너 같은 비겁한 놈과는 달라서, 공평하게 갑옷을 쓴 결투를 제안하고 있는 것뿐이다. 루이제 양과 나르시스 선생님께 입회인이 되어 달라고 하지. ——아니면 뭐지? 공평한 승부로는 이길 수 없으니까, 피에르 군은 승부를 피하고 싶은 건가?"

핸디캡이 없으면 싸울 수 없는 걸까나~? 하고 도발해 줬더니 곧바로 반응하는 재미있는 녀석이다.

"——좋아, 받아 주마."

피에르가 각오를 굳히자, 나는 조건을 확인했다.

"그러면 성수라는 것에 맹세해 주실까. 내가 거는 건 이 성수의 묘목이다. 내가 피에르한테 진다면 이걸 넘겨주지."

"좋다. 그러면 내가 진다면 너의 배를 돌려주마."

나는 일부러 과장되게 한숨을 내쉬고는, 피에르에게 "뭘 모르네~"라고 말해 줬다.

"비행선만 돌려받아도 안이 비어 있다면 의미가 없어. 나한테서 빼앗은 것은 전부 돌려주실까. 알겠냐, '전부'다. 나한테 지면 너는 빼앗았던 것을 전부 내 앞에 가지고 오는 거다."

비행선은 돌려줬지만, 아로간츠는 돌려주지 않을 건데요, 라든가 그런 건 용납되지 않는다고!

그런 건 안 되는 게 당연하잖냐!

그렇게 말해 줬더니, 피에르는 귀찮다는 듯이 정정했다.

"아~, 돌려주마. 이 몸이 지면 너한테서 빼앗은 것을 전부 돌려주겠어. 이걸로 됐냐?"

질 생각이 없는 것인지, 피에르는 세세한 내용에 집착하고 있지 않았다.

"제대로 내 '눈앞'에 가지고 오라고. 알겠냐, 전부다."

"네가 이 몸한테 이긴다면 말이지."

나르시스 선생님이 조건을 최종적으로 확인했다.

"그러면 입회는 나와 루이제가 하지. 두 사람 다 지금 조건으로 성수에 맹세할 수 있겠어? 날짜 확인도 문제없으려나?"

나는 얼굴 한가득 미소를 띠며 고개를 끄덕였다. ——그래. 이거면 된다.

"물론입니다."

다만 피에르만은 불만스러운 듯한 태도였다.

"잠깐. 이 녀석은 갑옷을 가지고 있는 거냐?"

나를 신경 써 주다니 상냥하네.

"아니, 가지고 있지 않아. 공화국에서 조달할 생각이다."

그러자 루이제 양이 제안했다.

"대신에 내가 준비하겠어. 그걸로 괜찮지?"

이대로 이야기가 진행될 줄 알았는데, 피에르가 강하게 반대했다.

"안 돼! 입회인이 한쪽 편을 드는 건 용납되지 않는다고. 이 녀석이 스스로 갑옷을 마련하는 것 말고는 인정하지 않겠어."

루이제 양이 곧장 받아치려 했지만 내가 제지했다.

"──좋아. 그래서, 준비하지 못했을 때는?"

"맨몸으로 싸워라. 멋진 쇼로 만들어 주마. 왕국의 영웅이 이 몸한테 손 하나 까딱하지 못하고 울며 사과하는 멋진 쇼 말이지!"

즐거워 보이는 피에르에게 맞추어 나도 미소를 지어 줬다.

"좋아."

"리온 군!"

루이제 양이 놀랐지만, 피에르가 나르시스 선생님에게 시선을 향했다.

"본인이 그걸로 괜찮다고 말한 거라고. 불만은 없겠지?"

"──피에르, 악질적인 행위는 허용되지 않는다."

나르시스 선생님이 그렇게 말하며 오른손을 들자, 응접실 바닥에 마법진이 떠올랐다.

성수에 대한 맹세를 이용한 공화국의 결투 방법으로, 승패가 결정된 후에 조건을 지키게 하는 의미가 있다고 한다.

나르시스 선생님이 선언했다.

"이건 성수에 맹세한 신성한 결투다. 두 사람 다 그 의미를 잊지 않도록."

나르시스 선생님으로서는 신성한 결투에 먹칠하는 듯한 행위는 하지 말라는 의미로 말한 것이리라.

나는 묘목을 겨드랑이에 품었다.

"물론입니다."

그리고 피에르는 측근들을 데리고 응접실에서 나갔다.

"결투 당일까지 무사히 갑옷이 준비된다면 좋겠군."

나는 활 모양처럼 기분 나쁘게 휘어진 눈초리를 짓는 피에르에게 대꾸했다.

"그래, 스스로 마련하겠어."

◇

아인호른으로 돌아온 피에르는 기분 좋게 술을 마시고 있었다.

격납고.

험악한 장식이 달린 아로간츠를 앞에 두고 피에르는 웃고 있었다.

"역시 그 녀석들은 바보구면!"

주위도 피에르의 의견에 동의하고 있다.

피에르는 술병에 입을 대고 단숨에 마셔 버리고는, 근처에 내던졌다.

병이 깨져도 아무도 신경 쓰지 않았다.

아인호른 선내는 상당히 어질러져 있다.

그걸 잠자코 청소하는 건 작업용 로봇들이다.

"이 나라에서 갑옷을 손에 넣을 생각을 하고 있으니까 말이지. 무리라고."

측근 중 한 명이 술병을 피에르에게 건넸다.

"피에르 씨도 너무하시네요. 상대를 맨몸으로 결투 자리에 꾀어내려 하다니 말이죠."

"속는 녀석이 잘못인 거다."

들떠 있는 피에르 일당은 벌써 이긴 후의 일을 이야기하고 있었다.

"이걸로 묘목이 손에 들어오면 아버지는 나를 적남으로 지명할 거다. 형은 볼일 없어지는 거지."

피에르는 페베르 가의 당주가 된 후의 일도 생각했다.

"성수의 묘목이 있으면 언제까지고 라우르트 가가 잘난 체하게 두지는 않을 거다. 그 건방진 루이제도 내 말대로 따르게 되겠지."

측근 중 한 명이 걱정했다.

"괜찮겠습니까? 그 사람, 위그 씨와 약혼 이야기가 오간다는 소문이 돕니다만."

"내가 알 바냐. 게다가 성수의 묘목만 있으면 저쪽에서 머리를 숙이고 딸과 결혼해 달라고 부탁할 거라고. 역시 내게 어울리는 여자는 루이제밖에 없군."

장래를 생각하여 들뜨는 피에르는 한 가지 사실을 더 떠올렸다.

"그래── 만전을 기해 두도록 할까."

그렇게 말하고는 히죽히죽 웃으며 결투 당일을 기대하며 기다리는 피에르였다.

◇

리온의 집 현관 앞에 서 있던 렐리아는 한 손에 메모를 들고 초
인종을 울려 사람이 나오기를 기다렸다.

——하지만, 아무리 기다려도 누구 하나 나오지 않았다.

"잠깐, 어째서 아무도 안 나오는 거야!"

짜증을 내며 몇 번이고 초인종을 울리자, 지나가던 사람이 다
가왔다.

"이봐, 거기 주인은 한동안 돌아오지 않았어."

"네?"

이 근처에 사는 사람인지, 리온에 관해 들을 수 있었다.

"얼마 전에 상당한 짐을 들고 외출하더군. 여행치고는 짐이 많
았는데, 이사 같지는 않았으니 신경 쓰여서 기억하고 있었어."

"어, 어디에 갔나요!"

"글쎄? 비슷한 나이대 여자애도 있었는데, 연인끼리 야반도주
라도 한 거려나?"

통행인이 그렇게 말하고는 떠나가자, 렐리아는 메모를 손에서
놓치고 아연실색했다.

"——거짓말. 그, 그건 곤란해애애애!"

렐리아는 머리를 감싸 쥐고는 소리쳤다.

◇

"어쩔 거야! 어쩔 거냐고, 오빠!"

"시끄럽다고, 마리에 양."

결투 날짜가 다가오는 와중에, 나는 마리에의 저택에서 신세를 지고 있었다.

한곳에 모이는 편이 안전하다는 게 이유였다.

'양'을 붙여 불러 주자, 마리에가 울상을 지었다.

"그렇지만! 이대로는 결투 당일까지 갑옷을 준비하지 못하잖아! 상대가 아로간츠인 것만으로도 어려운데, 맨몸으로는 저민 고기가 되고 말 거라고!"

나는 갑옷을 손에 넣을 수 없었다.

"어쩔 수 없잖냐. 아무도 팔아 주지 않으니까. 공화국 상인은 쩨쩨하네."

"웃을 일이 아니야아~."

내가 아직도 화내고 있다고 생각하는 건지, 마리에는 평소보다 내게 순종적이었다.

지금도 내 시중을 들고 있었다.

마리에가 준비한 홍차를 마셔 보니── 완전히 형편없었다.

"미지근해. 다시 내와."

"네……."

마리에는 울음을 터뜨릴 것만 같은 표정으로 컵이나 찻주전자를 들고 방을 나갔다. 곧 복도에서 "대체 뭐냐고, 저 차에 미친 인간!"이라는 욕이 들려왔다.

뒤끝이 어설픈 점이 그야말로 자못 마리에다웠다.

나는 방 안에서 의자 등받이에 몸을 맡기고 결투 당일까지 어떻게 지낼지를 생각했다.

"갑옷을 손에 넣을 수 없었으니 맨몸으로 아로간츠와 싸워야 하는 건가. 으음~, 난처한데."

의지가 되는 파트너는 이 자리에 없다.

오른쪽 어깨 근처를 힐끔힐끔 보고 마는 버릇이 생겼다.

"그 고집쟁이 녀석……."

악다구니를 내뱉으며 마리에가 오는 것을 기다리고 있자, 방에 노엘이 찾아왔다.

"잠깐, 무슨 일이 있었던 거야? 마리에가 찻주전자에 온도계를 집어넣고 뜨거운 물이랑 차가운 물을 넣으면서 중얼중얼하고 있었어. 뭔가 실험하는 거야?"

그 녀석은 진짜 뭘 하는 거지?

노엘한테는 요리 실험이라도 하는 것처럼 보였을지도 모른다.

"놀려 주고 있는 거야. 그 녀석, 궁지에 몰아넣으면 힘내는 애니까 말이지."

처음부터 진심을 발휘하라고 말하고 싶었던 적이 몇 번이나 있었다.

"그, 그래? 사이가 좋네. 아, 그것보다 리온한테 손님이 왔어."

"손님?"

"──루이제야."

◇

　현관에 가니 루이제 양이 있었다.

　노엘을 보더니 커다란 가슴 밑에서 팔짱을 끼고, 자못 짜증이 난다는 듯한 표정을 지었다.

　"——정말로 여기 있었네."

　루이제 양이 살짝 째려보자 노엘은 고개를 돌렸다.

　"내버려 둬."

　"오늘은 네 상대를 하고 있을 여유는 없어. 리온 군, 갑옷을 준비할 수 없다는 소문을 들었는데, 그게 사실이야?"

　내가 고개를 끄덕이자 루이제 양이 분한 듯한 표정을 지었다.

　"지금의 나로서는 도와줄 수가 없어."

　"성수에 대한 맹세라는 겁니까?"

　"——맞아. 피에르는 가볍게 여기고 있겠지만, 본래 성수에 대한 맹세는 우리한테는 중요한 거야."

　그 말에 노엘이 불쾌감을 드러냈다.

　"뭐가 성수라는 건지."

　그러자 루이제 양이 다시 노엘을 노려보았다.

　나는 손뼉을 쳐서 이야기를 계속했다.

　"자, 자, 싸우지들 말고. 그래서, 루이제 양은 확인하러 온 것뿐입니까?"

　"아니야. 아버님께 이야기해 놓을 테니까, 리온 군은 성수의 묘

261

목을 들고 아버님과 면회해 줬으면 해. 묘목은 우리에게 무척 중요한 거야. 그러니까 아버님께 부탁해서 페베르 가와 교섭할게. 이런 결투를 하는 것보다는 훨씬 나을 거야."

묘목과 아인호른을 교섭해주겠다는 이야기인가?

그렇게 해도 수습될 것 같기는 하지만, 나로서는 불만이기에 사양했다.

"그건 안 되겠군요."

"어째서?! 이대로 결투하면 너는 죽는단 말이야!"

갑옷과 맨몸의 인간은 승부가 되지 않는다.

그 정도는 나도 안다.

"루이제 양이 도와주는 마음은 기쁩니다. 하지만 말이죠——피에르만큼은 용서할 수 없습니다."

좀 더 빨리 짓뭉개 뒀어야 했다.

이벤트라든가 그런 성가신 것에 구애되고 있던 내가 바보였다.

노엘이 걱정스러운 듯이 나를 보고 있다.

"저, 저기, 무리는 하지 않는 편이 좋아. 애초에 나쁜 건 저쪽이니까, 이번은 루이제한테 의지하는 편이 좋아."

나는 나를 걱정해 주는 노엘과 루이제 양에게 하나 중요한 것을 알려주기로 했다.

"어째서 내가 왕국에서 영웅이라 불리는지 알고 있어?"

"으, 응? 강하니까?"

노엘은 곤혹스러워하면서도 실로 심플하게 대답해 주었다.

그에 비해 루이제 양은 약간 다른 대답을 꺼냈다.

"운일까? 아무리 강해도 기회가 없다면 영웅은 될 수 없어."

"두 사람 다 정답! 단, 내 대답은 달라. 영웅이 되는 조건은——살아남는 거다. 그리고 지는 싸움은 하지 않지. 이길 수 있는 상대랑 계속 싸우면 되는 거다."

당당하게 선언하자, 노엘이 즉답했다.

"어? 그건 비겁하지 않아?"

"……저, 전장에서 비겁하다는 말은 칭찬이라고."

루크시온이 그렇게 말했었으니까 틀림없다.

결투 전날.

피에르 일당은 승리를 미리 축하하며 술집에 와 있었다.

"이 몸의 승리를 미리 축하하는 거다! 팍팍 마셔라!"

그가 대동한 질 나쁜 무리는 술집에 있던 손님들을 쫓아내고 점원에게 주문했다.

피에르에게 술을 가져온 점주가 용기를 쥐어짜 내어 부탁했다.

"피에르 님, 슬슬 외상 금액이 많아졌습니다. 게다가 너무 다른 손님께 폐가 될 수 있는 행동은 그만둬 주십사 하고……."

그 발언에 피에르는 받아든 술을 점주의 머리에 끼얹었다.

"뭐야? 이 몸한테 훈계하려는 속셈이냐?"

"아, 아니요, 그렇지는——"

"너희들 같은 쓰레기가 이 공화국에서 살아갈 수 있는 건 누구 덕분인지 말해 봐!"

점주를 후려갈기려 했지만, 피에르의 주먹을 맞은 점주는 그다지 아파하는 것 같지 않았다.

그것이 피에르의 심기를 거슬렀다.

"자식들아, 손 좀 봐줘라!"

피에르가 격노하여 주위 동료들이 일어나 가게를 마구 어지럽히기 시작했다.

점주가 황급히 날뛰고 있는 피에르의 동료 중 한 명에게 매달렸다.

"그, 그만둬 주십시오! 부탁이니까!"

"피에르 씨를 화나게 한 네가 나쁜 거라고!"

밀쳐져 날아간 점주가 쓰러지자, 점주의 아내와 딸이 달려왔다.

"여보!"

"아빠!"

두 사람이 쓰러진 점주를 일으켜 세우자, 피에르가 히죽히죽 웃기 시작했다.

"축하의 의미로는 조금 모자라지만, 이 몸을 화나게 만든 너희 가족은 책임을 져 줘야겠어."

피에르가 무슨 생각을 하는 건지 알아차린 점주는 아내와 딸을 감싸기 위해 앞으로 나섰다.

"그, 그만둬어어!"

피에르가 저항하려 하는 점주에게 오른손을 들이밀자, 가게 바닥을 뚫고 나무뿌리가 솟아났다.

점주를 속박하자, 피에르의 부하들이 모여들었다.

"밖으로 나간다."

속박당한 점주가 끌려가는 아내와 딸에게 손을 뻗었다.

"둘을 놔줘!"

피에르는 히죽히죽 웃었다.

"아아, 즐기고 나면 풀어주지. 그렇지만 너는 자신의 몸을 걱정하는 편이 좋을 거다."

밖으로 나간 피에르 일당은 그대로 술집에 불을 질렀다.

점주가 아직 가게 안에 있는데도.

맹렬히 타오르는 불꽃을 보고 점주의 아내와 딸이 울부짖었다.

"싫어어어어!"

그 모습을 보고 피에르는 정말로 즐거운 듯이 낄낄 웃는 것이었다.

"이 몸한테 거스르는 놈은 이렇게 되는 거라고!"

주위에 모여든 사람들이 분한 듯이 그런 피에르를 쳐다보고 있었다.

하지만 아무 말도 할 수 없었다.

소란을 듣고 온 공화국 군인들도 피에르가 주모자라는 걸 알자 사로잡지 않고 불을 끌 준비를 할 뿐이었다.

"잔챙이는 순순히 이 몸한테 따르면 되는 거야!"

피에르의 그런 목소리가 불타오르는 술집 앞에서 울려 퍼졌다.

◇

결투 당일.

결국 갑옷은 손에 들어오지 않았다.

저택에서 노견 노엘이 사료를 먹고 있는 모습을 보며 나는 말을 걸었다.

"잘 먹어야 한다. 네 주인도 이제 곧 돌아올 테니까 말이야."

내 말을 이해했을 리는 없겠지만, 노엘은 내 얼굴을 한번 보고는 다시 식사로 돌아갔다.

그러자 머리 뒤로 손깍지를 끼고 있는 카일이 나를 보며 말했다.

"백작님은 여전히 태평하군요. 좀 더 긴장하는 게 좋지 않겠어요?"

"이야~, 노엘의 모습을 보고 있자면 치유되어서 말이지."

"오늘이 결투 아닌가요? 이길 수 있겠어요?"

"으음~, 어떠려나?"

카일은 도끼눈으로 나를 쳐다봤다.

"뭐, 당신한테 뭔가 생각이 있다고 해두죠. 그것보다, 주인님의 낌새가 요새 이상한데요."

"그 녀석은 언제나 이상하니까 걱정하지 마."

내가 일어서자, 카라가 갈색 종이봉투를 들고 다가왔다.

"발트파르트 백작, 짐이 와 있습니다."

"그래."

"하지만 보낸 사람이 누군지 알 수 없어요."

"아, 괜찮아."

종이봉투를 받아서 열자 안에 글러브 한 쌍이 들어 있었다.

너클 가드가 달린 검은 가죽제 글러브였다.

글러브를 주머니에 넣고 보니, 카라가 노엘을 봐주고 있었다.

"카라는 남아서 노엘을 돌본다고 했던가?"

"네. 맡겨 주세요!"

카라는 이전에 나를 함정에 빠뜨린 여자지만, 지금은 어쩐지 씌었던 것이 떨어진 듯한 표정을 짓고 있었다.

"그럼 부탁할게."

카일 쪽은 나를 응원하러 오는 모양이다.

"저는 모두와 같이 응원하러 갈게요."

"그러냐. 나한테 걸라고. 한몫 챙기게 해주마."

"이쪽에서는 성수에 맹세한 결투는 내기의 대상으로 삼지 않는다는 것 같아요. 주인님이 그렇게 말했어요."

"어? 그래?"

걸 수 있다면 걸고 싶었는데, 못내 아쉬워서 어쩔 수가 없다.

뭐, 어쩔 수 없지.

"그러면 슬슬 갈게. 너희는 나중에 오도록 해."

그렇게 말하고 저택을 나가려 했더니, 안에 묘목이 있는 케이스를 든 노엘이 저택에서 나왔다.

"리온, 잊은 거! 이걸 잊으면 안 되잖아!"

묘목을 품에 안은 노엘을 보고, 나는 문득 다른 생각이 들어 손을 턱에 댔다.

──그리고, 고개를 끄덕이며 말했다.

"좋아. 노엘이 가지고 있어 줘."

"어?! 그래도 돼? 이건 엄청 중요한 건데."

곤혹스러워하는 노엘한테 나는 웃으면서 대답했다.

"내가 가지고 있는 것보다 노엘이 가지고 있는 편이 좋을 것 같은 느낌이 드니까 말이지. 뭐, 빼앗겨도 문제없어. 반드시 되찾으러 갈 테니까, 편한 마음으로 맡아 놓고 있어 줘."

노엘이 묘목이 든 케이스를 끌어안았다.

"빼앗기고 싶지는 않지만── 응, 알았어. 맡아 둘게."

미소 짓는 노엘을 보고, 아주 약간 장이 부러워졌다.

나 참, 고향에 약혼자가 있는데. 이래서야 안 되겠군.

"카라, 브래드와 노엘을 잘 돌봐줘!"

저택 현관.

노견 노엘을 품에 안은 카라가 밖으로 나가는 마리에 일행을 배웅했다.

그리고 이대로 노엘한테 바깥 공기를 쐬게 해주기로 했다.

"노엘, 잠깐 바깥에서 보내자."

문을 닫으려 했을 때, 갑자기 남자의 손이 뻗어 와 문을 붙잡았다.

"어?"

카라가 당황하는 것보다도 빠르게 문이 열리고, 검은 정장 차림의 남자들이 들어왔다.

"뭐, 뭐예요?!"

검은 정장 차림의 남자들은 그대로 카라를 에워쌌다.

"이 녀석이 맞나?"

"그래."

"그러면 곧바로 데리고 가자고."

밧줄을 꺼내는 남자들의 모습을 보고 공포에 질려 있자, 현관 앞이 소란스러운 걸 알아차린 브래드가 저택에서 얼굴을 내밀었다.

"밖에 나가 볼까 생각했더니, 또 성가신 일이 일어나고 있네."

"브래드 씨!"

"카라 양을 놔줘."

아직 부상이 완전히 낫지 않은 브래드가 밖으로 나오자, 남자들이 서로 얼굴을 마주 봤다.

"손봐 주도록 할까."

"하는 김에 성수의 묘목도 찾자고."

검은 정장 차림 남자들을 앞에 두고, 브래드가 식은땀을 흘렸다.

"──난처하네. 다친 데가 아직 다 낫지도 않았는데 말이야."

★ 제10장 「마리에의 턴」

공화국의 결투장도 원형으로 만들어져 있었다.

벽은 높고, 관객석도 제법 높은 위치에 있었다.

왕국 학원과의 차이가 있다고 한다면, 내게 향하는 시선일 것이다.

날 매도하는 소리가 난무했던 왕국 학원과는 달리, 공화국 학원에서는 내게 동정적인 시선이나 목소리가 들려왔다.

"말도 안 돼, 진짜로 맨몸이야."

"죽겠는데."

"귀족한테 반항하니까 그렇게 되지."

나를 비웃는 녀석들도 있지만, 그건 피에르와 같이 다니는 일당들이었다.

그들은 관객석에서 나를 매도했다.

"왜 그러시나, 왕국의 영웅님!"

"갑옷도 준비 못 한 거냐?"

"맨몸으로 결투라니, 배짱 있는데 그래!"

나 참, 품위 없는 녀석들이군.

그러자 상공에서 검은 기체가 내려왔다.

화려하게 지면에 착지하자, 제법 험상궂어진 아로간츠의 모습

271

이 그곳에 있었다.

"우와~, 악취미~."

피에르가 좋아할 것 같은 해골 마크가 칠해져 있어서, 정말이지 꺼림칙했다.

파일럿인 피에르는 내 모습을 보고 웃고 있었다.

「캬하하하! 갑옷으로 결투하는 거 아니었냐!」

내가 갑옷을 조달하지 못하도록 압력을 가한 주제에, 거참 바보 취급하는군그래.

"처음부터 그럴 생각이었던 주제에 잘도 떠드는군."

「속는 녀석이 잘못이라고!」

──피에르의 말이 옳다.

그렇다── 속는 쪽이 잘못이다.

마치 악역이 된 아로간츠가 검지를 내게 향했다.

「지금 와서 사과해도 용서해 주지 않을 테니까 말이다!」

피에르의 말을 들으며, 나는 주머니에서 꺼낸 글러브를 착용했다.

「뭐냐? 맨손으로 싸우겠다는 거냐!」

피에르나 측근들이 웃는 가운데, 나는 어이가 없어서 허리에 손을 댔다.

"됐으니까 슬슬 시작하자고."

「그래. 그건 그렇고, 이 정도라면 만일에 대비할 필요도 없었겠어.」

"——뭐?"

한쪽 눈썹을 움찔거리자, 피에르가 더러운 목소리로 낄낄 웃었다.

「분명 카라라고 했던가? 개도 있었지.」

그 말만 하고는, 피에르는 그 뒤를 이야기하려 하지 않았다.

"——너 이 자식."

「얼른 결투를 시작해 볼까.」

——너는 정말로 내 기대를 저버리지 않는 녀석이야.

◇

관객석에서 리온과 피에르의 대화를 듣고 있던 마리에는 피에르가 카라의 이름을 의미심장하게 입에 담은 순간 눈을 휘둥그레 떴다.

그저 이름을 말한 것뿐이었지만, 피에르가 무슨 짓을 한 건지 금방 상상할 수 있었다.

그렉이 주먹을 자신의 손바닥에 맞부딪치고 있었다.

"저 자식! 신성한 결투니까 더러운 수는 쓰지 않겠다고 지껄인 건 누구였냐!"

율리우스도 분노를 여실히 드러냈다.

"갑옷뿐만 아니라 인질까지 잡는 건가!"

입회인인 나르시스나 루이제도 이대로 결투를 속행하는 건 반대인 모양이었다.

"이런 결투는 인정할 수 없겠군."

"네, 곧바로 중지하도록 하죠."

두 사람이 너무나도 더러운 피에르의 술수에 결투 중지를 생각하고 있자, 마리에는 리온이 뭔가 말하고 있다는 걸 알아차렸다.

리온이 주머니에서 단말을 꺼내 마리에를 향해 던졌다.

그걸 받아낸 마리에는 리온의 얼굴을 쳐다봤다.

그 눈이나 표정에서, 리온이 '카라와 노엘을 구해라'라고 말하고 있다는 것을 이해했다.

마리에는 단말을 들고 일단 고개를 숙이고는 화면을 들여다봤다. 단말은 전생의 스마트폰과 비슷했고, 조작 방법도 유사했기에 어떻게 다뤄야 할지는 금방 이해할 수 있었다.

그리고 화면을 보자―― 카라와 노견 노엘이 사로잡혀 있는 장소를 나타내는 지도가 표시되어 있다.

그 모습을 보고 있던 노엘이 말을 걸었다.

"마리에?"

고개를 든 마리에는 예리한 눈매와 차가운 목소리로 말했다.

"만회할 기회가 왔어."

"뭐?"

마리에는 뒤돌아보더니 아직 분개하고 있는 율리우스와 남자들에게 일갈했다.

"언제까지 불평만 질질 늘어놓고 있을 거야!"

"아, 아니, 마리에. 카라가 걱정되어서…….."

"걱정된다면 구하러 가면 되잖아?"

질크가 마리에한테 진정하라고 말했다.

"진정해 주세요, 마리에 씨. 카라 양이 어디에 있는지도 모르고, 상대의 블러프일지도 모릅니다. 우선은 정보를 수집하도록 하죠."

그런 남자들을 앞에 두고 마리에는 날카로운 어조로 말을 퍼부었다.

"무슨 흐리멍덩한 소리를 지껄이는 거야! 너희들, 공화국에 오고 나서 얼이 빠진 거 아니야? 카라를 구하는 건 우리야! 그리고, 저 피에르를 날려 버리는 건 리온!"

크리스가 결투장을 보고 망설였다.

"하, 하지만, 상대는 갑옷인데 발트파르트는 맨몸으로——"

"너희들 전부, 리온한테 졌잖아! 저 녀석이 이 상황에서 순진하게 나올 거라고 진심으로 생각하는 거야? 저 녀석을 믿으라고. 저 녀석은—— 아무런 계책 없이 이런 장소에 나올 남자가 아니야. 용의주도하고, 끈질기며, 상대를 구렁텅이로 밀어 떨어뜨리는 녀석이란 말이야!"

마리에가 그렇게 말하자, 다섯 명이 입을 다물고 말았다.

카일이 뺨을 손가락으로 긁적였다.

"카라 씨가 없으면 제 부담이 커지니까 빨리 구하자고요. 여기는 백작이 있으면 충분하고요."

마리에는 다섯 명을 앞에 두고 목소리를 높이고는, 그들을 분발시켰다.

"언제까지 멍하게 있을 거야! 당하면 갚아 준다! 단지 그뿐인 거잖아!"

율리우스가 미소를 띠었다.

"그래. 그랬었지. 아무래도 우리는 위축되어 있었던 모양이다."

질크도 마찬가지다.

"마리에 씨의 말을 듣고 눈이 뜨였습니다."

"그럼 가자고. 일단 저택에 돌아가서 상황을 확인하겠어."

마리에가 남자들을 데리고 이 자리를 떴다.

그런 마리에 일행을 보며 어이가 없어진 나르시스는 떠나가는 마리에 일행에게 손을 뻗었다.

"자, 잠깐만 기다려 줘! 결투는 중지야!"

마리에는 뒤돌아보고 나르시스에게 호통을 쳤다.

"이 상황에 중지하면 어쩌잔 거야! 지연시키든 뭐든 좋으니까, 시간을 벌고 나면 시작하도록 해! 우리는 카라를 구하고 올 테니까 방해하지 마!"

"어, 어어~~?!"

나르시스가 도움을 요청하는 시선을 루이제에게 보냈다.

루이제는 결투장의 리온을 보고 있었다. 리온은 루이제에게 결투를 속행하라는 제스처를 보내고 있었다. 루이제는 한숨을 내쉰 뒤 허리에 손을 댔다.

"본인은 할 생각인 것 같네요."

묘목이 든 케이스를 품에 안은 노엘이 결투장의 리온을 보고 걱정했다.

"리온……."

이대로 결투가 시작되려 하고 있었다.

◇

마리에 일행이 저택에 돌아오자, 그곳에는 상처를 입은 브래드의 모습이 있었다.

"브래드!"

달려간 마리에는 브래드를 안아 일으켜 세우고는 치료 마법을 사용하여 상처를 치유했다.

눈을 뜬 브래드가 마리에한테 사과했다.

"미안, 마리에. 카라 양과 노엘을 지키지 못했어."

"지금은 말하지 마."

마리에가 응급 처치를 끝내자 그렉과 크리스에게 브래드를 침대까지 옮기게 했다.

어지럽혀진 저택 정원을 둘러본 율리우스는 씁쓸한 표정을 띠고 있었다.

아무래도 저택 내부도 어지럽혀진 모양이었다.

"이렇게까지 하는 건가……."

"신성한 결투라고 해도 이 정도군요. 공화국 사람들의 신성이라는 건, 우리와는 의미가 다른 것 아닌가요?"

카일도 화내고 있는지 평소 이상으로 입이 험했다.

마리에는 단말을 봤다.

그러자 화면에 느낌표 마크가 뜨고, 알람도 울려 퍼졌다.

"어, 위쪽? ——으햐!"

화면에 '머리 위 주의'라고 적혀 있었기에 하늘을 올려다보니 뭔가 상자가 떨어졌다.

그대로 지면에 내동댕이쳐진 상자는 투쾅! 하는 커다란 소리를 내며 흙먼지를 일으켰다.

카일이 그 상자를 들여다봤다.

"뭐, 뭔가요? 또 이쪽을 괴롭히려는 수작이라든가 그런 건가요?"

하지만 마리에는 단말을 꽉 쥐고 상자에 다가가더니, 덮개를 치우고 안에 든 것을 봤다.

"마리에 씨, 위험합니다!"

질크의 제지도 듣지 않고 안에 손을 넣더니, 거기서 총화기를 꺼냈다.

마리에는 그 총을 본 기억이 있었다.

"이걸 쓰라는 말이네."

단기관총—— 마피아가 등장하는 오래된 영화에서 본 듯한 형태의 총이었다. 드럼식 탄창도 준비되어 있었다.

율리우스도 상자 안을 들여다보고는 탄환을 손에 쥐었다.

"비살상용 고무탄인가? 어째서 이런 것이⋯⋯."

마리에는 단기관총을 한 손으로 들고는 어깨에 짊어졌다.

그리고 상자 안에 있는 다른 무기도 확인했다. 권총이나 샷건 등이 잔뜩 들어 있었다.

"뭐든 좋아. 이 녀석을 쓰겠어. 너희들도 준비해. 이제부터——카라를 구하기 위해 적의 품에 뛰어들 거야."

◇

항구 창고 거리 중 어느 창고.

피에르와 친밀하게 지내던 상인이 화려한 정장 차림으로 입에 시가를 물고 있었다.

그는 느긋하게 입에서 연기를 뿜더니 노견을 끌어안은 채 두려워하는 카라를 바라보았다.

노견이 카라의 뺨을 핥고 있다. 그녀를 진정시키려 하는 모양이었다.

"아가씨, 운이 안 좋았어. 너희들은 적으로 돌려서는 안 되는 사람한테 싸움을 건 거야. 거스르지 않았다면 고국에 돌아갈 수 있었을지도 모르는데, 유감이군."

떨고 있는 카라는 상인을 앞에 두고 강한 척해 보였다.

"다, 당신들이야말로, 백작을 얕보고 있는 거 아니야? 그 사람은 왕국의 영웅이야! 엄청나게 강한 사람을 쓰러뜨리고, 나라까지 구한 굉장한 사람이라고!"

그 말을 들은 상인은 얼굴에 손을 대고 웃었다.

부하인 검은 옷의 남자들도 웃음을 흘렸다.

"아가씨 나라에서는 굉장할지도 모르지만, 이곳은 세계의 중심인 공화국이야. 그 정도의 영웅 따위 무섭지 않다고. 뭐, 지금쯤은 처참한 꼴이 되어 있겠지."

카라가 노엘을 끌어안고 고개를 숙이고 말했다.

"얌전히 있는다면 피에르 씨가 자비를 베풀어 줄지도——"

상인이 말을 채 끝내기 전에, 창고 문이 날아갔다.

부하들이 무기를 들고 대비하자, 어두컴컴한 창고 안에 빛이 들어왔다.

날아오른 흙먼지가 반짝반짝 빛나 보이고, 역광을 받은 사람 모습이 보였다.

상인은 무서워져서 부하에게 소리치다시피 명령했다.

"쏴라! 쏴 버려어어어!"

부하들이 일제히 발포하자, 창고 안에는 한동안 총성이 계속 울렸다.

하지만 총을 다 쐈는지 창고 안이 조용해지자, 상인이나 그 부하들이 눈을 휘둥그레 뜨며 놀랐다.

사람을 지키는 것처럼 방패 모양을 한 마법진이 떠올라 있었고, 자기들이 쏜 탄환이 짓뭉개져 바닥에 굴러다니고 있다.

마법진이 사라지자, 거기에는 몸집이 작은 한 명의 금발 소녀가 몸에 어울리지 않는 커다란 총을 거머쥐고 서 있었다.

카라가 눈물을 흘리며 기뻐했다.

"마리에 니히이이임!"

울면서 이름을 부르고 마는 카라를 보고 마리에는 상인을 향해 단기관총 방아쇠를 당겼다.

"카라를── 돌려내애애애애!"

단기관총에서 비살상 탄환이 발사되었다.

부하들이 잇따라 탄환에 맞고 쓰러져 가는 모습에 상인은 곤혹스러워했다.

'뭐, 뭐지, 저 무기는?!'

단기관총 같은 건 본 적도 없는 상인은 그 연사 속도에 놀람을 감추지 못했다.

하지만 탄환을 다 쏜 것인지 금세 탄창이 동나고 말았다.

"지금이다! 저 여자를 제압해라! 무기는 반드시 회수해!"

상인은 희귀한 무기를 손에 넣고 싶다고 생각했지만, 총에 맞은 부하들이 죽지 않은 것을 보고 저 무기는 위력이 없는 건가 싶었다.

하지만 마리에한테 다가가려고 한 자신의 부하가 마리에 뒤에서 걸어오는 남자의 총에 맞아 날아갔다.

마리에는 단기관총을 옆에 있던 엘프 소년에게 맡기고, 새로운 권총을 손에 쥐었다.

전원이 총을 가지고 있었다.

"움직이지 마라! 이제 도망칠 곳은 없다!"

뒷문으로 시선을 향하자, 문손잡이가 바깥에서 발사된 탄환에 맞고 파괴되었다. 그대로 문을 걷어차고 들어온 건 샷건을 든 그렉이었다.

"주위에 있던 네 부하는 전부 쓰러뜨렸다고."

도망칠 길도 막히고, 동료들도 쓰러졌다.

상인이 품에서 권총을 꺼내 카라에게 겨누려 했다.

"우, 웃기지 마라, 애송이들이! 이 녀석이 어떻게 되어도 좋으 ──하이!"

질크가 들고 있던 권총으로 그런 상인의 팔을 쐈다.

"여성에게 총을 겨누어서는 안 됩니다."

미소를 향한 질크였지만, 그 총구는 상인에게 겨누어져 있었다.

크리스는 상인의 부하들을 포박하고 있었다.

그리고 마리에가 카라 쪽으로 다가오더니 그녀를 꼭 껴안았다.

"카라, 잘 버텼어."

"우와아아아앙!"

상인은 분한 듯한 표정을 지으며, 자신의 오른손을 왼손으로 누르고 있었다.

"이, 이런 짓을 하고서 그냥 넘어갈 수 있다고 생각하지 마라!"

율리우스가 가까이 다가가서는 상인에게 권총 총구를 겨누었다.

"그 대사는 질리도록 들었다. 너는 자신의 앞날을 걱정하는 게

좋아. 마리에, 곧바로 발트파르트에게 카라를 구출했다고 알리도
록 하지."

율리우스가 마리에 쪽을 보니, 단말을 꽉 쥐고 화면을 보고 있
었다.

"——결투가 시작됐어."

◇

결투장에서는 인내의 한계에 도달한 피에르가 짜증을 내고 있
었다.

「언제까지 기다리게 할 거냐! 신성한 결투를 뭐라고 생각하고
있어!」

무슨 낯짝으로 그런 말을 하는 건가 생각하면서도, 나는 꼼꼼
하게 준비운동을 했다.

피에르가 심판 역할인 나르시스 선생님에게 고함을 쳤다.

「결투 시간은 이미 지났다고! 이대로 지연시킨다면, 너희들은
성수의 맹세를 업신여긴 게 된다!」

관객들도 술렁이고 있었다.

피에르가 억지로 모은 관객들은 아무리 기다려도 결투가 시작
되지 않는 것을 신경 쓰고 있는 모양이었다.

아니, 그렇다기보다 나한테 이기는 모습을 보여주려고 관객을
모은 피에르의 생각을 이해할 수가 없었다.

지금의 나한테 이겼다고 해도, 약한 녀석을 괴롭히는 것으로밖에 보이지 않을 텐데.

"나르시스 선생님, 시작해 주시죠."

내가 그렇게 말하자 나르시스 선생님은 눈을 감고 생각에 잠겼다.

노엘이나 루이제 양이 걱정스러운 듯이 나를 보고 있었지만, 나르시스 선생님이 오른손을 들었다.

"성수여, 이 결투를 지켜봐 주십시오. 올바른 자에게 승리의 가호를. ──지금부터 결투를 개시한다!"

선언이 내려지자 피에르가 움직였다.

아로간츠가 백팩에서 배틀 액스 두 자루를 꺼내더니 각각 양손에 들고 자세를 취했다.

「기다리고 있었다! 너희들에게 이 몸의 힘을 보여주마!」

피에르의 목소리도 맞물려서, 아로간츠의 모습은 정말이지 꺼림칙했다.

"이렇게 보니 무섭군."

아로간츠가 거구를 움직이며 나를 향해 다가왔다.

덤프트럭이 맹렬한 속도로 돌진해 오는 것보다도 무서웠지만, 나는 침착함을 유지하고── 앞으로 달려 나갔다.

「아, 아니?!」

어안이 벙벙해진 피에르는 황급히 배틀 액스를 내리쳤지만, 나는 그땐 이미 아로간츠의 다리 밑을 빠져나가고 있었다.

"인간을 노리는 건 의외로 어렵지?"

뒤쪽으로 돌아가 그렇게 말해 주자, 뒤돌아본 아로간츠가 어울리지 않는 더러운 목소리를 냈다.

「한 번 도망친 정도로 우쭐하지 말라고. 이건 보여주기 위한 쇼란 말이다! 조금은 저항해 주는 편이 관객들도 들떠 오를 거 아니냐!」

"변명 하나만큼은 일품이군."

「──울면서 목숨을 구걸해도 용서해 주지 않을 테다.」

"그거 좋네. ──그 말, 잊지 마라."

아로간츠가 두 자루의 배틀 액스를 크게 치켜들었다.

◇

창고 안.

단말 화면에는 아로간츠와 싸우는 리온의 모습이 비치고 있었다.

그걸 본 마리에는 창고 안에 놓여 있던 에어바이크를 봤다.

상인의 부하가 쓰고 있던 물건인 듯했다.

형태는 수상 바이크였고, 몇 명이 탈 수 있을 듯한 크기였다.

"질크! 곧바로 카라랑 노엘을 결투장에 데려다줘!"

권총을 든 질크는 마리에가 하고 싶은 말을 이해하자 에어바이크에 올라탔다.

"뭐, 제가 적임이겠죠."

엔진에 시동을 걸고는 상태를 확인했다.

"갈 수 있습니다!"

그리고 마리에는 노견 노엘을 품에 안은 카라를 질크 뒤에 태웠다.

"카라, 너를 보면 리온이 안심하고 싸울 수 있어."

"네, 넵! 저, 저기, 마리에 님은 어떻게 하실 건가요?"

카라가 그렇게 묻자, 마리에는 율리우스와 그렉, 크리스에게 둘러싸여 분한 표정을 짓고 있는 상인을 일별했다.

"이쪽에서 할 일이 있어. 괜찮아. 분명 리온이 이길 거니까. 질크, 서둘러!"

"맡겨 주세요. 서둘러서 보내드리겠습니다."

에어바이크가 허공에 떠올라 그대로 창고에서 날아갔다.

마리에는 천천히 상인을 향해 뒤돌아봤다.

"──자, 여기서부터는 심문 시간이네."

상인은 강한 척하는 태도를 보였다.

"두고 봐라, 너는 절대로 용서하지 않──"

반항적인 태도를 보인 상인에게 마리에는 권총을 겨누더니 그대로 주저하지 않고 방아쇠를 당겼다.

팡! 팡! 하고 총성이 울리자, 권총에서 배출된 약협이 지면에 떨어져 가벼운 금속음을 냈다.

"히, 히이이익!"

비살상 탄환이지만 맞으면 아프다. 마리에가 탄환이 다 떨어질 때까지 계속해서 쏘자, 상인은 조금 전의 강경한 태도를 무너뜨리고 몸을 웅크린 채 덜덜 떨었다.

"주인님, 탄창 교환이 끝났어요."

"고마워, 카일."

마리에는 옆에 온 카일에게 권총을 넘겨주는 대신, 탄창이 교환된 단기관총을 받아들었다.

그리고 상인 앞에 섰다.

"잘도 우리 카라를 납치하고, 거기다 브래드에게 상처를 입혔겠다."

"아, 아니야! 명령받은 거다! 피에르 씨한테—— 아니, 피에르 자식한테 명령받아서 어쩔 수 없—— 갸아아악!"

단기관총으로 상인을 쏘았다.

드럼식 탄창이 텅 빌 때까지 쏜 마리에는 이번에는 카일에게서 권총을 받아들고는 단기관총을 건넸다.

애처로운 모습이 된 상인의 얼굴을 왼손으로 붙잡아 올렸다.

그러자 마리에의 왼손이 희미하게 빛나고, 상인의 상처를 치료했다.

고통이 누그러진 상인은 마리에를 향해 아부하는 듯한 미소를 지었다.

"아가씨, 구해주신다면 피에르 자식한테서 도망칠 수 있도록 도와드리겠습니다요."

마리에는 상인의 말을 듣고 미소를 지은 뒤── 권총 방아쇠를
당겼다.

　"크악! 어째서!"

　고통에 신음하는 상인을 앞에 두고, 마리에는 귀여운 미소를
지은 채 계속해서 총을 쐈다.

　"그건 내가 알고 싶은 정보가 아니야."

　"그, 그러면! 뭐든 물어봐 줘! 알고 있는 거라면 무엇이든 말할
테니까!"

　"흐음, 그렇구나."

　이 자리를 벗어나기 위해 필사적인 상인을 앞에 두고, 마리에
는 아연실색하고 있는 크리스를 향해 돌아봤다.

　"크리스, 그 물건은 있어?"

　"그, 그래, 있다만, 이런 싸구려 물건을 어떻게 할 생각이지?
조악한 나이프를 요청한 건 처음이라고."

　여기에 오는 도중에 산 나이프는 크리스가 말한 것처럼 품질이
조잡한 물건이었다.

　나이프를 받아든 마리에는 금속제 선반에 다가가더니 칼날을
부딪쳐 이가 빠지게 했다.

　"마, 마리에?"

　그 행동의 진의를 알 수 없어서 그렉이 곤혹스러워하고 있자,
마리에는 너덜너덜해진 칼날을 보고 고개를 끄덕였다.

　"이 정도면 되겠네."

마리에는 손에 날이 너덜너덜해진 나이프를 들고 상인을 향해 돌아보았다.

"자, 잠깐! 그걸 뭐에 쓸 생각이지⋯⋯?"

상인의 떨리는 목소리에 마리에는 천진난만하게 대답했다.

"공화국 책을 읽고 알게 된 거야. 공화국식 심문 방법이었던가?"

상인이 덜덜 떨기 시작했다.

"괜찮아. 나는 치료 마법이 특기거든. 조금 다친 정도는 아무런 문제도 없어."

"말할게!!! 뭐든지 말할 테니까! 그것만은!!!"

울기 시작한 상인을 앞에 두고 마리에는 웃었다.

"나는 계속할 테니까, 얼마든지 말하도록 해. 흥미가 있으면 멈출지도 모르겠네."

상인이 덜덜 떠는 모습을 보고 카일이 작은 목소리로 말을 건넸다.

"주인님, 설마 고문하실 건가요?"

"응? 안 할 거야."

"하지만⋯⋯."

마리에도 고문 따위를 할 생각은 없었다.

"바보네. 정보를 끌어내기 위해서야. 뭐가 알고 싶다고 말하면 이 녀석은 거짓말을 해서 도망치려 할 거 아냐? 그러니까 멋대로 이야기를 하게 만드는 거야. 뭘 알고 싶은 건지 모르니까, 이것저 것 많이 말해 준다는 것 같아."

공화국에서 읽은 책에 그런 기술(記述)이 있었다.

마리에는 그걸 시험하고 있는 것뿐이었다.

"그렇게까지 하나요? 완전 깨는데요."

"시끄럽네. 나는 리온의 신용을 되찾아야만 한다고! 그 녀석이 화내면 정말로 위험하단 말이야! 위험하다고! 비위를 맞추기 위해서라면 이 정도는 할 거야!"

카일은 리온에게 겁을 먹고 있는 마리에를 보고는 지나친 걱정이 아닌가 하고 생각했다.

"아니, 백작은 그렇게 화내고 있지 않았으니, 이렇게까지 안 해도 용서해 줄 거 같은데요……."

"너는 그 녀석에 대해 아무것도 몰라! 됐으니까, 하여튼 이 녀석한테서 정보를 캐내는 거야. 여기서 점수를 벌어 두지 않으면 피에르 다음에는 내가 리온한테── 히이이익!"

상인 앞에서 강한 척해 보였던 마리에의 모습은 그곳에 없었다.

결투장.

도망치는 내게 화가 치민 피에르는 배틀 액스를 내던졌다.

「이 무기로는 재미가 없다고!」

무기 탓으로 돌리는 모습이 마치 어린애 같았다.

"너의 실력 부족이라고. 아로간츠의 성능으로 나를 죽이지 못

한다니, 너는 파일럿의 재능이 없네. 갑옷에는 타지 않는 편이 좋겠어."

솔직하게 지적해 주자, 피에르는 받아들이기 어려웠는지 새로운 무기를 준비했다.

「놀이는 그만 끝이다.」

낮은 목소리를 내며 거머쥔 것은 아로간츠용 라이플이었다.

관객석에서 비명이 들려왔다.

「흔적도 없이 날려 주마.」

총구를 겨누는 피에르에게 나는 미소를 띠어 보였다.

"해 보라고, 조무래기 자식아."

「뒤져어어어어!」

피에르가 망설임 없이 방아쇠를 당겼다.

나는 옆으로 뛰어 구른 뒤에, 곧바로 일어나서 결투장 벽을 따라 달렸다.

라이플 탄환이 결투장 벽에 박히자, 결투장을 감싼 얇은 막이 빛나기 시작했다.

관객석을 지키는 실드 마법이나 비슷한 무언가겠지.

하지만 탄환은 그런 실드를 관통하고 벽에 박혀 나갔다.

"왜 그러냐! 놀이는 끝인 거 아니었나?"

내가 지나간 장소에 잇따라 탄환이 박혔다.

「도망치기만 할 뿐인 겁쟁이 놈이이이이!」

피에르는 라이플을 연사했지만, 탄환은 내게 명중하지 않았다.

「어째서 안 맞는 거냐! 이 고철 덩어리 같으니라고!」

"아로간츠의 성능으로 나를 맞히지 못하는 너의 미숙함을 한탄하는 게 좋을 거다."

놀려 주자, 피에르는 곧바로 반응했다.

분명 콕피트 안에서 얼굴이 시뻘게져 있으리라.

「삼류 국가의 쓰레기 자식이이이이!」

라이플을 나한테 내던졌기에 몸을 굽혀 피하자 아로간츠가 내 쪽으로 돌격했다.

커다란 손을 뻗어 붙잡으려 했기에 다리 사이를 빠져나가다시피 피했다.

"너는 아직도 알아차리지 못한 거냐? ──아로간츠는 내 갑옷이다. 약점도 당연히 알고 있다고."

난 이 녀석이 반드시 아로간츠에 탄다고 생각하고 있었다.

그렇게 하도록 꾸며 뒀을 테니까 말이지.

「도망치는 것밖에 못 하는 싸움에 진 개 주제에 잘난 듯이 주절주절 떠들지 말란 말이다!」

"맨몸인 사람 한 명 쓰러뜨리지 못하는 쓰레기 녀석이 잘난 듯이 사람의 말을 하지 말란 말이다!"

「크아아아아아아아!」

아로간츠가 다음으로 꺼낸 무기는 검고 투박한 대형 낫이었다.

마치 사신이 들 법한 낫── 데스 사이드를 휘두르며 나를 쫓아왔다.

공격이 닿는 범위가 넓어서 아주 약간 성가셨다.

"도망 다니는 것도 지치는군."

땀범벅이 된 나는 턱 밑에 흐른 땀을 닦고 관객석 쪽을 봤다.

◇

결투장에서 펼쳐지는 싸움은 결투라고는 부를 수 없는 것이었다.

맨몸의 인간 상대로 검고 커다란 갑옷이 무시무시한 무기를 들고 덮치고 있다.

리온은 아로간츠의 소유자라 약점을 알고 있는 것인지 잘 도망쳐 보이고 있었다.

하지만 명백히 체력이 한계에 달해 있었다.

노엘은 리온이 언제 아로간츠에 붙잡힐지 몰라 관객석에서 걱정하면서 지켜보며 케이스를 끌어안았다.

"이런 건 결투가 아니야!"

일방적인 전개에 관객석에서는 비명이 들려오고 있다.

피에르한테 강제적으로 참가할 것을 명령받은 학생 중에는 보고 있을 수 없어 고개를 숙인 사람도 있었다.

"누가 멈춰 줘……."

"멈추게 해줄까?"

노엘이 기도하는 것처럼 고개를 숙이자, 술렁이는 관객들의 목소리에 섞여 로이크의 목소리가 들려왔다.

노엘이 뒤돌아보니 로이크는 미소를 띠며 서 있었다.

로이크는 노엘을 내려다보며 제안했다.

"내가 멈춰 주지. 그 대신, 너는 내 것이 되어라."

"──로이크 너, 이런 때까지!"

이 상황을 이용하여 자신을 얻으려 하는 로이크에게 노엘은 혐오감을 표출했다.

"또 거부하는 거냐? ──그러면, 저 남자가 죽는다고."

로이크는 결투장에서 도망 다니고 있는 리온을 가리켰다.

아로간츠가 옆으로 휘두른 커다란 낫을 점프하여 피하고, 거리를 벌리려 하고 있다.

날린 흙먼지로 더러워진 모습.

일격이라도 맞으면 즉사이건만, 잘 싸워 주고 있었다.

하지만 그것뿐이다.

노엘이 한쪽 손으로 얼굴을 짓눌렀다.

"싫어! 귀족 따위 정말 싫어!"

로이크는 노엘의 모습을 보면서 리온의 상황에 관해 이야기했다.

"저 녀석이 성수의 묘목을 내놓는다면 내가 대신 담판을 지어주지. 하지만 네가 또 거절한다면 발리에르 가도 왕국을 규탄할거다. 유학생들이나 그 가족이 너 때문에 희생되는 거라고."

그 말을 듣고, 지금의 로이크라면── 지금의 공화국 귀족들이라면 태연히 호르파트 왕국을 비난할 거라는 생각이 들었다.

'――이 나라는 썩었어.'

눈물을 흘린 노엘이 얼굴에서 손을 떼고 로이크를 봤다.

로이크의 제안을 받아들이면 리온 일행은 살아난다.

어차피 이 녀석은 앞으로도 자신을 손에 넣으려고 무모한 짓을 벌일 것이다.

'귀족님에게는 거스를 수 없다, 인가. 아니, 성수에는 무슨 일이 있어도 거스를 수 없다는 거겠지.'

공화국에서 태어난 사람에게 성수는 절대적이다.

노엘은―― 도망칠 수 없다며 체념했다.

'레스피나스 가의 사람을, 성수는 아직 용서하지 않는 거야.'

마치 놓치지 않겠다는 듯한 성수의 의지 같은 게 느껴졌다.

로이크의 제안을 받아들이려 하자, 그 자리에 성큼성큼 걸어온 루이제가―― 로이크의 뺨따귀를 날렸다.

"루이제! 무슨 짓―― 푸읍!"

곧바로 두 발째를 날린 뒤, 루이제는 로이크를 향해 말했다.

"더러운 짓 그만해. 타인의 결투를 이용해서 여자를 손에 넣으려 하다니, 부끄러운 줄 알아야지. 발리에르 가의 차기 당주님은 항상 이런 교활한 수로 여자를 꾀는 건가?"

"――루이제, 라우르트 가의 인간이라도 해도 되는 말과 안 되는 말이 있다고."

"결투를 방해하지 말라고 말하고 있는 거야. 네가 말한다고 해서 정말로 피에르가 멈춰? 너, 피에르와 한패라면── 진심으로 짓뭉개 주겠어."

루이제와의 대화로 주위의 시선이 집중되고 말았다.

이 자리에는 나르시스도 있기에 로이크는 불리하다고 판단했는지 떠나갔다.

"고, 고마워."

"널 도우려는 생각에서 한 일은 아니야. 리온 군의 결투를 방해받고 싶지 않았어. 그는 뭔가 생각이 있는 것 같으니까."

압도적인 차이를 앞에 두고, 리온은 아직 포기한 기색이 없었다.

노엘은 리온을 바라보는 루이제를 수상하게 여겼다.

"루이제, 너 왜 리온한테 집착하는 거야?"

노엘의 물음에 루이제는 대답하지 않았다.

"라우르트 가의 아가씨가 유학생 편을 들다니 이상해. 게다가 조금 전의 제안도 그래. 네가 싫어하는 내가 저 녀석 것이 되면, 리온을 도울 수 있었을 거야. 성수의 묘목도 손에 넣을 수 있었을 거고."

루이제는 팔짱을 낀 채 자신의 팔을 꽉 쥐고 있었다.

"──너한테 알려줄 필요는 없어."

뭔가 꾸미고 있는 건가 하고 경계했지만, 노엘이 보기에 루이제는 정말로 리온을 걱정하고 있었다.

하지만 그 이유를 전혀 알 수 없었다.

리온이 도망치기만 할 뿐인 결투가 계속되는 가운데, 관객석에한 대의 에어바이크가 내려왔다.

에어바이크에는 질크와 카라, 그리고 노견 노엘이 타고 있었다.

관객석이 소란스러워지는 와중에 질크와 카라, 노견 노엘이 리온을 향해 소리쳤다.

"발트파르트 백작! 마리에 씨가 카라 양 일행을 구출했습니다!"

카라도 큰 목소리를 냈다.

"이제, 그런 녀석들 해치워 버려 주세요!"

"멍!"

노견 노엘까지 짖자, 결투장에 있던 리온이 오른손을 들어 응답해 주었다.

결투장에 있는 리온은 압도적으로 불리한 상황에서 피에르를 향해 선언했다.

"걱정거리는 사라졌다. ──준비는 됐냐?"

피에르는 리온의 그 말에 분노를 부딪쳤다.

「인질을 구했다고 해서 이 상황을 뒤집을 수 있다고 생각하는 거냐!」

인질을 잡고 있었다는 이야기에 루이제가 "피에르, 너 나를 얕봐도 한참 얕봐 줬네"라며 분노를 드러내고 있자, 리온의 낮고 진지한 목소리가 결투장에 묘하게 울려 퍼졌다.

"──좋은 걸 하나 가르쳐 주마. 나는 소심한 녀석이라고."

★ 제11화 「리온의 턴」

나는 소심한 녀석이다.

그렇게 선언하자, 결투장이 한순간 정적에 감싸였다.

눈앞에 있는 피에르도 뜸을 두고 나서, 내 발언에 딴지를 걸어 댔다.

「무슨 말을 하는 건가 싶더니만, 인제 와서 목숨 구걸이냐? 이 미 늦다고!」

"누가 목숨을 구걸했다는 거지? 나는 나 자신을 소심한 녀석이 라고 말한 거다. 너는 이 말의 의미를 이해할 수 있으려나?"

「그만 됐어. 너는 뒤져라!」

"말만은 세게 내뱉고 큰 소리로 시끄럽게 깽깽 짖지. 우리 집 노엘을 본받으라고. 좀처럼 짖지 않는 대견한 개란 말이다."

피에르를 놀려 줬더니 커다란 낫을 크게 치켜들고는 내 몸을 위 아래로 가르려 했다.

인질도 마리에 일행이 무사히 구출해 주었다.

이걸로 아무런 문제도 없다.

그 녀석도 슬슬 움직이고 있을 무렵이리라.

「이 몸을 바보 취급하지 마라아아아!」

나는 덮쳐 오는 커다란 낫을 몸을 굽혀 피한 뒤, 아로간츠의 다리 밑을 빠져나갔다.

그때 아주 살짝 만져 주자, 아로간츠가 넘어졌다.

「크윽!」

콕피트 안이 흔들린 것인지 피에르도 고통을 느낀 모양이었다.

그리고, 무슨 일이 일어난 건지 이해하지 못한 듯했다.

「제, 젠장! 이 자식 넘어졌어. 이 몸한테 창피를 주다니.」

아로간츠가 멋대로 넘어졌다고 생각했는지 피에르가 화를 냈다.

"넘어진 게 아니야. 쓰러뜨린 거다."

「아앙?」

피에르가 영문을 모르겠다는 반응을 보였다.

"말했잖냐. 나는 소심한 녀석이라고. ──이길 수 있는 승부밖에 하지 않아."

「무슨 말을──」

"아직도 모르겠냐? 너한테라면 이길 수 있다고 생각했으니까, 이 승부를 받아들인 거다. 너는 아로간츠에 타고, 나는 맨몸── 그래도 승산이 있으니까 이 자리에 나온 거라고."

「하! 단순한 우연으로 우쭐거리지 말란 말이다!」

일어나서 덤벼 오는 아로간츠는 내게 왼손을 뻗어 붙잡으려 했다.

도망치지 않고 자세를 취한 나는 아로간츠의 커다란 손가락을 붙잡아── 그대로 던졌다.

아로간츠는 그대로 우스꽝스럽게 나뒹굴었고, 안에 있는 피에르도 흔들리는 콕피트 안에서 고함을 질렀다.

「이, 이 자식이!」

넘어진 아로간츠를 보며 나는 어깨를 돌렸다.

피에르한테 주절주절 말을 걸어 줬다.

"너, 정말로 약하구나? 아로간츠에 타고 그 정도라니, 파일럿으로서는 최저다. 아니, 인간으로서도 최저의 수준이니까 새삼스러운 이야기인가?"

「――우, 우연이 몇 번이나 계속된다고 생각하지 말라고!」

나는 일어난 아로간츠에 가까이 다가가 기세를 이용하여 내던진 뒤, 피에르에게 가르쳐 줬다.

"세 번이나 계속되면 필연이다. 피에르, 너는 나한테 이길 수 없어."

◇

대체 무슨 일이 일어나고 있는 것인가?

결투장에서는 수많은 관객이 눈앞에서 일어난 일을 믿지 못하고 있었다.

맨몸인 사람이 갑옷을 넘어뜨리고 내던지기를 세 번.

결투장 안에서는 감탄하여 손뼉을 치는 사람도 있을 정도였다.

"갑옷을 내던졌다고? 그런 게 가능해? 체술인가? 아니, 무슨 마법인가?"

나르시스가 경악하면서도 흥미를 느끼고 있자, 루이제가 주의를 주었다.

"결투에 집중해."

"알고 있어. 하지만, 불리한 상황이라는 데 변함은 없나."

다만, 우려되는 점도 있었다.

그건 리온이 맨몸이고, 피에르는 갑옷 안에 있다는 것이다.

압도적으로 리온이 불리한 상황이라는 데는 변함이 없었고, 체력적인 문제를 생각해도 피에르가 우세했다.

리온은 아로간츠의 움직임을 이용하여 던지고 있어서, 아로간츠가 움직이지 않으면 손을 댈 방도가 없는 것처럼 보였다.

루이제가 리온을 걱정했다.

"결정적인 수단이 없네."

리온에게 승리 판정을 내리고 싶어도, 아로간츠를 넘어뜨리고 있을 뿐, 결정타가 없었다.

이런 어중간한 상황에 판정을 내리면 비판이 나올 테고, 문제만 더 복잡해질 터였다. 가능하면 확실하게 알 수 있는 결정적인 결과가 필요했다.

나르시스가 루이제에게 시선을 향했다.

"루이제, 그는 너의 '동생'이 아니야."

그 말을 듣고 루이제는 시선을 떨궜다.

"그런 건 알고 있어."

"그러면 너무 그의 편을 들지 않는 게 좋아. 그는 타국 사람이니까 말이지. 언젠가는 자신의 나라로 돌아갈 거야."

"──그 정도는 나도 알아."

입회인인 두 사람이 이야기하는 사이에, 사태는 생각지 못한 방향으로 나아가려 하고 있었다.

나르시스가 있는 곳에 클레망이 뛰어온 것이다.

제법 허둥댔는지 땀범벅이 된 클레망은 진지한 표정을 짓고 있었다.

"나르시스꿍!"

"클레망 선생님? 무슨 일이 있었습니까?"

클레망의 등장에 또다시 피에르가 무언가 저지른 건가 하고 생각한 나르시스였으나, 그 이상의 일이 일어나고 있었다.

"큰일이야! 페베르 가가 공격당해서 전쟁 상태야!"

"──뭐라고요?"

나르시스는 놀라서 루이제를 봤다.

그러나 이건 루이제도 전혀 모르는 이야기였다.

"대체 어디에서 쳐들어온 거야? 그런 긴장 상태가 되어 있었다는 이야기는 듣지 못했어."

현재의 국제 정세상, 어딘가의 나라가 쳐들어오는 건 생각하기 어려웠다.

하지만 실질, 페베르 가는 이미 공격을 받고 있었다.

클레망이 결투장에 시선을 향하자, 피에르가 올라탄 아로간츠가 리온한테 내던져져 허공을 날고 있는 참이었다.

"미확인 정보라 미안하지만, 적은 단 한 척이고 왕국 국적이야. 아니, 지금은 공화국 국적이지만."

리온이 아로간츠를 내던질 때마다 관객석에서는 박수나 환성이 일어났다.

평소 피에르의 평판이 얼마나 나쁜지를 잘 알 수 있었다.

"——단 한 척? 설마 리온 군의 배가 날뛰고 있는 거야?"

클레망은 뺨에 손을 대고 몸을 비비 꼬며 미확인 정보라는 것을 강조했다.

"거짓인지 사실인지는 알 수 없어. 하지만 페베르 가에서 전쟁이 일어나고 있는 건 사실이야. 공화국의 연합 함대가 출격했다는 것 같아. 그러니까 결투를 중지하고 피난을 개시해 주었으면 해."

나르시스의 표정은 쓸쓸해져 있었다.

"무슨 짓을."

아인호른이 페베르 가의 영지에서 날뛰고 있다.

그리고 아인호른의 현재 소유자는 피에르다.

루이제가 곧바로 결투를 중지하려고 했다.

"이제 보고 있을 수 없어. 내 이름으로 결투를 중지할게."

"알겠어. 곧바로 중지를 선언하지."

두 사람이 중지를 결정하자, 결투장에 있는 아로간츠에서 분노로 가득 찬 피에르의 목소리가 들려왔다.

「이 몸을 바보 취급하지 마라아아아! 전부 날려 버려 주마!」

아로간츠의 등에 달린 컨테이너가 개방되더니, 거기서 미사일이 주위를 향해 발사되었다.

"——저 녀석!"

루이제를 비롯해 나르시스나 클레망도 피에르의 행동에 깜짝 놀랐다.

리온한테만이 아니라 관객석에도 미사일이 날아오자—— 결투장을 감싼 실드가 강하게 반응했지만, 미사일이 폭발하자 버티지 못하고 파괴되었다.

아슬아슬하게 막아냈지만, 관객석에는 폭발 때 발생한 연기가 가득 들어찼다.

이야기는 아주 약간 거슬러 올라간다.

결투가 시작되려 하고 있을 무렵, 항구에서는 정박 중인 아인호른이 움직이고 있었다.

피에르의 부하들도 그걸 알아챘지만, 이상하게 여기면서도 아무도 문제시하지 않았다.

"누구야. 멋대로 배를 움직인 건? 피에르 씨의 지시인가?"

숙취로 머리가 아픈 질 나쁜 선원이 하품하며 아인호른 복도를 걷고 있었다.

거기서 보이는 바깥 경치가 움직이고 있어서, 아인호른이 어딘가를 향하여 날고 있음을 알 수 있었다.

"그건 그렇고, 다들 어디에 있는 거지?"

주위를 둘러봤지만 아무도 없었다.

잠시 걸었더니, 공중에 떠 있는 원기둥형 로봇이 보였다.

로봇들이 비행선을 관리하고 있기에 제법 편하게 지낼 수 있었다.

로봇은 외눈으로, 가느다란 팔 두 개가 달려 있다. 어떤 원리인지 모르지만, 허공에 떠 있어서 다리는 없다. 그리고 손에는 청소 도구인 빗자루를 들고 있었다.

선원이 로봇에게 가까이 다가가더니 발차기를 먹였다.

"어이, 내 동료는 어디지?"

로봇에 대한 선원들의 취급은 무척 지독했다.

평소에는 그렇게 해도 불평 같은 건 나오지 않고, 로봇들도 저항하지 않았다.

하지만 오늘은 달랐다.

걷어차인 로봇이 빨간 외눈으로 선원을 쳐다봤다.

"뭐야? 얼른 안내하라고."

그러자 로봇은 가지고 있던 빗자루를 치켜들고는 선원의 머리에 내리쳤다.

"너, 너 이 자식! 나한테 반항하겠다는 거냐!"

빗자루로 퍽퍽 얻어맞던 선원은 가지고 있던 단검을 뽑아 로봇에게 덤벼들려 했다.

하지만 뒤쪽에 기척을 느끼고 뒤돌아봤다.

"——엑?"

그곳에 서 있던 건 잡일을 하는 로봇보다도 한층 더 커다란 로봇이었다.

크고 굵은 팔을 치켜들고 망설임 없이 내려치자, 선원은 의식을 잃고 말았다.

◇

아인호른 함교.

그곳에 떠오른 루크시온은 주위에서 움직이는 로봇들에게 지시를 내리고 있었다.

『작전을 다음 단계로 이행합니다. 목표는 페베르 가의 영지.』

함교에는 피에르의 부하들이 꽁꽁 묶인 채 나뒹굴고 있었다.

아인호른이 향하고 있는 곳은 영지의 중앙, 바로 페베르 가의 성이었다.

조금 지나자 멋대로 페베르 가의 영지에 들어가려 하는 아인호른을 발견한 운 나쁜 경비대 비행선이 아인호른의 앞길을 가로막기 위해 움직였다.

「거기 있는 비행선, 멈추십시오.」

경비대가 그렇게 말했다. 어조가 정중한 건 아마 이쪽이 페베르 가의 문장(紋章)을 내걸고 있기 때문이리라. 다만, 루크시온은 확성기로 말을 건네 오는 목소리를 기억하고 있었다.

『──마스터가 있었다면 분명 '운이 좋다'고 했으려나요?』

그건 공화국에서 임시 검문을 받았을 때 만난 대위── 아로간츠를 바보 취급한 남자였다.

루크시온에게는 복수하고 싶은 남자 중 한 명이었다.

『포격.』

루크시온이 지시하자, 주위 로봇들이 아인호른을 움직였다.

아인호른의 대포가 경비대 비행선을 조준하여 인정사정없이 포격했다.

경비대 비행선은 후방의 중요 기관을 맞아 금세 움직이지 못하게 됐다. 그대로 천천히 가라앉으며 불타올랐다. 승조원들이 잇따라 탈출하는 모습을 봤더니, 그때의 대위가 가장 먼저 도망쳐서 보트에 올라타고 있었다.

『추격.』

담담히 추격 지시를 내리자, 아인호른의 대공 공격으로 대위가 올라탄 보트가 파괴되어 가라앉았다. 단, 떨어져도 죽지 않도록 계산해서 노렸다.

대위는 낙하하는 보트 안에서 울부짖으며 구조를 요청하고 있었다.

루크시온은 거기서 포격을 멈추었다. 죽이는 건 '리온의 취향'이 아니기 때문이다.

『나 참, 마스터의 취향대로 날뛰는 것도 고생이군요.』

경비대 비행선이 가라앉는 것을 무시하고 아인호른은 그대로 페베르 가의 영내로 들어갔다.

소란을 듣고 선내에 남아 있던 피에르의 부하들이 함교로 들어오는 문을 격렬하게 두드리기 시작했다.

"이봐, 무슨 일이 있었던 거야!"

"이건 지나치다고! 곧바로 배를 항구로 되돌려!"

"피에르 씨의 명령인가?! ──뭐, 뭐야, 이것들은? 그, 그만둬! 오지 마!"

소란스러운 피에르의 부하들을 무시했다.

루크시온은 페베르 가의 영내로 들어간 후 중요 거점── 주로 군사 설비를 중점적으로 파괴하며 돌아다니기 시작했다.

경비대 비행선이 곧바로 아군을 불렀는지 적이 속속 모여들었다.

다만, 페베르 가의 문장을 내걸고 있기에 다들 섣불리 공격해 오지 않았다.

루크시온은 그런 경비대를──

『포격.』

──잇따라 침몰시켜 나갔다.

비행선이 인기척이 없는 장소로 떨어지는 것을 확인하며, 그들에게 들리도록 확성기로 음성을 내보냈다.

『캬하하하, 우리는 최강이다!』

『자, 피에르 씨의 적을 모조리 죽여 주자고!』

『이대로 중앙에 쳐들어간다!』

그건 피에르의 부하들 목소리였다.

루크시온이 그들의 목소리를 녹음, 분석하여 편집한 뒤 이 상황에 맞는 대사를 준비한 것이다.

문 바깥에서는 피에르의 부하들이 당황하고 있다.

"어, 어이, 이건 어떻게 된 거야?!"

"그만둬. 이봐, 장난은 멈춰!"

"이 문을 열어!"

이대로는 농담으로는 끝나지 않는다는 걸 깨달은 모양이었지만, 이미 늦은 후였다.

경비대 비행선에서 확성기로 목소리가 들려온다.

「네놈들! 지금 자신이 무슨 짓을 하는 건지 알고 있는 거냐! ──포격 준비! 증원이 올 때까지 어떻게 해서든 버텨라!」

경비대 비행선이 대포를 쏘려 했지만, 루크시온한테는 그들을 기다려 줄 의리 따윈 없었다.

『가라앉히십시오.』

대포를 몇 발 쏘니 경비대 비행선이 전부 침몰했다.

그러자 아인호른에 떠오른 성수의 문장에서 넝쿨이나 나무뿌리가 솟아나기 시작했다. 피에르의 의지에 반하여 움직이는 아인호른을 파괴하려 하고 있었다.

『반응이 늦군요. 그리고── 이 정도로 저를 멈출 수 있을 거라고 진심으로 생각하고 있었던 겁니까?』

아인호른에서 다리가 없는 갑옷들이 튀어나왔다.

그들은 손에 화염방사기나 전기톱을 소지하고 있었고, 넝쿨과 나무뿌리를 불태워 없애고 절단해 나갔다. 그리고 아인호른의 선체에 빛나는 선이 지나갔다.

그 선이 몇 줄기나 되는 빛을 선체에 내뿜자, 성수의 문장은 부서져 사라지고 말았다.

『이 정도는 언제든지 파괴 가능했습니다.』

루크시온은 아인호른의 항행 속도를 늦추고, 중요 거점을 돌면서 페베르 가의 성을 목표로 전진했다.

『자, 이쪽은 문제없음. ──마스터 쪽은 괜찮을까요?』

◇

미사일 연기로 주위가 아무것도 보이지 않았다.

그런 가운데, 콕피트에서 그 광경을 보고 있던 피에르는 필사적으로 조종간을 움직이고 있었다.

"뭐, 뭐야! 이 몸은 아무것도 하지 않았다고!"

피에르는 미사일을 몰랐고, 관객석을 향해 쏠 생각도 없었다. 어중이떠중이라고 여기고 있는 관객이야 어쨌건, 나르시스나 루이제를 비롯한 귀족들도 있기 때문이다.

그뿐만이 아니다.

"어째서 이 몸의 목소리가 바깥에 들리지 않는 거냐!"

자신의 목소리가 바깥에 전해지지 않았다. 아니, 정확히는──.

「이제 전부 다 날려 버려 주겠다!」

──자신의 목소리를 흉내 낸 다른 사람의 말이 나가고 있었다.

연기가 서서히 걷혀 가자, 관객석에는 성수의 문장이 몇 개나 떠올라 있었다.

나르시스나 루이제뿐만이 아니다. 결투를 보려고 와 있던 다른 6대 귀족 관계자가 순간적으로 방어한 것이리라.

"아, 아니야! 이 몸이 아니다! 이 몸은 공격하지 않았어!"

자신보다 격이 낮은 상대에게는 강하지만, 동격인── 그것도 상대가 여럿일 경우엔 드센 태도로는 나갈지언정 싸움은 피해왔다.

동격인 상대와 싸우면 지는 건 자신임을 알고 있기 때문이다.

「캬하하하! 이 녀석이고 저 녀석이고 전부 쫄아 가지고서는!」

그런데도 피에르의 목소리를 흉내 내는 무언가는 당당히 싸움을 걸고 있었다.

"그만. 그만둬 줘!"

조종간을 덜컥덜컥 움직이고 있었더니, 잠금장치가 걸려 움직이지 않게 되었다.

콕피트 안에 전자 음성이 들려왔다.

『작전을 다음 단계로 이행합니다.』

"자, 작전이라고?! 어이, 둥근 녀석! 내 말이 들리고 있지!! 이 몸의 명령에 따라라! 둥근 녀석, 얼른 대답하란 말이다!"

소리치는 피에르에게, 아로간츠의 콕피트 내부 목소리와는 다른 별개의── 루크시온의 목소리가 들려왔다.

『무슨 일인지?』

"너 이 자식, 무슨 짓을 한 거냐! 이 고철이 멋대로 움직여서 이 몸이 난처해하고 있다고! 얼른 멈춰! 나르시스나 루이제한테는 네가 변명하라고! 이 몸은 나쁘지 않아!"

『──그래서?』

"뭐, 뭐어?!"

루크시온의 반응은 지금까지와는 달리 차가웠다.

"쓰, 쓸모없는 쓰레기가! 돌아가면 파쇄해서 고철로 만들어 주마. 이 갑옷도 그래. 저 쓰레기 자식을 죽이지도 못했다. 이 몸은 엄청난 창피를 당하고 말았잖냐!"

리온을 쓰러뜨리지 못한 것은 아로간츠 책임이라고 트집을 잡으며 계속 소리를 질러 대는 피에르에게 루크시온은 이렇게 말했다.

『넌 착각을 하고 있어.』

"뭐라고!"

『내 마스터는 리온 포우 발트파르트뿐이다.』

"무, 무슨 말을──?!"

『애초부터 너는 내 주인이 될 수 없어. 그리고, 쓰레기 자식은 ──너다.』

피에르가 어금니를 꽉 깨물고는 미간을 찌푸렸다. 증오로 제법 추악한 표정이 되어 있다.

"절대로 용서하지 않겠다. 반드시 너희들을 죽여 주마!"

그런 피에르에게 루크시온은 말해 줬다.

『무리다. 너는 마스터를 죽일 수 없어. 그리고, 내가 죽이게 두지 않는다. 하지만, 너는 정보 수집으로는 제법 도움이 되었어. 쓰레기 자식이라는 말은 정정하고 사과하도록 하지.』

"이 자식이이이이!"

루크시온은 피에르에게 마지막 말을 전했다.

『내 마스터를 바보 취급한 대가를 받아라.』

피에르가 찢어질 듯한 목소리를 내며 루크시온과 리온에게 욕설을 퍼붓자, 아로간츠 앞에 선 리온이 미소를 띠고 있는 게 보였다.

◇

미사일로 발생한 검은 연기가 걷혀 간다.

그 안에서 나는 아로간츠를 앞에 두고 서 있었다.

"아로간츠―― 지금 바로 되찾아 줄게."

주위에서는 관객들이 우왕좌왕하며 도망치는 가운데, 노엘이 내게 큰 목소리로 도망치라고 소리쳤다.

"리온, 이제 도망쳐! 피에르는 정상이 아니야. 폭주하고 있어!"

그건 아니다.

그 녀석은 언동과는 반대로 겁쟁이다.

분수에 맞지 않는 야심을 품고, 덤으로 약한 녀석을 괴롭히는 것밖에 하지 못하는 남자다.

동격인 상대에게는 무의식적으로 열등감을 품고, 그 반동으로 자기보다 약한 사람을 괴롭히며 우월감을 얻고 있다.

피에르는 나 이상의 소심한 녀석일 것이다.

자——여기까지 오면 이제 안심이다.

아로간츠가 꺼림칙한 낫을 치켜들었다.

「너를 죽이고, 성수의 묘목을 손에 넣으면—— 이 몸이 이 나라의 왕이 되어 주마!」

낄낄거리는 더러운 웃음소리를 내며 선언하는 목소리는 그야말로 피에르 그 자체였다.

그런 아로간츠를 향해 나는 말해 줬다.

"아로간츠에 그런 짓을 시킬 수는 없겠는데. ——피에르, 너는 내가 여기서 막겠다!"

너의 야망을 멈춰 주마! 라며 늠름한 표정으로 말해 봤다.

하지만 이런 건 뻔히 보이는 연극이다.

애초에 갑옷 같은 건 전생으로 말하자면 하늘을 나는 전차 같은 것이다.

그런 걸 상대로 인간이 싸울 수 있을 리가 없다.

내가 아로간츠를 마치 체술의 달인처럼 내던지고 있던 것도 전부 연기다. 애초에 나는 체술의 달인이 아니고, 보통은 이런 무모한 싸움에는 임하지 않는다.

──이길 수 있으니까 임한 것이다!

피에르는 아로간츠로 나올 수밖에 없었다. 오히려 피에르가 평범한 갑옷을 들고나오는 편이 힘들었을 정도다.

아로간츠로 나와 줘서 정말 고마워!

루이제 양이 피에르에게 결투 중지를 선언했다.

"피에르, 인제 그만 적당히 해! 이 이상은 봐줄 수 없어. 입회인의 권한으로 이 결투를 중지합니다!"

「어디 해 보라지! 그랬다가는 이 몸이 너를 죽이고 성수의 묘목을 빼앗을 뿐이라고. 이제 아무도 이 몸을 막을 수 없단 말이다!」

루이제 양이 놀란 표정을 보이고 있었다.

"──너, 성수의 맹세를 뭐라고 생각하고 있는 거야!"

성수에 맹세해 놓고, 이 결투의 꼬락서니에 아연실색한 것이리라.

루이제 양도 내게 도망치라고 말했다.

"리온 군, 얼른 도망가!"

「이제 늦었다고! 죽어라, 쓰레기 자식아아아!」

"와라, 피에르!"

덤벼 오는 아로간츠를 향해 나는 장저*의 준비 자세를 취했다.

주위에서 내게 도망치라고 말하는 목소리가 들려왔다.

아~, 어쩜 이리 따뜻한 성원이지.

고향에서는 욕설이 난무하고 있었는데, 공화국 사람들은 상냥

*掌底, 중국 권법 등에서 손바닥 아랫부분으로 상대를 가격하는 기술

하네.

아로간츠가 커다란 낫을 내려치자, 날이 지면에 깊숙이 박혔다.

"이걸로── 끝이다아아아!"

당연한 것처럼 피한 나는 아로간츠의 품에 뛰어들어── 장저를 콕피트 부근에 내질렀다.

인간이 갑옷을 때려 봤자 대미지가 들어갈 리 없겠지만, 글러브가 빛나더니 아로간츠가 커다란 낫을 손에서 놓치며 후방으로 날아가 벽에 부딪혔다.

관객석이 정적에 감싸이는 가운데, 나는 아로간츠에 가까이 다가가 콕피트 해치를 열었다.

그 안에는 나를 노려보는 피에르의 얼굴이 있었고──.

"이 몸을 속였── 커흑!"

──나는 피에르의 얼굴에 주먹을 꽂아 넣었다.

"피에르 군, 결투는 아직 끝나지 않았어."

눈에 눈물을 띤 피에르가 입가를 누르고 있었다.

피에르의 머리카락을 붙잡고 콕피트에서 끌어내서는 결투장에 내던졌다.

"여기서부터는 맨몸으로 싸워 볼까!"

재미있는 부분은 이제부터라고!

피에르가 일어서더니 나를 향해 온갖 욕설을 퍼부었다.

"이 비겁한 쓰레기 자식이! 이 몸을 함정에 빠뜨렸구나! 너 같은 삼류 국가의 쓰레기 기사가 성수의 선택을 받은 6대 귀족 출신인 이 몸한테 무례를 저질렀어! 절대로 용서하지 않겠다. 평범한 인간이 이 몸 같은 선택받은 인간을 함정에 빠뜨리면 어떻게 되는지를 깨닫게 해주—— 아각!"

길어질 것 같기에 주먹으로 후려쳤다. 루크시온이 마련해 준 글러브는 사람을 때려도 주먹이 아프지 않은 뛰어난 물건이었다.

그 녀석한테 고마워해야겠군.

입가를 손으로 누른 피에르는 피를 흘리며 떨고 있었다.

피에르의 이가 빠져 지면에 떨어졌다.

"이가. 이 몸의 이가아아아!"

나는 주먹에서 뚝뚝 소리를 내며, 피에르에게 웃는 얼굴로 가르쳐 줬다.

"안심하라고. 네가 너덜너덜하게 만든 브래드도 치료 마법으로 이가 원래대로 돌아왔어. 마법은 참 굉장한 거 같아. 그러니까 그 정도는 아무런 문제도 없다고."

피에르가 나를 노려보고는 오른손을 앞으로 향했다.

오른손 손등의 문장이 빛나고 있었다.

"어라? 설마 문장을—— 성수의 가호를 쓰는 걸까나? 결투의 룰을 잊은 모양이네."

"윽!"

성수에 맹세한 결투의 룰을 어기는 것은 제아무리 피에르라도 망설임이 드는 모양이었다.

"자, 이제부터 너한테는 당한 만큼 갚아 주려고 하는데, 쉽게

패배를 인정하지 말라고. 이쪽은 너를 때릴 이유가 잔뜩 있다고."

"이, 이 몸을 때리겠다는 거냐! 때렸다가는 그냥은 끝나지 않을 거다! 네 고향도, 너의 가족도 전부 죽여 주마! 페베르 가를 적으로 돌렸다가는 어떻게 되는지, 깨닫게 해줄 테니까 말이다!"

"오~, 무서워라."

궁지에 내몰린 피에르의 폭언에 주위의 반응은 매우 차가웠다. 들려오는 건 피에르를 깔보는 목소리였다.

"질 것 같으니까 본가의 힘을 이용하겠다니, 최악이다!"

"애초에 맨몸인 사람한테 진다는 게 말이 돼?"

"이렇게까지 해 놓고서 지다니──!"

그런 목소리를 듣고, 피에르는 주위에 애먼 화풀이를 하기 시작했다.

"시끄러워! 쓰레기 같은 어중이떠중이 자식들이! 하찮은 무능한 것들이! 너희들이 이 나라에서 살아갈 수 있는 건 이 몸을 비롯한 6대 귀족이 있기 때문이라고! 너희들 같은 기생충 쓰레기 벌레 자식들이 이 몸을 모욕하지 말란 말이다!"

꽥꽥 소리를 질러 대는 피에르를 향한 주위의 반응은 냉담했다.

나는 한눈을 파는 피에르의 어깨를 붙잡아 돌아보게 한 뒤, 오른손 스트레이트를 힘껏 꽂아 줬다.

그 직후, 환성이 일어났다.

──이 녀석, 얼마나 미움을 받고 있었던 거지?

"결투 중에 한눈을 파는 건 좋지 않다고. 그리고, 나는 마음 착한 사람임을 자부하고 있지만, 적대하는 녀석에게는 용서하지 않기로 하고 있어."

"무슨 말—— 푸헉!"

왼손으로 머리카락을 잡고 오른손 주먹으로 몇 번이고 후려갈겼다.

주로 입 주위를 중심으로 때려 말할 수 없도록 하고 난 뒤가 진짜 시작이다.

"왜 그래. 저항해 보라고!"

계속 때리고 있자, 차츰 피에르의 드센 태도도 무너지기 시작하여 "머, 멈춰!" "이, 이제 그만해!" "아, 알았어. 본가의 압력은 가하지 않을 테니까——!" 등 나약한 소리를 하기 시작했다.

지금까지 약한 사람을 괴롭히는 짓밖에 하지 않았기에, 얻어맞은 경험은 적었던 것이리라.

머리를 놓고 풀어 주자, 피에르의 얼굴은 제법 지독해져 있었다.

"헤, 헤가 힌 헐로……."

뭔가 말하고 싶어 하는 듯했다. 아마 '제가 진 걸로 쳐도 좋습니다'라고 말 한 듯하지만, 분명 내가 잘못 들은 것일 테니 나는 결투를 속행했다.

"아직도 더 계속하겠다고! 역시나 6대 귀족인 피에르 군! 그 근성에 경의를 표해 주지. ——으랴아!"

"아하악!"

피에르의 배에 앞차기를 먹여 주자, 몸이 간단히 ㄱ자로 꺾였다.

왕국 학원에서 체술 훈련을 했지만, 여태껏 겪었던 어떤 상대보다도 너무 약해서 농담인가 하는 생각이 들 정도였다.

　몸에 주먹을 꽂아 넣자, 괴로운 듯이 몸부림치고 있었다.

　"흐, 흐만해——!"

　"이래도 쓰러지지 않는다니 굉장한데, 피에르!"

　쓰러지지 않으면 계속할 당할 줄 알았는지, 내게 맞은 피에르가 뒤로 날아가 쓰러졌다.

　도움을 요청하는 것처럼 입회인인 나르시스 선생님에게 손을 뻗으려 했기에, 곧바로 피에르 위에 올라타 후려갈겨 줬다.

　"쓰러지면 끝날 줄 알았어? 아쉽게 됐네, 끝내지 않을 거라고!"

　졌다고 말할 수 없도록 공들여서 입을 공격했더니, 피에르의 앞니는 전멸해 있었다.

　피에르가 울면서 팔로 얼굴을 감쌌지만, 그 틈을 노려 주먹을 꽂아 넣었다.

　이렇게까지 일방적인 전개인데, 관객석에서는 찢어질 듯한 환성이 일어나고 있었다.

　"이야~, 너 얼마나 원한을 사고 있었던 거냐. 이렇게나 일방적인 괴롭힘 같은 결투를 하는데도 환성이 일어날 거라고는 생각지도 않았다고."

　그렇게 말해 주자, 피에르가 울면서 말했다.

　"효, 효허헤 후헤효. 헤하 혔흐니하."

　용서해 주세요, 제가 졌으니까, 라며 가냘픈 목소리로 전하는 피에르의 안면에 용서 없이 주먹을 꽂아 넣었다.

이렇게까지 일방적인 전개라면 아무리 나라도 마음이 아플 텐데, 이 녀석은 아무리 상대하고 있어도 전혀 마음이 아프지 않았다.

"——너는 울면서 용서를 구하는 상대에게 무슨 짓을 했지? 자기가 당할 때만 용서받을 거라는 무른 생각은 통하지 않는다고. 하나 배워갈 수 있어서 잘됐네."

그렇게 말하고는 피에르의 코에 주먹을 내리쳤다.

코피가 뿜어져 나와 피를 뒤집어썼지만, 신경 쓰지 않고 주먹을 계속 내리쳤다.

"이야, 정말로 너는 좋은 녀석이야! 이렇게나 후려갈겨도 전혀 마음이 아프지 않으니까! 오히려 나는 정의의 편이 아닐까 하는 생각이 들 정도야!"

피에르의 좋은 점을 억지로 들라고 말한다면, 아무리 때려도 마음이 아프지 않다는 점이리라.

관객들의 성원도 있어서 마치 히어로라도 된 듯한 기분이었다.

뭐, 나는 히어로가 아니지만 말이지!

"어때? 지금까지 네가 해 온 짓을 당하는 기분은?"

피에르는 힘없이 내게 대답했다.

"혀해호 효혀하히 하헤허."

절대로 용서하지 않겠다—— 아직 마음이 꺾이지 않은 모양이다.

아니, 그보다 반성할 생각이 일절 없는 게 굉장하다.

너는 어쩌면 이렇게나── 완벽한 악역인 거냐.

"좋아, 피에르! 그대로 계속 반항하라고!"

제12화 「일각수 괴물」

지금까지와는 일변하여 관객석은 열기를 띤 환성에 휩싸여 있었다.

노엘은 그런 분위기에 놀라면서도 리온이 일방적으로 피에르를 후려갈기는 광경을 봤다.

주위에는 관객들이 돌아와, 바로 근처에서 리온의 용감한 모습을 보고자 앞으로 와 있었다.

노엘 주위에는 그런 관객들뿐이었다.

'그렇다 쳐도, 아무도 멈추려 하지 않는다니.'

지금까지 피에르가 해 온 짓을 생각하면 이 정도는 당해도 싸다.

아니——.

'이게 6대 귀족에 대한 국민의 생각이겠지.'

——그뿐만이 아니라, 자신들을 지배하는 6대 귀족을 향한 반발도 있는 것이리라.

압도적인 힘을 지닌 6대 귀족이 성수의 가호가 없는 리온한테 일방적으로 쓰러진다.

그 모습에 흥분한 기색이었다.

성수의 가호를 지닌 자와 지니지 못한 자. 공화국에서는 그 둘 사이에 커다란 벽이 존재한다.

6대 귀족에 대한 불만이 열을 띠어, 관객석은 이상할 정도의 열기에 감싸여 있었다.

리온을 보고 있었더니, 누군가가 노엘의 팔을 붙잡았다.

"렐리아?"

뒤돌아봤더니 그곳에는 렐리아의 모습이 있었다.

관객들을 밀어젖히고 노엘한테 다가왔기 때문에 머리가 엉망진창이고 옷도 흐트러져 있다.

"언니, 잠깐 와봐!"

"아직 결투가 끝나지 않았어."

"그런 말을 하고 있을 때가 아니야!"

상당히 허둥대고 있는 렐리아한테 이끌려, 노엘이 그 자리를 떴다.

렐리아가 노엘한테 현재 상황을 전했다.

"밖에서 전쟁이 일어났어!"

그러고 보니 클레망이 그런 말을 했었던 걸 떠올리고는 나르시스 쪽에 시선을 향하자, 뭔가 모여든 사람들과 이야기를 하고 있었다.

결투장을 보고 곤혹스러운 표정을 짓고 있다.

렐리아는 상당히 초조해하고 있었다.

"저 녀석들 때문에 예정이 엉망진창이야. 어떻게든 하지 않으면——"

노엘은 그런 렐리아의 팔을 뿌리쳤다.

"——언니?"

렐리아가 노엘을 의아하다는 듯이 쳐다봤다.

"나는 리온의 결투를 지켜보겠어."

리온의 결투 결과를 보기 위해 돌아가자, 렐리아의 목소리가 등 뒤로 들려왔다.

"언니! 저 녀석들과 얽히지 마! 저 녀석들은——!"

◇

"하아~, 지쳤다."

피에르한테서 떨어진 나는 너무 많이 때려서 지쳐 있었다.

"너, 이런 짓을 하고서 용케 질리지 않았구나. 남을 너덜너덜하게 패는 게 즐겁냐?"

발끝으로 피에르의 머리를 툭툭 차자, 피에르는 뭔가 힘없이 중얼중얼 말하고 있었다.

"무슨 말을 하는지 모르겠군. 뭐, 아무래도 좋나."

낄낄 웃어 주자, 나르시스 선생님이 결투 종료를 선언했다.

"승자, 리온 포우 발트파르트! ——곧바로 의사를 불러오도록!"

그러자 결투장에 백의를 입은 의사와 간호사가 다가왔다.

곧장 피에르의 상태를 확인하고 있었다.

"이거 지독하군."

"치료를 시작하겠습니다."

솜씨 좋게 치료 마법이나 응급 처치를 해 나가자, 피에르가 괴로워했다.

실력이 좋은 의사를 준비하고 있었던 모양이라, 피에르의 얼굴이 서서히 원래대로 돌아갔다.

주위에 무장한 사람들이 모여들더니 피에르를 둘러싸기 시작했다.

그걸 아군이 왔다고 착각했는지, 피에르가 드센 태도를 되찾았다.

——엄청나게 알기 쉬운 놈이구먼.

관객석에서 내려온 나르시스 선생님과 루이제 양도 이쪽으로 다가오자, 피에르가 항의하기 시작했다.

"나르시스! 이 녀석이다! 이 녀석은 사기꾼 자식이야! 이기기 위해서 날 함정에 빠뜨렸다고!"

나르시스 선생님은 그런 피에르의 항의를 거들떠보지도 않았다.

"피에르, 보기 흉한 짓은 그만둬. 그리고, 너한테는 확인하고 싶은 게 있다."

평소의 태도란 게 이래서 중요하지.

나르시스 선생님이 드물게도 화난 표정을 지으며, 피에르를 추궁했다.

"본가를 공격한 건 무슨 생각이지? 공화국의 연합 함대도 출격했다고."

"——엉?"

피에르는 어안이 벙벙해진 표정을 짓고 있었다.

루이제 양도 화를 내고 있었다.

"결투에서의 부정도 그렇지만, 너의 행동은 문제가 너무 많아. 곧바로 조사를 받았으면 하지만, 그전에 네 배를── 리온 군에게서 빼앗은 배를 멈추도록 해."

피에르는 무슨 말을 듣고 있는 건지 알 수 없다는 얼굴이었다.

"아, 아니야. 이 몸은 아무것도 몰라. 모른다고! 이 자식이다! 이 자식의 함정이야!"

나를 가리키는 피에르를 보고, 히죽히죽 웃어 보였다.

"뭐~? 지금의 주인은 너잖아? 그건 그렇고, 얼른 약속을 지켜 주실까."

나르시스 선생님이 내게 방해하지 말아 주었으면 하는 태도를 보였다.

"리온 군, 지금은 그럴 때가 아니야. 자네의 비행선을 써서 피에르의 부하들이 날뛰고 있어. 가능하면 약점을 알려 줬으면 해. 상당한 피해가 나오고 있다는 것 같으니까 말이야."

나는 미소를 지우고 그를 날카롭게 노려보았다.

태도가 변한 것으로 인해 주위도 경계했는지 대비 자세를 취하는 녀석도 있었다.

"──협력? 나한테서 비행선을 빼앗고, 내 동향 녀석들에게 심한 짓을 한 이 녀석에게 협력하라고? 잠꼬대는 잘 때나 하자고요. 자, 결투는 내 승리다. ──피에르, 얼른 내 앞에 아인호른을 가져와라."

피에르가 이마에 핏대를 세우고 짜증이 치민다는 태도를 보였다.

"그러니까, 이 몸은 아무것도 모르——"

퍼뜩 상황이 이해된 것인지 피에르의 얼굴에서 서서히 핏기가 사라지기 시작했다.

"뭐야? 가지고 올 수 없는 거냐? 성수에 대한 맹세를 잊은 거냐?"

그러자 피에르는 바들바들 떨면서 내게 용서를 구하기 시작했다.

"——바, 반드시 돌려주겠어. 저, 정말이야! 그러니까 시간을 줘! 반드시 돌려줄 거고, 뭣하면 네 소원을 이루어 줄 수도 있어. 뭐든 할 테니까, 조금만 시간을 줘!"

피에르의 그런 태도를 보고, 루이제 양이 퍼뜩 깨닫고는 내 얼굴을 봤다.

"설마……."

——유감이지만 너무 늦었다.

"울면서 용서를 청하는 건가. 그런 상대를 너라면 용서하겠냐? 아~ 근데 어쩌지? 나보다 먼저 성수님이 분노하신 것 같은데!"

결투에 지고, 약속을 지키지 않는 피에르에게—— 성수가 화를 내고 만 모양이다.

피에르를 중심으로 빨간 마법진이 전개되자, 공화국 사람들은 일제히 뒤로 물러나 거리를 벌렸다.

루이제 양이나 나르시스 선생님도 마찬가지였다.

나는 그 자리에 남아서 마법진을 보고 있었다.

"이게 성수의 분노라는 건가."

마리에의 노트에 적혀 있었는데, 성수를 화나게 하면 빨간 마법진이 출현한다는 것 같다.

이 녀석이 뭘 하는가 하면——.

"싫어. 싫어어어!"

——피에르가 그 자리에서 울며 도망치기 시작하자, 마법진에서 넝쿨이 생겨나 그대로 피에르의 발목을 휘감아 넘어뜨렸다.

마법진 중심으로 끌고 가서 도로 되돌리려 하고 있었다.

피에르는 지면을 붙잡고 저항하며 울고 있었다.

"용서해 줘! 용서해 주세요! 이제 두 번 다시 그러지 않을 테니까! 두 번 다시 기대를 저버리지 않을 테니까, 부디 빼앗지 말아 주세요! ——가호가 없어지는 건 싫어어어어!"

울부짖는 피에르를 본 루이제 양이 눈을 감고 고개를 돌리고 있었다.

나르시스 선생님은 흥미가 있는지, 피에르의 모습을 보고 있었지만—— 딱히 즐거워 보이지는 않았다.

나? 웃으면서 보고 있지.

"포기하라고. 너는 진 것도 모자라 약속도 지키지 못했으니까 말이야."

피에르의 몸에 넝쿨이 휘감겼고, 오른손을 꼼꼼하게 감쌌다.

그걸 본 피에르가 콧물을 흘리며 울었다.

"누가! 누가 좀 도와줘! 구해줘어어어!"

그만큼 자기중심적이었던 피에르조차 이렇게나 두려워하는 빨간 마법진.

이 빨간 마법진은 6대 귀족이나 성수가 내려 준 가호의 증거인 문장을 지닌 자들에게는 공포의 대상이다.

그들의 모든 것인 문장을 박탈한다는 의미니까.

모든 것이 끝나자, 넝쿨은 말라 버리고 마법진이 사라졌다.

피에르는 마치 모든 기력을 소진한 것처럼 눈물을 흘릴 뿐이었다.

"흐, 흐윽!"

가까이 다가가 피에르의 오른손 손등을 보니, 그곳에 문장은 없었다.

얼빠진 허수아비가 되어 버린 듯한 피에르의 어깨에 손을 올려놓고, 나는 피에르의 귀에 얼굴을 가까이 대 속삭여 줬다.

"네가 어째서 문장을 빼앗긴 건지 아냐?"

피에르는 아무 대답도 하지 않았다.

"——네가 나한테 싸움을 걸었기 때문이다."

그러자 피에르가 내 얼굴을 보며 떨었다.

"깝죽대지 말고 우리를 무시했더라면 이렇게까지는 하지 않았을 텐데, 유감이야. 뭐, 먼저 시비를 걸어 왔으니까 받아 준 거고, 장래를 위해서 유효하게 활용하도록 하지. 아, 그건 그렇고 너한테 말해 두고 싶은 게 있었지."

나는 얼굴 한가득 미소를 띠고 말해 줬다.

"피에르, 너는 정말로 멋진 광대였어."

광대 취급을 당한 피에르가 얼굴을 엉망진창으로 일그러뜨리며 고개를 숙이고 울기 시작했다.

루이제 양이 내게 가까이 다가왔다.

"──상상 이상으로 나쁜 아이네."

말은 그렇게 했지만, 딱히 책망할 생각은 없는 모양이었다.

"그래서? 리온 군의 비행선은 멈출 수 있는 걸까? 멈출 수 없다면, 파괴할 수밖에 없는데?"

그건 불가능할걸? 지금의 루크시온이라면 희희낙락하며 모든 걸 받아칠 것이다.

나는 험상궂게 변한 아로간츠를 봤다.

"뭐, 멈춰 보도록 하죠."

슬슬 데리러 가지 않으면, 그 녀석은 도를 지나쳐 버리고 말 테니까 곤란하다.

◇

페베르령 영공.

그곳에는 아인호른의 진로를 막는 것처럼 수많은 비행선이 대치하고 있었다.

아인호른이 대포가 늘어선 측면을 향하는 공화국 비행선을 그들의 사정거리 밖에서 일방적으로 공격해 나갔다.

그리고 공화국 함대 뒤쪽에는 매우 커다란 성이 보였다.

페베르 가의 성이었다.

함대는 성을 지키고자 필사적이었다.

아인호른 함교에 있는 루크시온은 함대 사이 간격을 찔러 포탄을 성에 발사했다.

『생체 반응이 없는 장소에 포탄을 발사하는 건 매우 수고스럽군요.』

페베르 가의 영지를 지키기 위해 올라오는 함대.

그리고 공화국 전체에서 소집된 연합 함대가 협력하여 아인호른을 침몰시키기 위해 움직이고 있었다.

루크시온은 그들의 통신을 방수(傍受)했다.

「이쪽의 포격은 닿지 않는 건가!」

「왕국의 비행선이 이 정도일 줄이야── 보주를 탑재한 건가?」

「페베르 가의 차남이 쓸데없는 짓을!」

통신에서 아인호른을 페베르 가의 소유로 오인하고 있음을 알 수 있었다.

지금은 그걸로 괜찮다.

루크시온이 망원 기능으로 성의 모습을 확인하자, 페베르 가의 당주가 볼썽사납게 도망치고 있었다.

위협하기 위해 그 근처를 포격하자, 문장의 힘으로 포격을 막아냈다.

『성수의 문장입니까. 실로 흥미 깊군요. ——어라?』

적 함대에 움직임이 있었다.

한층 커다란 비행선이 아인호른을 향해 돌격을 감행했다.

『기함이 돌격하는 겁니까. 효율적이지 않습니다만, 아인호른을 멈출 수 있는 건 기함뿐이라고 생각한 것일까요? ——뭐, 어느 쪽이든 상관없습니다.』

크기만이라면 1km나 되는 무지막지한 크기였다.

기함에 탄 사령관이 외치는 소리가 들렸다.

『어떻게 해서든 침몰시켜라! 공화국 함대가 단 한 척의 왕국 배에 질 수는 없다!』

불패 신화.

방어전에서는 패배를 모른다는 공화국군에 관해 루크시온은 여러모로 고찰하고 있었다.

『모든 비행선에 왕국과는 다른 장치를 탑재하고 있군요. 성수에서 오는 에너지를 사용하는 장치겠지요. 과연—— 자유에너지*를 마음껏 사용할 수 있는 비행선입니까.』

이 세계의 비행선은 통상적이라면 엔진을 움직이기 위한 에너지로 마석을 사용한다.

하지만 공화국 비행선은 그 마석을 싣지 않고도 대량의 에너지

---

*어떤 열역학적 계의 내부 에너지 중 주위에 가역적으로 유효하게 사용할 수 있는 에너지

를 사용할 수 있도록 만들어져 있었다.

무기와 탄약의 적재량도 늘어나고 윤택한 에너지를 방어 실드에도 이용할 수 있다.

공화국 비행선은 본국에서 싸운다면 무척 강하다.

하지만 타국에 쳐들어가면, 성수에서 오는 에너지가 닿지 않는지 평범한 비행선이 되어 버린다.

갑옷도 마찬가지일 것이다.

함대에서 날아오는 갑옷을 무인기들이 잇따라 격추해 나갔는데, 왕국의 갑옷보다도 성능이 좋았다.

『뚜껑을 열어 보니 고작 이 정도입니까.』

흥미를 잃은 루크시온은 다가오는 적 기함으로── 전진했다.

『──돌격.』

아인호른의 함수는 일각수를 본뜬 디자인으로 되어 있지만, 단순한 장식이 아니다.

적의 기함에서 승조원이 보트를 타고 잇따라 탈출하고 있었다.

그리고 아인호른의 뿔이 적 기함의 함수와 부딪치자── 기함을 그대로 갈라 나갔다.

『아인호른을 평범한 비행선이라고 생각하지 마십시오. ──공화국 비행선 따위는 애초에 비교 대상이 못 됩니다.』

공화국의 임시 검문 때 루크시온은 불만을 느끼고 있었는지, 분노를 부딪치고 있는 듯했다.

그대로 아인호른의 다섯 배는 되는 적 기함을 뚫으며 나아갔고,

그리고 최종적으로 좌우로 양단하고 말았다. 기함이 무참히 파괴되어 가라앉는 모습을 보트에 탄 승조원들이 보고 있었다.

폭발이 일어나고, 불꽃과 연기 속에서 흠집 하나 없는 아인호른이 모습을 드러내자 절망한 목소리가 들려왔다.

「아무런 흠집조차 없어?!」

「차례로 돌격해라!」

「어떻게 해서든 멈춰! 상대는 왕국의 배라고!」

이것저것 따지지 않고 아인호른을 침몰시키러 오는 공화국 함대를 앞에 두고, 루크시온의 흥미는 다른 곳에 향해 있었다.

호위 무인기가 회수한, 희미한 녹색으로 빛나는 구체.

바로 기함에 탑재되어 있던 보주였다.

『──마스터에게 줄 선물이 되겠군요.』

리온에게 줄 선물을 회수하는 루크시온이었다.

◇

보트에 탄 함대 사령관은 기함이 가라앉는 모습을 절망한 표정으로 보고 있었다.

"──왕국의 비행선은 괴물인가."

몹시 침울해져 있는 이유는, 지금까지 방어전에서 무패였던 공화국 함대가 패배하고 말았기 때문이다.

이게 자국의 배라면 그나마 낫겠지만, 상대는 왕국에서 건조된 비행선이었다.

자신이 함대 사령관일 때 불패 신화를 끝내고 말았다며 한탄했다.

함대 사령관은 아인호른을 보며 중얼거렸다.

"저걸 멈출 수 있는 건 이제 아무것도——."

기함조차 쉽게 파괴되고 말았다.

이제 공화국에 아인호른을 멈출 수단은 없다.

그렇게 생각하고 있었더니, 소형정이 검은 갑옷을 대동하고 전장에 다가왔다.

"뭐지?"

가까이에 있던 통신기를 든 부하가 사령관에게 보고했다.

"사령관님, 아군입니다! 라우르트 가의 루이제 님 이름으로, 지금부터 적 비행선을 멈추겠다고 합니다!"

검은 갑옷이 아인호른을 향해 날아가자, 무인기들이 무리 지어 몰려들었다.

그걸 격파하고 아인호른의 갑판에 착지하자, 안에서 한 청년이 뛰어내렸다.

자신들이 고생해도 다가갈 수 없었던 아인호른에 매우 손쉽게 올라탔다.

그 모습을 본 사령관은 체념한 것처럼 모자를 깊숙이 눌러썼다.

"이미 늦었다. 인제 와서 멈춰 봤자—— 우리 패배다."

아인호른이 가라앉힌 함정(艦艇)의 수가 너무나도 많았다.

지상으로 시선을 향하니, 불타오르는 아군함의 잔해들뿐이었다.

"——성수여, 저 괴물에게 심판의 철퇴를 내려 주십시오."

사령관은 성수에 기도했다.

◇

아인호른 선내로 들어가자, 루크시온이 양옆에 무인기를 늘어세운 채 기다리고 있었다.

빨간 렌즈로 나를 바라보았다.

『앞으로 5분만 더 주셨다면 페베르 가의 성을 파괴할 수 있었는데 말입니다.』

나는 그런 말을 하는 루크시온한테 웃어 줬다.

"여전하구먼. 그것보다 피에르를 섬겨 보니 내 장점이 이해되지 않던? 멋진 주인님을 가져서 잘됐네."

『확실히 피에르는 좋지 않았습니다. 구역질이 나온다고 말하면 되려나요? 하지만 그런 기분이 들게 만든 건 마스터 아니었습니까?』

"네가 멋대로 피에르 쪽에 붙은 거라고. 내 잘못이 아니야."

걸음을 내딛자, 루크시온은 내 오른쪽 어깨 근처에 와서 떴다.

『그편이 효율적이었기 때문입니다. 마스터는 이해 못 하겠지만 말이죠. 덕분에 피에르한테서 이것저것 들을 수 있었다고요.』

선내를 걸어 보니, 제법 어질러져 있었다.

청소 등은 한 모양이었지만, 장식품을 도난당한 상태였다.

"이거 순 도적놈들이구먼."

『실제로 반수 이상은 공적이니까 말입니다.』

"진짜냐. 정말 질색인데."

피에르의 교우 관계에 놀라는 내게, 무인기가 비살상 탄환을 장전한 샷건을 건네줬다.

"그래서, 뭔가 재미있는 이야기는 들었냐?"

『네. 공화국의 내정을 자세히 조사할 수 있었습니다.』

"그건 잘됐네."

『그래서, 앞으로의 예정은?』

피에르를 너덜너덜하게 만들어 줬지만, 이런 건 여흥이다.

진짜 핵심은 공화국 그 자체다.

"공화국 녀석들에게 세상은 넓다는 걸 가르쳐 줬다고. 수업료를 받도록 할까."

『저라는 이 세계의 오버 테크놀러지를 사용해서 세상사를 가르치는 마스터도 공화국과 다를 바 없지만 말입니다.』

"위에는 위가 있다는 걸 가르쳐 준 것뿐이라고. 이걸로 조금은 분수를 알고 얌전해지겠지."

『저의 힘을 가지고 으스대니 즐겁습니까?』

"아아, 즐거워. 최고야."

서로 농담을 주고받으며 아인호른의 격납고로 왔다.

그곳에는 꽁꽁 묶인 피에르의 부하들이 있었다.

격납고도 제법 어질러져 있었다.

"남의 비행선을 더럽히고 말이야. 수선 비용은 할증으로 청구해 주마."

피에르의 부하들이 나를 보더니 겁먹는 녀석이 많았다. 하지만 개중에는 나를 노려보는 녀석도 있었다.

"오, 제법 반항적인 태도인데."

바깥 상황을 모르는 건지, 팔을 구속당한 성미 거센 남자가 일어서서 위협적인 목소리로 으르댔다.

"너 이 자식, 잘도——"

이제 이 녀석들의 헛소리는 질렸기에, 샷건을 쏴서 입을 다물게 했다.

쓰러져서 괴로워하는 모습을 보며, 나는 그들에게 다정하게 말을 건넸다.

"지껄이지 마라. 그리고 기뻐해라. 너희들의 두목인 피에르는 나한테 졌다고. 볼썽사납게 울부짖다가, 가호를 가지지 못한 놈이 되어 버리고 말았다고. 축하한다! 너희들을 감싸 주는 뒷배는 없어졌어!"

그러자 서로 얼굴을 마주 본 피에르의 부하들이 상의했다.

"그러니까 나는 싫다고 말했잖냐!" "네가 언제 반대했어!" "어, 어쩌지?"

소곤소곤 이야기했기에 샷건 방아쇠를 당겨 입을 다물게 했다.

그러자 공화국 학원 교복을 입은 남자가 알랑거리는 표정을 지으며 일어섰다.

"저, 저기~, 저는 무관하니까 구해주시지 않겠습니까? 구해주신다면, 당신이 유리해지도록 증언하겠습니다."

루크시온에게 시선을 향하자, 그 녀석에 관해 알려주었다.

『거짓말입니다. 그 녀석은 장, 그리고 브래드에게 폭력을 행사할 때 솔선하여 가담하였습니다.』

그 말을 들은 남자가 표정을 표변시켰다.

"이, 이 사역마 따위가!"

그런 남자도 샷건을 쏴서 입을 다물게 하자, 마침내 입을 여는 녀석이 없어졌다.

"변명은 공화국의 높으신 사람들한테 하라고."

『——마스터, 공화국 비행선이 다가옵니다. 검문시키라며 떠들고 있습니다만?』

"격추하겠다고 으름장 놓아둬."

떨고 있는 피에르의 부하들을 앞에 두고, 나는 상냥하게 말을 걸었다.

"자, 이제부터 너희들을 죽지 않을 정도로 손봐 주도록 할까. 딱히 불만은 없겠지? 피에르를 따라 실컷 해왔던 짓이니까 말이야?"

샷건에 탄을 채워 넣고, 펌프 액션으로 장전한 뒤 피에르의 부하들에게 총구를 겨누었다.

"——우리 브래드나 장까지 엉망으로 만들어 줬잖아? 답례는 듬뿍 해주지."

울부짖는 녀석들을 앞에 두고, 나는 인정사정없이 방아쇠를 당겼다.

◇

6대 귀족 당주들이 긴급히 모여 성수 신전에서 회의를 열고 있었다.

의제는 일각수 괴물—— 아인호른에 관해서였다.

"믿을 수 없군."

"왕국 배에 공화국 함대가 패배한 건가?!"

"곧바로 그 비행선을 조사해야만 한다!"

방어전에서 패배를 모르는 공화국이었지만, 고작 한 척의 배에 심대한 피해를 내고 말았다. 애초에 승패는 지어지지 않아서 패배한 건 아니지만—— 사실상 패배라고 말해도 과언이 아닌 결과였다.

의장인 알베르크의 표정도 평소보다 굳어 있었다.

"——랑베르 경, 이건 대체 어떻게 된 일이지?"

랑베르의 보고로는, 왕국으로부터 비행선을 손에 넣었을 뿐이라는 말밖에 없었다.

설마 이만한 위협이 될 거라고는 아무도 생각지 않았다.

랑베르는 소리 지르는 어린애처럼 고함을 질렀다.

"왕국에 항의하겠다! 페베르 가가 얼마나 큰 피해를 보았다고 생각하나! 항구뿐만이 아니야. 비행선도, 게다가 군사 시설도 파괴되었다고! 6대 귀족 전원이 항의해야만 할 것이야!"

그 모습을 보고 있던 페르낭이 알베르크에게 시선을 향했다.

"——말이 통하질 않는군요. 의장 대리, 소유자와의 교섭은 어떻게 되고 있습니까?"

그쪽도 문제였다.

"그다지 낙관적이지 않아."

아인호른의 소유인 리온에게서는 '그때의 소유자는 피에르였으니까 나하고는 상관없지. 오히려 우리는 피해자라고. 배상은 기대하고 있을 테니까 말이야!'라는 답변을 받았다.

알베르크는 공화국에 책임이 있다고 외치는 리온한테 딸이 협력하고 있다는 사실도 이해하기 어려웠다.

'——루이제, 대체 무슨 생각이냐.'

랑베르가 "나는 아무런 잘못이 없어!"라고 소리 지르는 것을 다른 다섯 가문의 당주들이 씁쓸한 표정으로 보고 있을 뿐인 회의가 이어졌다.

◇

마리에의 저택.

결투 후에 돌아온 나는 아기용 침대에 누운 노견 노엘을 보고 있었다.

"──먹이를 먹지 않게 되었나."

큰 문제가 하나 해결된 건 좋지만, 노엘 쪽은 한계에 가까워져 있었다.

루크시온이 노엘을 보고 있다.

『제 예상보다도 오래 살았군요. 놀라고 있습니다.』

노엘을 살펴보는 건 나뿐만이 아니었다. 다른 쪽 노엘도 마찬가지였다.

"장, 늦지 않으려나?"

노엘이 움직이지 않게 되고 나서부터, 나는 마리에를 병원에 보냈다.

"제때 맞춰 올 거야. 마리에는 저래 보여도 실력 좋은 치료 마법사니까 말이지."

의식 불명의 중태였던 장한테 몇 번이고 보냈지만, 아직 눈을 뜨지 못하고 있다고 했다.

그러자, 현관이 소란스러워졌다.

문이 열리고, 뛰어 들어온 것은 환자복 차림에 붕대를 감은 장이었다.

"노엘!"

"장! 봐, 노엘, 장이 왔어!"

노엘이 미소를 지으며 장을 서둘러 노견 노엘과 면회하게 해주었다.

장이 손을 뻗자, 노엘이 혀로 할짝할짝 핥았다. 다정하게 쓰다

345

듬으며 눈물을 흘리는 장은 노엘에게 사과하고 있었다.

"미안. 미안해, 노엘."

그런 모습을 보고 있는 내게 루크시온이 말을 걸었다.

『이제 냄새도 못 맡고 눈도 보이지 않을 겁니다.』

"사랑이겠지. 사랑. 이런 건 보고 있으면 마음이 아프네."

늦지 않은 것을 기뻐해야 하겠지만, 아주 약간 책임을 느꼈다.

장이 엉망이 된 표정으로 눈물을 흘리고 있었다.

노엘이 그 눈물을 핥았다.

"——노엘, 지금까지 정말로 고마워."

장의 말에 가슴이 아파졌다.

루크시온이 있었기에 가능했던 일이 너무 많아서, 이것저것 전부 책임을 느끼고 있었다.

——좋지 않네.

나는 평범한 사람이고, 모든 것에 책임을 질 수 있을 리가 없다. 그리고 모든 책임을 짊어질 정도로 오만해질 수도 없다.

방을 나가려 했더니 루크시온이 따라왔다. 이 녀석도 마음 씀씀이라는 게 가능한 건가 싶었는데 노엘까지 따라왔다.

"노엘은 남지 그래? 나랑 루크시온은 방에서 나갈게."

"됐어. 장과 둘만 있게 해주고 싶으니까. 그 왜, 가족 문제니까 말이지."

"——뭐, 괜찮긴 하지만."

노엘은 있어도 괜찮다고 생각하지만, 우리는 방에서 나왔다.

★제13장「둔감계 주인공」

장과 노엘을 방에 남기고, 바깥으로 나온 나는 마리에와 이야기했다.

저택 뒤뜰에서 지친 표정을 짓고 있던 마리에는 두꺼운 서류 뭉치를 내게 건넸다.

아직 움찔움찔하며 무서워하는 모습을 보니, 아무리 그래도 너무 겁을 많이 줬구나, 하는 생각이 들었다.

"치료하느라 지쳤으면 좀 자 둬."

"이, 이걸 건네주지 않으면 안심할 수 없으니까."

마리에가 정리한 자료를 팔락팔락 넘겨 읽어 보니, 거기에는 피에르가 유출하고 있던 물건에 관해 이것저것 적혀 있었다.

루크시온이 들여다봤다.

『어라, 그 상인과의 거래 기록이군요.』

"뒷거래 기록을 남기고 있었던 건가?"

『피에르를 완전히 신용하고 있지는 않았던 것 아닐는지? 여차할 때를 위해 비장의 수로 남겨 둔 것이겠죠.』

"흐음~."

국외로 유출해서는 안 되는 '보주'도 다루고 있었던 모양이다.

공화국 법률로 보자면 극형인 건 틀림없었다.

"——협박할 소재가 늘었군."

『마스터, 악한 얼굴을 하고 있습니다.』

"원래부터 이런 얼굴이라 자주 오해받는단 말이지. 슬프네."

웃어 줬더니, 마리에가 이리저리 시선을 헤매며 침착하지 못한 모습이었다.

"저, 저기, 오빠—— 죄, 죄송해요!"

그리고 내게 엎드려 사과하는 걸 보고, 너무 지나쳤다며 후회 했다.

"이번에는 제 책임이었어요. 다음부터는 정말 제대로 할 테니까, 용서해 주세요!"

마리에의 목에 있었던 목줄 같은 문신은 사라져 없었다. 성수 의 저주는 풀렸다.

"——저주가 풀려서 다행이네."

"어?"

고개를 든 마리에한테 손을 내어 주며 일으켜 세웠다.

"정말로 화내고 있다고 생각했냐?"

"그렇지만! 엄청나게 사악한 얼굴을 하고 있었단 말이얏!"

안에 든 건 그럭저럭 나이가 있는데도 '말이얏!'이라고 하는 전 생의 여동생을 보니 뭐라 말하기 힘든 기분이 들었다.

"피에르가 너희들한테 시비를 걸었을 때는 이미 루크시온이 정 보를 손에 넣고 있었어."

"뭐?!"

루크시온이 고개를 끄덕여 보였다.

『네. 단, 정보가 부족했기에 이대로 싸우는 것도 위험하다고 판단했습니다. 동시에 피에르의 진영에 파고들 좋은 기회였기에 마스터에게는 무단으로 저쪽에 잠입하기로 한 겁니다.』

마리에는 안도해서인지, 긴장의 끈이 풀려 무릎에서 힘이 빠진 채 풀썩 주저앉았다.

안색도 좋아지기 시작했지만, 눈물이 그렁그렁했다.

"먼저 말하라고오오오! 정말로 무서웠는데에!"

"이런 건 알고 있는 녀석이 적은 편이 좋은 거라고."

받은 자료를 겨드랑이에 껴안는 나를 보고, 마리에가 "핫!" 하며 중얼거린 뒤 초조한 표정을 지었다.

이 녀석도 표정이 바쁘게 변하는구먼.

"하, 하지만, 피에르는 어떻게 되는 거야? 저렇게까지 짓뭉개버리면, 학원에 돌아올 수 있을지 어떨지 알 수 없는데? 애초에, 공화국과 전쟁이 벌어지거나 하지 않아?"

나도 마리에가 말하는 불안 요소 정도는 생각했었지만, 잠자코 있기에는 인내의 한계였다.

그리고── 전쟁으로 번지지는 않는다.

"전쟁은 일어나지 않을 거야. 그걸 위해 아인호른의 힘을 과시한 거고. 뭐, 피에르가 복학할 가능성은 작겠지만."

"엄청난 문제 아니야?! 피에르가 주인공한테 시비를 거는 이벤트는 중반의 중요한 이벤트인데!"

거기서 주인공이 누구와 사귈지 결정하기 때문에, 확실히 중요 이벤트다.

하지만—— 그걸 위해서 노엘을 누군가와 사귀게 만드는 건 잘못되었다는 느낌이 들었다.

장과 그만큼 친밀하니까, 그대로 지켜보는 게 좋으리라.

게다가 보험도 있다.

"문제없어. 렐리아 쪽 말인데, 에밀도 진심인 것 같으니까 말이야."

내 설명을 이어받은 루크시온이 마리에도 이해하기 쉽도록 설명했다.

『에밀은 렐리아와의 결혼을 진지하게 생각하고 있습니다. 또한, 성수의 문장 말입니다만, 계승하는 조건은 거의 혈통으로 정해져 있다는 것 같습니다.』

"무슨 의미야?"

『——노엘과 렐리아는 쌍둥이 자매이며, 양쪽 다 무녀가 될 가능성을 지닌다는 말입니다.』

무녀는 문제없이 선정될 것이고, 그렇게 되면 무녀가 수호자를 선택한다.

렐리아가 무녀로 선택되고 에밀이 수호자가 되면 문제 해결이다.

최악의 경우 노엘이 선택된다면 연인 후보인 장이 수호자가 되면 그만이다. 장이 할 수 있으려나?

뭐, 공략 대상은 아니지만 문제없을 터다.

어느 쪽이건, 세계의 위기는 회피된다.

"그럼 괜찮겠네!"

마리에가 다시 안도하는 걸 보고, 루크시온을 피에르한테 보내길 잘했다고 생각했다. 피에르한테서 여러 정보를 캐냈고, 공화국 내정에 관해서도 자세히 조사하고 있었다.

『단지, 딱 하나 의문도 생겨났습니다.』

"의문?"

루크시온의 의문에 관해 물어보려 했을 때, 뒤뜰에 노엘이 달려왔다.

"리온!"

그 모습에서 대략적인 사정을 헤아릴 수 있었다.

슬퍼 보이는 노엘의 표정으로부터, 노견 노엘이 숨을 거두었다는 것을.

◇

노엘의 유골을 든 장은 빨갛게 부은 눈으로 감사의 말을 전했다.

"정말로 신세를 졌습니다. 입원비나 치료비는 반드시 갚겠습니다."

유골이 든 상자를 품에 안은 장을 보고, 나는 머리를 긁적이며 거부했다.

"필요 없어."

"하지만……."

"이번 건으로 돈을 벌었으니까 말이지. 난 엄청난 부자가 될 예정이니까, 치료비나 입원비는 서비스로 해줄게."

장이 난처한 듯이 고개를 숙이며 미소를 띠고 있었다.

"백작은 마음이 따뜻하시군요."

"……그건 어떠려나?"

너를 구하지 않은 데 대한 속죄, 라고는 말할 수 없었다.

"노엘을 보살펴 주셨으니까 말이죠. 백작은 상냥한 분입니다."

대답은 하지 않고 화제를 바꿨다.

"학원에 복학할 수 있을 것 같냐?"

"네. 하지만 한동안은 휴교라는 것 같습니다. 그…… 이것저것 사정이 있는 것 같으니까요."

뭐, 나 때문이지만.

지금쯤은 공화국 6대 귀족들이 우리를 어떻게 다루어야 할지를 옥신각신하고 있으리라.

"그 부분은 금방 정리해 줄게. 너는 노엘과 사이좋게 지내라고."

내 말에 장은 조금 놀라면서도 고개를 끄덕이고 있었다.

"예? 그게, 저── 네."

──혹시, 이 녀석은 정말로 둔감계 주인공인 걸까?

노엘의 마음을 알아차리지 못한 거냐? 이봐이봐, 좀 봐달라고.

"세세한 건 됐다고 치고, 한동안은 느긋하게 지내. 몸이 아프다면 마리에한테 살펴봐 달라고 하고."

"여러 가지로 감사했습니다."

머리를 깊이 숙이는 장을 배웅하고, 나는 다음 일에 착수했다.

──공화국한테서 배상금을 뜯어내는 거다!

◇

라우르트 가 저택에서는 루이제가 알베르크의 호출을 받아 불려 나갔다.

집무실에서 아버지인 알베르크로부터 이번 건에 관해 추궁을 당했다.

"루이제, 어째서 이런 짓을 했지?"

고개를 숙인 루이제에게 알베르크는 엄하게 대할 수 없었다. 이번 일은 공화국 측에 잘못이 있다는 걸 이해하고 있기 때문이었다. 하지만 통치자라는 입장이 있기에 꾸짖어야만 했다.

"너는 알제르 공화국 사람이다. 자국의 이익을 우선할 의무가 있어."

루이제는 가냘픈 목소리로 "알고 있어요"라고 대답할 뿐이었다.

"피에르 건은 확실히 도가 지나쳤어. 하지만 성수의 묘목을 왕국 사람한테 빼앗긴 건 문제다. 게다가 아인호른이었던가? 그 비행선은 위협적이야."

본심으론 양쪽 다 손에 넣어 두고 싶었다.

그게 불가능하다면 한쪽만이라도 손에 넣어 두고 싶었지만, 현실은 둘 다 리온의 수중에 있는 상황이었다.

이제부터 교섭이 기다리고 있는 알베르크의 시선에서 보면, 어려운 교섭이 되리라는 것은 눈에 선했다.

"리온 군을 만나면 알게 될 거예요."

루이제가 그렇게 말하자, 알베르크는 눈을 가늘게 뜨고 노기를 드러냈다.

"리온을 잊으라고는 말하지 않겠다. 하지만 너의 태도가 세르주를 괴롭게 만들고 있다는 것도 잊지 말아라. 알겠느냐, 루이제——리온은 죽었어."

아랫입술을 깨문 루이제는 주먹을 꽉 쥔 채 눈물을 참고 있었다.

'이 애가 이렇게까지 집착하다니 드문 일이군.'

말괄량이였던 딸아이도 침착함이 몸에 배어 어른스러워지기 시작했다고 생각하고 있었다.

하지만 이번 건을 생각하면, 역시 어딘가 무리를 하고 있었던 것이리라.

"루이제, 세르주 일도 있다. 너무 리온의 화제는 꺼내지 말도록 해라."

"알고 있어요."

"——그만 가보거라."

루이제가 집무실에서 나가자, 알베르크는 깊은 한숨을 내쉬었다.

책상 위에 팔꿈치를 올리고 손까지를 낀 뒤 거기에 이마를 얹었다.

"난문뿐이군."

그렇게 말하고 자물쇠가 달린 책상 서랍에서 사진을 꺼냈다.

거기에는 기운 차 보이는 다섯 살 아이의 모습이 있었고, 미소를 향하고 있다.

검은 머리카락의 소년이 아직 어린 루이제한테 뒤에서 안겨들어 있었다.

──알베르크의 죽은 아들인【리온 사라 라우르트】.

병으로 다섯 살 무렵에 죽었다.

"──리온, 네가 살아있어 주었다면."

그랬다면 딱 리온과── 발트파르트 백작과 같은 나이였을 것이다.

알베르크는 그 애가 있었다면, 하고 생각하는 자신이 싫어졌다.

"하다못해 세르주가 자리를 잡아 줬더라면."

아직 학원에 돌아오지 않은 양자 세르주를 향한 푸념을 흘린 뒤, 사진을 서랍에 넣고 서류 작업으로 돌아갔다.

◇

다음 날, 리온과의 교섭 자리.

알베르크는 경악을 완전히 감추지 못하고 있었다.

옆에 있던 페르낭이 알베르크를 걱정했다.

"의장 대리, 그에게 무슨 문제라도 있습니까?"

"아, 아니, 아무것도 아닐세."

알베르크는 그렇게 말하며, 어째서 루이제가 그렇게까지 왕국 측에 가담한 건지 이해하고 말았다.

리온의 모습은 그야말로 아들이 성장한 듯한 모습으로 보였다.

검은 머리카락에 검은 눈을 지닌, 어디에든 있을 법한 청년이 지만 분위기가 아들을 연상케 했다.

닮은 부분이 너무 많지만, 리온 본인은 성수의 묘목이 든 케이스를 한쪽 손에 든 채 자신들에게 능글맞은 태도를 보여주고 있었다.

"응? 뭐라고?"

리온은 얼굴이 시뻘게진 랑베르에게 도발하는 것처럼 되물었다.

"몇 번이고 말하게 하지 마라! 너의 비행선이 폭주하는 바람에 페베르 가는 큰 손해를 입었다. 그 배상을 청구하겠다고 말하고 있는 거다."

"안 들리는데~."

이 자리에 있는 6대 귀족 당주들을 전혀 거들떠보지도 않는 태도를 보여주고 있었다.

다른 당주들도 분노를 드러냈지만, 한편으로는 성수의 묘목을 들고 있는 리온을 경계하고 있었다.

'——성수의 묘목에 관해 루이제한테서 무언가 들은 건가?'

성수의 가호를 지닌 자신들을 앞에 두고, 리온은 조금도 긴장한 기색이 없었다.

그것이 무지에서 오는 태도인지, 그게 아니면 이쪽의 사정을 완전히 파악하고 있는 것인지—— 알베르크는 판단할 수가 없었다.

리온이 케이스에 손을 올려놓고 자신들을 향해 물었다.

"그런데, 나한테 책임을 묻고 있는 것 같은데—— 당신들, 정말로 그걸로 괜찮겠어?"

"네 잘못이지 않나!"

"랑베르 경, 그의 이야기도 들어 보도록 하지. 그럼, 발트파르트 백작은 자신에게 책임을 묻는 건 잘못되었다고 말하는 것인가?"

랑베르는 말이 통하지 않는다며, 알베르크는 그의 입을 다물게 했다.

"당연하지. 그쪽에서 먼저 성수의 맹세인가 뭔가로 우리를 속여 공격하고, 우리 왕자님한테 저주 같은 목줄을 매달았잖아? 거기에 덧붙여 내 비행선을 빼앗아서는 마구 날뛰고 다녔지. 그런데 피에르를 처벌하기는커녕 나를 책망하겠다고? 아인호른의 폭주를 멈춰 줬는데, 은혜를 원수로 돌려받은 듯한 기분이야."

거침없이 술술 말하는 리온이었으나, 얼굴은 히죽히죽 웃고 있었다.

본심으로는 무슨 생각을 하고 있을지, 매우 수상쩍었다.

"——뭐, 겉치레는 이쯤 해둘까. 내 책임으로 삼겠다면 각오는 되어 있겠지?"

"각오라고?!"

랑베르가 다시 끼어들자, 주위 당주들이 그를 노려보며 입을 다물게 했다.

리온은 싱글벙글하며 이야기를 계속했다.

"단 한 척의 왕국 배한테 너희들은 참패한 거라고. 이게 피에르의 책임이라면 집안의 창피로 그치겠지만, 내 책임으로 한다면 ——너희들의 불패 신화가 끝나겠지? 방어전 무패 기록은 여기서 종료다!"

페르낭이 그 의견에 냉정하게 대처했다.

"그건 어떨까? 실제로 자네는 싸우지 않았고, 승부는 나지 않았어. 도중에 중단한 것이나 마찬가지. 잘 쳐줘 봐야 무승부가 아닐지?"

그러나 리온은 허세를 부리는 페르낭의 속을 꿰뚫어 본 것처럼 씨익 웃었다.

"그러면 나한테 책임을 묻도록 해. 그 순간 너희들은 끝장이다. 단 한 척 상대로 얼마나 침몰당했더라? 아인호른 한 척에 속수무책으로 당했지? ——왕국에 아인호른이 한 척이라고 누가 그래?"

페르낭은 농담으로 응수했다.

"영웅님은 성미가 급하신 모양이군."

"성미가 급해? 정말로 성미가 급했다면 지금쯤 페베르 가는 불바다가 됐을 거다."

랑베르가 분한 듯이 주먹을 꽉 쥐고 있는 것을 일별한 알베르크는 페르낭과 교대하여 리온과 교섭했다.

"하고 싶은 말은 이해했다. 그래서, 자네는 우리에게 뭘 요구하는 것이지?"

"배상금이다. 무리라면 현물이라도 좋아. 너희들 집안에서 일어난 싸움이라는 걸 인정해 줄 테니, 대가로 이번 손해에 대한 배상금을 입막음 비용까지 포함해서 지불해 주실까. 물론 정식 사죄도 포함해서다."

"──과연."

리온은 '너희들의 명예나 긍지는 지켜주마. 그러니 돈을 내놔'라고 말하고 있었다.

랑베르가 책상에 주먹을 내리쳤다.

"조금 전부터 듣자 듣자 하니 제멋대로 지껄이기는! 지금까지 우리는 왕국에 패배한 적이 없다!"

리온은 미소를 무너뜨리지 않는다.

"다음은 진심으로 해 볼까? ──방어전만큼은 무패인 공화국 씨. 아니, 나한테 책임을 묻는다면 방어전이라도 첫 패배의 낙인이 붙겠군. 너희들의 불패 신화도 이걸로 끝이라는 거다!"

그 대사에 당주들은 씁쓸한 표정을 지었다.

왕국에 졌다는 말이 퍼지면, 공화국을 얕보는 나라가 나올 터였다.

그 디메리트는 무시할 수 있는 게 아니었다.

그리고 외국에서 강력한 비행선이 개발되고 있을 가능성이 있다면, 안이하게 전쟁으로 문제를 해결할 수도 없었다.

알베르크는 이번 건을 좋은 기회라고 받아들였다.

'흠, 나쁘지 않군. 아니, 오히려 좋은 기회야.'

"──좋다. 공화국이 배상금을 마련하지."

알베르크가 선뜻 인정하자 페르낭이 항의했다.

"의장 대리! 상대의 요구를 그대로 받아들일 생각입니까?"

"이번 건은 공화국 측에 잘못이 있다. 공화국은 성의를 지니고 사죄하지."

의장 대리로서는 곤란한 판단이지만, 알베르크 개인으로서는 이번 건을 잘 이용하고 싶었다.

──자신의 목적을 위해서.

다만, 알베르크는 마음속으로 딸에게 사과했다.

'루이제, 너도 이런 마음이었겠구나.'

눈앞에 있는 리온을 자기 아들과 겹쳐 본 알베르크는 무른 대응을 하고 만 것을 아주 약간이지만 후회했다.

이래서는 딸을 나무랄 수 없겠군, 하고 말이다.

리온도 예상 밖의 대답이었는지 놀라고 있었다.

"──어? 정말로 이쪽 요구를 받아들이는 건가?"

전부 받아들여질 거라고는 생각지 않았던 모양이다.

"의외인가?"

"──뭐, 약간요."

조금 전의 능글맞은 태도가 쏙 들어간 리온을 보고, 알베르크는 이쪽이 본래 태도인가 하고 생각했다.

"자네들 유학생에게는 불쾌한 경험을 하게 했군. 미안하네. 그리고 이건 개인적인 제안이다만──"

◇

리온과의 교섭이 끝나자, 페르낭이 알베르크에게 다가와 따졌다.

"의장 대리, 이래서는 왕국을 우쭐하게 만듭니다. 재고해 주십시오!"

페르낭은 젊고 우수하지만 애국심이 강한 일면이 있었다.

그 때문에 공화국의 불이익에는 민감했다.

"다소의 손실은 눈을 감으면 되네. 우리는 의식을 개선할 좋은 기회를 손에 넣었어."

"의식이라뇨?"

"성수에 의지하고 있으면 언제까지고 평안 무사하리라는 생각은 낡았어."

페르낭이 놀랐다.

"의장 대리, 그건 문제 발언 아닙니까?"

"어디가 문제지? 성수에 기대어 타인을 깔보기만 할 뿐이라,

공화국에 대한 외국의 평가는 엉망일세. 타국에 대한 위기감이 너무 희박해."

페르낭도 짚이는 바가 있는지, 알베르크에게 반론하지 못했다.

"──그자를 저택에 초대하신다는 것 같습니다만, 정말로 괜찮은 겁니까? 우리를 상대로 싸움을 거는 남자입니다."

"성수의 묘목을 갖고 있지 않나. 교섭 창구가 필요하겠지."

"그건 확실히 그렇습니다만, 의장 대리께서 직접 대응하지 않아도 괜찮은 것 아닙니까?"

"개인적으로도 흥미가 있으니까 말이야."

이것저것 이유를 붙이고는 있지만, 개인적으로 리온과 이야기를 해 보고 싶었다.

'아들이 아닌데도 신경이 쓰이고 만다. 그만큼 닮았다는 건가⋯⋯.'

어린 아들이 성장했다면 어떻게 되어 있었을까?

알베르크는 자기 아들을 떠올렸다.

◇

라우르트 가의 저택에 초대받은 것은 교섭으로부터 며칠 뒤의 일이었다.

나에 대한 배상금은 곧바로 지불되었고, 호르파트 왕국과의 교섭은 관료들 사이에서 이루어지고 있었다. 뭐, 롤랜드가 고생하는 거라면 나는 환영이므로 그쪽은 건들지 않기로 했다.

일부러 내 앞으로 비행선까지 준비하고, 라우르트 가의 영지
——부유섬에 있는 본거지에서 식사하게 됐다.

그곳은 성채도시이자, 구 레스피나스령과도 또 다른 분위기
였다.

"일국의 왕이라는 느낌이군."

작은 목소리로 중얼거리자, 모습을 감춘 루크시온이 내 귓가에
서 속삭였다.

『——마스터, 암살 가능성은 작다고 생각합니다만, 방심하지
말아 주십시오.』

대합실에서 기다리는 동안, 루크시온은 거대한 성을 조사하며
돌아다니고 있었다.

이쪽에 내는 요리에 독 같은 게 없는지 철저하게 조사한 결과
——아무래도 정말로 식사에 초대한 것뿐인 모양이었다.

"성수의 묘목을 갖고 싶어서 나를 회유할 생각인가?"

『그럴 가능성이 높다고 생각됩니다. 또한, 기술 교류도 생각하고
있는 모양이군요. ——다만, 그런 것 치고는 낌새가 이상합니다.』

"이상해? 뭔가 문제라도 있어?"

『마스터의 얼굴을 본 사용인들이 동요하고 있었습니다. 주로
베테랑의 대다수가 곤혹스러워하고 있습니다.』

나를 안내해 준 사용인도 그랬지.

나를 보고는 상당히 놀라고 있었다.

"루이제 양도 처음 만났을 때 놀랐었고 말이야. 분명—— '루이제 누나라고 불러줘'랬던가 뭐랬던가."

『그런 취미를 가진 분입니까?』

"정말로 누나가 되어 준다면야 제나랑 바꿔 주었으면 할 정도지."

지금쯤 왕국에서 고생하고 있을 친누나를 떠올리니 눈물이 나왔다.

루이제 양과 바꿀 수 있다면 아마 곧바로 '바꿔 주세요'라고 말할 자신이 있다.

루크시온과 이야기하고 있자, 준비가 끝났다고 알려 왔다.

천장이 매우 높은 방.

커다란 테이블을 넷이서 감싸고 먹는 식사는 정말이지 이상야릇한 감각이었다.

주위에는 급사들이 있었고, 우리의 식사 시중을 들어 주었다.

알베르크 씨가 내 정면에 있었고, 그 양옆에는 루이제 양과 알베르크 씨의 부인이 있었다.

두 사람 다 드레스 차림이었다.

그야말로 귀족의—— 아니, 왕족의 식사라는 분위기였다.

요리는 다소 식었지만 맛있게 먹을 수 있었다.

"입에 맞나?"

알베르크 씨가 내게 말을 걸자, 겉발림 없이 솔직한 감상을 입에 담았다.

"맛있습니다. 소스가 왕국과 다르지만, 이건 이것대로 좋군요."

나라에 따라 맛을 내는 방식은 다르지만, 나는 문제없이 먹고 있었다.

부드러운 고기에 곁들여진 채소는 왕국에서는 볼 수 없는 품종이었다.

먹어 보니―― 싫어하는 맛이었다.

먹을 수는 있지만, 딱히 먹고 싶다는 생각은 들지 않았다.

조금 무리해서 밀어 넣고, 고기 등과 함께 먹어 맛을 얼버무리자, 세 사람이 나를 응시하고 있었다.

"어, 저기…… 저, 뭔가 실수했습니까?"

알베르크 씨가 조금 놀란 얼굴로 내게 물어봤다.

내 표정에서 싫어하는 것임을 알아차린 듯했다.

"왕국에서는 먹어 본 적이 없는 채소여서 말이죠. 독특한 쓴맛이 약간 거북하긴 하지만, 먹지 못할 건 아니네요."

"그, 그런가……."

당황하는 알베르크 씨를 보며 수상쩍게 생각하고 있자, 부인이 눈물을 뚝뚝 흘리며 "죄송해요. 잠깐 자리를 비울게요"라며 자리를 떴다.

부인이 곁에서 따르는 사용인을 데리고 이곳에서 나가자, 루이제 양이 내게 말을 걸었다.

"미안해. 어머님도 곧 돌아오실 거야. 딱히 리온 군을 싫어해서 자리를 뜬 게 아니야. 그건 이해해 줘."

"……뭔가 이유라도?"

내가 이 자리의 분위기에 의문을 품고 있자, 알베르크 씨가 조금 고개를 숙이면서 이야기해 주었다.

"내게는 아들이 있었네."

"세르주 씨라고 했던가요?"

"아니, 양자인 세르주가 아니라, 친아들일세. 이름은—— 리온이네."

——또 듣지 못한 이야기가 나왔군, 하는 생각이 들면서도 앞뒤가 이어지기 시작했다.

내가 그 아들과 닮았으니까, 루이제 양은 친절하게 상담에 응해 준 것이리라.

"그랬습니까."

"기분 상하지 말아 줬으면 하네. 설마, 이렇게까지 닮은 아이가 있을 거라고는 생각지 않아서 말이야."

"세상에는 닮은 사람이 못해도 세 명은 있다고 들었습니다. 뭐, 우연이겠지요."

알베르크 씨는 슬퍼 보이는 미소를 띠면서 "그렇군" 하고 중얼거렸다.

루이제 양이 나를 보며 웃고 있다.

"리온도…… 동생도 그 채소를 싫어해서 말이야. 참으면서 먹는 모습이 리온 군과 쏙 빼닮았어. 그러니까, 어머님도 이것저것 떠올리신 거겠지."

다섯 살 무렵에 죽은 리온이라는 동명의 소년.

그러고 보니, 나도 전생자로서 의식을 되찾은 건 다섯 살 무렵이었지.

뭔가 연관이 있을 듯한 느낌도 드는데, 우연일까?

"그러고 보니, 세르주 씨는 학원에 오지 않았지요. 지금은 어디에?"

세르주를 보지 못했기에 물어보자, 루이제 양의 표정이 약간 흐려졌다.

"봄방학 중에 뛰쳐나간 채 돌아오지 않고 있어. 정기적으로 연락은 오니까 무사하다는 건 알고 있지만……."

"뛰쳐나갔다고요?"

알베르크 씨가 "난처하게 됐군"이라고 말하면서, 나를 보며 조금 설명해 주었다.

"왕국에서는 모험가는 인정받는 직업이라고 들었네. 하지만 공화국에서는 그다지 인정받는 직업이라고는 하기 어려워서 말이지."

왕국과 달리 모험가의 사회적인 지위는 낮다.

"세르주는── 내 아들은 모험가를 동경하고 있어서 말이야. 방학이 되면 비행선을 사용해서 모험을 떠나고 만다네. 자네는 세르주의 마음을 이해할 수 있으려나?"

"저도 모험가로서 성공해서 지금의 지위에 있는 것이니, 조금은 이해할 수 있습니다."

다만 내 경우, 성공하지 않으면 목숨의 위기였으니까 말이지.

부잣집에서 태어나, 원해서 모험가가 되는 녀석의 마음을 알 수가 없다.

오히려 세르주와 상성이 좋은 건 나보다 율리우스를 비롯한 다섯 바보 쪽이 아닐까?

"율리우스 전하 등과 이야기를 하면 서로 열을 올릴 수 있지 않을는지?"

"장래를 위해 기회를 마련해 둬야겠군."

그런 알베르크 씨의 답변에 루이제 양은 불만스러운 기미였다.

"──나는 세르주를 인정하지 않아. 라우르트 가의 차기 당주인데, 모험가 같은 걸 목표로 하고."

그러자 알베르크 씨가 주의를 주었다.

"루이제, 그런 말투는 리온 군에게 실례이지 않느냐."

"미, 미안해."

"신경 쓰지 않습니다. 하지만, 학원 수업이 시작되었는데 돌아오지 않는 건 문제가 아닌지요?"

세르주가 없는 탓에 이쪽은 예정이 틀어졌다.

이유 정도는 들어 두고 싶다.

루이제 양이 고개를 숙였다.

"그 애는 반발하고 있는 것뿐이야. 우리를 난처하게 만들고 있는 것뿐."

"──루이제, 이제 그만하거라. 미안하게 됐군. 가족의 치부를
드러내고 말았어."

알베르크 씨가 사과했기에 나는 "아니요"라고 대답하고 식사로
돌아갔다.

그건 그렇고, 내가 죽은 아들과 닮았던 건가.

루이제 양의 누나 발언 이유도 알아서 개운해졌지만, 라우르트
가와 세르주의 관계도 여러 가지로 뿌리 깊은 게 있을 것 같군.

◇

"좋겠다~! 오빠만 호화로운 저녁 식사라니, 부러워~!!"

돌아온 나를 마중한 것은 노골적으로 부러워하는 마리에였다.

마리에의 저택에서 생활하게 된 지 몇 주.

뭐라고 할지, 소란스러운 하루하루를 보내고 있었다.

"놀러 간 게 아니다만?"

"그래도 호화로운 식사였던 거지?"

"맛있었습니다~."

감상을 말해 줬더니, 마리에는 분한 듯이 손수건을 꽉 물었다.

그래서, 선물인 케이크를 건네줬다.

"자, 선물."

"와~이, 오빠 정말 좋아!"

케이크로 기분이 좋아지는 걸 생각하면, 마리에는 참 다루기 쉬운 여자다.

이런 여자한테 놀아나 인생을 날려 버린 바보가 다섯 명이나 있다니, 믿고 싶지 않다.

케이크를 든 마리에와 독실로 들어갔고, 나는 차를 준비했다.

"오빠, 루크시온은?"

"아인호른의 수리. 루크시온의 본체가 이쪽에 와 있으니까, 며칠이면 원래대로 될 거라더군."

아로간츠는 오버홀*을 하겠다고 했었다.

흉물스러운 장식을 뜯어내고, 피에르가 사용한 콕피트는 클리닝한다는 것 같다.

아인호른도 선내 인테리어가 추잡해진 것뿐이니 정비보다 클리닝과 보급이 메인일지도 모르겠군.

"그 녀석의 본체는 원래 이쪽에 와 있던 거 아니었어?"

"이쪽에서 문제가 일어나서 본체를 불러들인 거지, 그전까지는 이쪽과 왕국 중간에 머물면서 중계하고 있었어. 그 탓에 안제나 리비아와 메일을 주고받을 수 없게 됐지."

통신 상황이 매우 안 좋기 때문에 지금은 메일을 보내지 못하고 있었다.

두 사람은 잘 지내고 있을까?

케이크를 꺼낸 마리에는 눈을 반짝이고 있었다.

---

*기계를 완전히 분해하여 점검, 수리한 뒤 재조립하는 것

"맛있어 보여!"

"전부 먹지 말라고. 다른 녀석들 몫도 있으니까."

"알고 있다고."

마리에가 케이크를 꺼내고는 내가 홍차를 준비하는 걸 기다리며 앞으로의 이야기를 하기 시작했다.

"그런데 오빠. 대화는 순조로웠어?"

"──너무 순조로워서 무서울 정도다. 라우르트 가 사람 모두에게 마음에 들고 말았다고."

설마 내가 죽은 아들과 쏙 빼닮았다니── 여전히 믿기지 않는다.

"괜찮은 거야? 최종 보스인데?"

"경계는 할 거다."

홍차를 준비하자, 마리에가 케이크랑 같이 즐겼다.

그 모습을 보며, 나는 품에서 갈색 봉투에 든 지폐 다발을 꺼냈다.

"마리에, 이건 너한테 주마."

지폐 다발을 본 순간, 마리에의 눈이 휘둥그레 뜨였다.

덥석 무는 게 케이크 이상이었다.

"오, 오빠, 이거!"

"공화국에서 상당히 뜯어냈으니까 말이지. 뭐, 내가 주는 용돈이다."

이번에는 마리에도 힘내 주었으니 그에 대한 포상이다.

그리고, 마리에와 생활하고 알게 된 게 있다.

──조금, 정도가 아니라 아주 그냥 불쌍했다.

그 다섯 명을 돌보는 것에 더해, 가계를 유지하기 위해 절약하는 모습에 눈물을 금할 수 없었다.

마리에가 지폐 다발을 손에 쥐고 세기 시작했다.

"이, 이이이, 이렇게나 받아도 돼?!"

금액상으로는 공화국 지폐로 1천만 정도일까?

다만, 이 금액도 공화국에서 그 다섯 명을 돌봐주면서 지내기 위해서는 조금 불안한 금액일 것이다.

"이번에는 너희들도 힘내 줬으니까 말이다. 소중히 쓰라고."

마리에가 눈물을 흘리며 내게 매달렸다.

물론, 지폐 다발은 빈틈없이 품속에 집어넣고.

"오바아아, 고마어어어어!"

나한테 매달리는 마리에를 떼어냈다.

"이, 이거 놔! 나 참, 너는 전생이랑 변함없이 속물적인 녀석이구먼."

마리에가 눈물을 닦았다.

"이걸로 하복 걱정을 하지 않아도 돼."

계절은 봄에서 여름으로 바뀌려 하고 있었다.

"여름인가. 공화국 이벤트도 줄지어 기다리고 있겠군. 일단은 렐리아가 무녀 후보지만, 상황에 따라서는 노엘일 가능성도 있으니까 주의하지 않으면 안 되겠어."

내가 그렇게 말하자, 마리에가 품에서 꺼낸 지폐 다발을 세던 손을 멈췄다.

마리에가 내 얼굴을 보며 고개를 갸웃하고 있다.

"오빠? 어째서 노엘이 후보야?"

"엉? 그야, 노엘이 장을 좋아하잖냐? 그런데 장 녀석이 둔감계라고 할까, 노엘의 마음을 아직 알아차리지 못하고 있단 말이지. 연인 사이가 되는 건 조금 어렵겠지만, 그 부분은 뒤에서 밀어주든가 해서 어떻게든 하긴 할 거다."

둔감계 주인공인 장은 조금 더 자신의 의지를 가져 주었으면 한다.

좋아한다면 좋아한다고 분명하게 말하라고.

"──오빠."

"뭔데?"

"노엘은 장을 좋아하는 게 아니라고 생각해. 정확히 말하면, like일 뿐이고 love가 아니야."

"뭐? 하지만 그 둘은 사이가 좋은데?"

"두 사람 다 친구 같은 관계잖아? 노엘은 장을 그렇게까지 의식하고 있지 않아."

──무슨 말을 하는 거지?

"으음? 하지만 장도 그 나름대로 노엘을……."

"내가 보기에는 두 사람 다 평범한 친구였어. 아니, 그보다── 오빠, 설마 정말로 못 알아차리고 있는 거야? 농담이지?"

마리에가 무슨 말을 하고 싶은 것인지 알 수가 없었다.

"어, 진짜? 그럼 노엘이 장을 좋아하는 게 아니야?"

그렇게 말하자, 마리에가 차가운 눈으로 나를 쳐다봤다.

"——이제 됐어."

"아니, 말하라고! 신경 쓰이잖냐!"

마리에는 지폐 다발을 다시 품속에 집어넣더니, 케이크를 먹기 시작했다.

"성가셔지니까 말 안 할래. 그리고, 오빠는 앞으로의 일을 잘 생각하는 편이 좋아. 노엘과 이대로 같이 살면, 돌이킬 수 없게 될 거야."

돌이킬 수 없다니?

"너, 설마 내가 노엘한테 반한다고 생각하는 거냐? 아쉽게 됐구먼. 멋진 약혼자가 두 명이나 있다고. 바람 같은 건 안 피워."

마리에가 코웃음을 치며 날 비웃었다.

"——나도 그러길 바라. 성가신 일은 질색이고."

뭐지, 이 녀석?

대체 무슨 말을 하고 싶은 거야?

에필로그

왕국 학원의 특대생인 커티스는 남자 화장실에 와 있었다.

남자 기숙사의 화장실에 달린 거울로 머리 모양을 정돈할 생각이었다.

하지만 화장실에는 선객이 있었다.

"어라, 너는——?"

말을 걸었더니, 상대는 놀라서 무언가를 주머니에 집어넣어 감추었다.

"아, 아니, 이건 그런 게 아니야!"

당황하고 있는 상대를 보고, 커티스는 미소를 지어 안심시켰다.

"남자가 몸단장을 다듬는 걸 비난할 생각은 없어."

커티스는 그가 자신과 마찬가지로 거울 앞에서 몸단장을 하려 했나보다 하고 대수롭지 않게 생각했다.

그런데 남자—— 아론이 이상하게 쑥스러워했다.

거기서 커티스는 문득 위화감을 품었다.

'머리를 정돈하고 있었던 것처럼 보이지는 않는데—— 그것보다도, 제법 입술이 반드르르하군.'

립스틱과는 다른 것 같지만, 남자치고는 윤기가 감돌았다.

게다가, 아론의 헤어스타일.

이전에는 좀 더 와일드한 겉모습이었는데, 최근에는 머리를 깔끔하게 세팅하고 있었다.

복장도 말끔해져 있었다.

다소 거칠고 난폭한 태도도 있고 해서, 커티스는 아론을 상대하기 조금 껄끄러워했었지만—— 지금의 아론은 예전보다도 청결감이 있고 세련된 남자로 변해 있었다.

커티스의 시선이 입술을 보고 있다고 생각한 것인지, 아론이 황급히 변명했다.

"이, 이이, 이건 립밤이야!"

"립밤?"

"그 왜, 건조해서 입술이 마르면 좀 그렇잖아?! 적당히 바르고 있는 것뿐이라고."

"그, 그런가."

'겨울철도 아닌데 입술이 건조한 건가. 힘들겠어.'

커티스가 걱정하고 있자, 아론이 부끄러워하며 남자 화장실에서 나갔다.

"미, 미안. 그만 가볼게."

그만 가볼게—— 그 말에도 왠지 모르게 위화감이 있었다. 딱히 남자가 써도 문제는 없지만, 묘하게 여성스러움이 묻어났다.

커티스는 아론을 눈으로 좇다가 한층 이상한 점을 알아차렸다.

"응?"

남자 화장실에서 나간 아론이 아는 사이로 보이는 남자와 만난 모양이었다.

"아론, 오늘도 예쁜데."

"정말, 모두한테 그렇게 말하고 있는 거지?"

커티스는 머릿속에서 '?!'이라는 마크가 잔뜩 떠올랐다.

'뭐, 뭐지? 어째서 아론이 남학생과 저렇게나 친한 듯이 지내는 거지? 예전에는 여학생을 쫓아다니고 있었던 듯한…….'

학원에서는 질 나쁜 학생들과 어울려 다니며 여자들에게 말을 거는 모습을 봤다.

하지만 지금의 아론은 뭔가가 이상했다.

'그러고 보니, 최근에는 남자들하고만 친하게 지내고 있었던 듯한── 서, 설마?!'

커티스는 등줄기가 살짝 오싹해진 느낌이 들었다.

◇

마리에의 저택은 아침부터 소란스러웠다.

"밥은 아직이냐~?"

졸려 보이는 그렉이 테이블에 엎드려 재촉하자, 그걸 본 카일이 핀잔을 줬다.

"그렉 씨가 도와준다면 더 빨리 준비할 수 있는데 말이에요."

"나는 먹는 것 전문이라고. 그리고, 발트파르트한테도 말해."

느긋하게 식사가 나오기를 기다리고 있는 건 나도 마찬가지다.

하지만 카일은 고개를 가로저었다.

"식비를 대 주신 백작은 논외예요."

──돈의 힘은 위대하군. 느긋하게 있어도 혼나지 않는다.

기다리고 있자, 율리우스와 질크가 식당으로 왔다.

"오늘 예정은 뭐였지?"

"대사관에서 사정 청취가 있었지요. 왕국에서 이번 사건을 조사할 사람들이 와 있다는 것 같습니다."

아침부터 일 이야기를 하는 두 사람 다음으로 나온 것은 부상을 거의 회복한 브래드였다.

"오늘 아침은 뭐야?"

접시를 나눠주러 온 카라를 불러세우고 있었다.

하지만 카라가 호통을 쳤다.

"방해하지 말아 주세요! 자, 다들 자리에 앉아요!"

분주하게 부엌과 식당을 오가고 있는 카일과 카라 두 사람.

부엌에서는 마리에와── 노엘의 목소리가 들려왔다.

"노엘, 그쪽 부탁해!"

"알았어~."

겉모습은 갸루 같은데, 노엘은 가사 전반이 특기였다.

갭 모에라는 걸까나?

기다리고 있자, 땀범벅이 된 크리스가 왔다.

"좋은 땀을 흘렸어."

그런 크리스를 보고 그렉이 불만을 표했다.

"아침부터 숨 막히는 녀석이네. 샤워라도 하고 오라고."

"너야말로 아직 잠에서 덜 깬 모양이군. 얼굴이라도 씻고 오는 게 어때?"

으르렁거리는 두 사람의 태도를 보고 있던 브래드가 어깨를 으쓱였다.

"아침부터 기운이 넘치네. 뭐, 뇌까지 근육으로 된 두 사람답지만."

그러자 그렉과 크리스가 이번에는 브래드에게 트집을 잡았다.

"너는 좀 더 몸을 단련하는 편이 좋겠지만 말이다."

"정말이지 그 말대로다. 그랬다면 이번 같은 사태는 되지 않았겠지."

브래드가 그런 두 사람을 손가락으로 가리키며 받아쳤다.

"너희라면 어떻게 손쓸 수 있었다는 거야?!"

소란스러운 식당에 마리에가 들어오더니, 프라이팬을 들고 국자로 두드려 종 대신으로 썼다.

"자, 조용히들 해! 아침 식사를 나눠줄 테니까 불평하지 말고 먹는 거야!"

마치 유치원생을 돌보는 보모 같은 느낌이었다.

식탁에 늘어선 것은 옥수수수프와—— 어디선가 본 적 있는 토스트였다.

"아, 이거."

그립다 싶더니만, 전생의 어머니가 자주 아침으로 만들었던 토스트였다.

달걀 프라이에 베이컨 두 장—— 늘어놓은 모양도 어머니랑 똑같았다.

마리에도 어머니의 맛을 기억하고 있던 건가 하는 생각에, 제법 그리운 기분이 들었다.

노엘이 내 옆에 왔다.

"리온, 베이컨이 남았으니까 한 장 줄게."

"괜찮겠어?"

"괜찮아."

나만 베이컨이 한 장 많은 걸 보고, 토스트를 먹던 율리우스가 부러운 듯한 표정을 지었다.

"발트파르트한테만 특별 대우인가. 부럽군."

이런 말을 하는 왕자님이 대체 어느 세상에 있나 하는 생각에 정말로 한심하게 느껴졌다.

"너는 왕궁에서 맛있는 걸 먹어 왔잖냐? 조금 정도는 참으라고."

"마리에가 만드는 요리는 어느 것이고 신선하니까 말이지. 게다가 맛있다! 그러니까 부러운 거다."

갑자기 연인 자랑을 듣게 된 나는 어떻게 해야 정답인 걸까?

마리에를 봤더니, 이미 달걀 프라이나 베이컨은 다 먹고 새로운 토스트를 부엌에서 가지고 오던 참이었다. 아침부터 한 그릇 더 먹고 있는데, 그 작은 몸 어디에 대량의 식사가 들어가는지 신경 쓰여서 견딜 수가 없었다.

"우호오오~! 조금 비싼 잼은 빵 위에서 잘 펴지네."

테이블에 나란히 세운 잼 병들 중에서 좋아하는 걸 골라 빵에 발라 먹고 있었다.

"하아~, 아침부터 잼을 먹는 이 행복함."

몇 종류의 잼이 있다는 것에 행복을 느끼고 있는 듯하지만, 나는 울음이 나올 것만 같았다.

"너, 고작 이 정도로 행복을 곱씹다니."

상당히 싼 여자가 되고 말았구나.

전생에서는 나한테서 돈을 뜯어내 해외여행을 다니고 있었는데.

카라가 마리에한테 잼을 졸랐다.

"마리에 님, 저는 오렌지 잼을 먹고 싶어요!"

"좋아. 듬뿍 바르렴. 빵도 잼도 잔뜩 있어!"

카일은 블루베리 잼을 바르고 있었다.

"——먹을 것으로 곤란해하지 않는다는 건 이렇게나 행복한 일이었군요."

어째서 마리에 쪽 애들이랑 식사했다 하면 이렇게 울고 싶어지는 걸까?

더는 생각하는 것을 그만두고 그리운 식사를 하고 있자, 노엘이 내 얼굴을 들여다봤다.

"리온, 입가에 묻어 있어."

"그래? 나중에 닦을 거니까 괜찮아."

"안 돼. 백작이라면 단정하게 해야지."

노엘이 그렇게 말하고는 입가를 닦아내 주었다.

남을 잘 돌봐주는 갸루라니, 꽤 좋지 않아?

안제와 리비아가 없었다면 반해 버렸을지도 모른다.

율리우스가 토스트를 먹는 데 익숙하지 않은지, 주위를 더럽히는 것을 신경 쓰고 있었다.

"맛있기는 하다만, 빵 부스러기가 툭툭 떨어지는군."

질크도 마찬가지였다.

"그러네요. 뭔가 좋은 방법은 없을까요?"

호쾌하게 먹고 있던 그렉이 그런 두 사람에게 조언했다.

"신경 쓰지 말고 먹으면 되잖냐."

제법 시끌벅적한 식사 자리다.

노엘이 웃고 있었다.

"왜 그래?"

"어쩐지 즐거워서. 언제나 여동생이랑 같이 아침을 먹었는데, 이렇게나 즐거운 건 오랜만이었으니까 말이야."

"──무슨 일 있었어?"

동생과 사이가 그다지 원만하지 않다는 건 들었지만, 노엘은 그다지 말하려 하지 않았다.

"뭐, 이런저런 일이려나. 렐리아도 나를 걱정해 주고 있는 것 같지만 말이야."

쌍둥이라도 여러 사정이 있다, 는 것일까?

◇

마리에 쪽 애들이 사는 저택은 훌륭하다.

응접실도 마련되어 손님이 와도 대응할 수 있도록 지어져 있다.

방에는 소파 사이에 낮은 테이블이 놓여 있고, 가구 등도 잘 갖추어져 손님에게 실례가 없도록 꾸며져 있었다.

대사관에서 준비해 준 것이리라.

율리우스도 살고 있으니, 뭔가 문제가 있어서는 안 된다며 돈을 들여야 할 곳에는 들이고 있다는 인상이었다.

내 집에도 있지만, 마리에의 저택만큼 훌륭하지는 않았다.

그런 방에 초대한 손님에게 나는 홍차를 준비했다.

"――드, 드시죠."

"잘 마시죠."

소파에 앉아 우아하게 홍차를 마시는 모습이 실로 아름다웠다.

아마 이 사람의 성격을 모른다면, 귀족 영애로밖에 보이지 않을 것이다.

긴 금발 머리카락을 돌돌 말아 아래로 늘어뜨린 여자―― 아니, 이제 학원을 졸업했으니 여성인가.

【디어드리 포우 로즈블레이드】.

아는 사이인 선배였다.

"이 홍차도 오랜만이네요. 조금은 실력을 올린 걸까?"

이 사람은 입에 발린 말을 하지 않기에, 정말로 맛있었던 것이리라.

"공화국의 찻잎이 맛있기 때문이 아닐는지?"

"그렇군요. 그렇다면 돌아가는 길에 선물로 사 갈까."

디어드리 선배는 기쁜 듯이 홍차를 마셨다. 근데 왜 공화국에 계신 겁니까?

──전혀 영문을 모르겠다.

"저, 혹시 여행입니까?"

디어드리 선배가 나를 보며 미소 지었다.

"실례군요. 이래 보여도 업무차 온 거랍니다. 폐하에게서 '꼭 공화국의 현재 상황을 살펴보고 와 줬으면 한다'는 부탁을 받아서 말이죠. 참, 그렇지. 폐하께서 당신에게 보내신 편지가 있어요."

나는 편지를 받아 내용을 확인했다.

「잘도 공화국에서 문제를 일으켜 주었구나, 망할 애송이. 이쪽은 일손이 부족해서 학원 졸업생까지 동원 중인 상황이라고. 어이쿠, 그러고 보니 파견 보낸 그녀와는 아는 사이였다는 것 같군? ──사이좋게 지내 달라고. 바람이라도 피웠다가는 레드글레이브 가에 일러바쳐 주겠지만 말이다! ─by 멋진 임금님으로부터.」

나는 무표정한 얼굴로 편지를 찢었다.

디어드리 선배는 내 모습을 보고 대략적인 사정을 헤아린 것인지, 재미있어하는 듯한 표정을 짓고 있었다.

"폐하와 사이가 좋군요."

"아하하하! ――그러게요. 서로 후려갈기고 싶어 할 정도로 친한 사이죠."

지금 당장이라도 롤랜드의 안면에 주먹을 꽂아 넣고 싶었다.

뭐, 그건 차치하고, 디어드리 선배는 이번 건을 조사하기 위해 파견된 모양이었다.

성격에 약간 문제는 있지만, 일은 제대로 할 생각인 듯했다.

"대강의 사정은 대사관에서 들었어요. 시비를 걸어 온 6대 귀족의 자제를 결투에서 철저하게 짓밟아 줬다는 말을 들었더니 ――오싹오싹하더군요."

뺨을 물들이며 집게손가락을 입술에 대는 디어드리 선배――역시 이 사람 변태야!

"역시나 왕국의 영웅. 6대 귀족마저 때려눕혀 왕국의 지위 향상에 공헌하다니, 정말로 멋져. ――오랜만에 가슴이 두근거리고 말았어요."

황홀한 표정을 짓고 있는 디어드리 선배에게 난 뭐라 대답하면 좋은 걸까?

"크흠, 오늘은 인사만 하러 온 겁니까?"

"설마. 당신한테 줄 선물을 준비했어요. ――공화국 측의 대응이 어떻게 되었는지 알고 싶지 않나요? 유학생인 당신은 알 수 없는 정보가 있는데 말이죠."

업무상 알게 된 정보를 알려줄 생각인가?

루크시온도 정보를 모으고 있지만, 후의라면 일단은 들어 두자.

"재미있는 정보라도 있었습니까?"

"율리우스 전하에게 저주를 건 피에르를 인도해 달라고 요구했는데, 응할 수 없다며 거절당하고 말았어요."

"페베르 가는 피에르를 감싸는 겁니까?"

있을 법한 이야기라고 생각하고 있었더니, 디어드리 선배가 쿡쿡 웃었다.

"당신, 가족과 사이가 좋지요? 따뜻한 가정에서 자랐구나."

"예? 아니, 누나나 여동생과는 그다지 사이가 좋지 않다고 할지……."

"문제를 일으킨 피에르 말인데, 차기 당주인 형을 밀어내고 자기가 당주가 될 생각이었던 모양이에요. 그 사실에 차기 당주님은 분노했다는 모양이고."

──가호를 지니지 못한 자.

공화국에서 가호를 빼앗긴 귀족은 가호가 없는 자 취급받아 업신여겨진다.

이유는 몇 가지가 있지만, 성수에게 버림받았다는 것이 하나.

그리고 가호를 빼앗긴 자의 자손은 절대로 가호를 얻을 수 없다는 모양이다.

즉, 피에르는 귀족으로서 완전히 죽고 만 것이다.

이제 정략결혼에 쓸 수도 없다.

──나는 그걸 알고서 거기까지 몰아넣었다.

"유폐입니까? 그도 아니면 '병'이라든가?"

디어드리 선배가 내 눈에서 시선을 돌리고, 아래로 말아 내린 자신의 머리카락을 만지작거리기 시작했다.

"책임을 지고 자결했다고 말하고 있었지만 말이죠. 그 정도로 분노한 걸 봐서는, 지하에 유폐해서 고문했을 가능성도 있지 않을까?"

"공화국 귀족은 가족에게 차갑군요."

"왕국도 다를 바 없다고 생각하는데요."

귀족의 어두운 부분이라는 것일까? 나는 절대로 연관되고 싶지 않네.

"——당신, 알고 있으면서도 피에르를 거기까지 몰아넣은 거 아닌가요?"

디어드리 선배가 내게 그렇게 물었다. 죄악감이 없다고는 말할 수 없다.

하지만 모든 건 피에르의 책임이다.

"그렇게 될 만하니까 그렇게 된 겁니다. 그뿐인 것 아닌지? 애초에 우리 바보 전하한테 그런 짓을 했으면 대가를 치러야지요. ——먼저 손을 댄 건 피에르입니다."

디어드리 선배도 귀족의 딸이라, 내 대답에 만족한 모양이다.

"좋군요. 거기까지 몰아넣을 생각은 없었다, 따위의 말을 하면서 한탄했다가는 뺨따귀를 날려 줬을 거예요."

——이거, 리비아였으면 화냈으려나?

디어드리 선배가 다른 정보를 알려줬다.

"나머지는 공화국 학원이 무사히 재개된다는 모양이에요. 여러 분은 그대로 유학을 계속해 줘야겠어요. 다만, 여러모로 조심하도록."

"예~?! 제가 조심해야 하는 겁니까?"

"당신 말고는 없잖나요? 저는 정보를 왕국에 전달해야 하니까 곧바로 돌아가겠지만, 본격적인 교섭에는 다른 사람이 파견되어서 올 거예요."

국제문제니까 말이다. 교섭을 한다면 제대로 된 관료를 준비해야 한다.

이전의 6대 귀족과의 교섭은 어디까지나 나 개인과의 교섭이다.

디어드리 선배가 일어섰다.

"이래 보여도 바쁜 몸이니까, 이번에는 실례하도록 하죠. 아, 그래그래."

배웅하고자 일어섰더니, 디어드리 선배가 내게 편지를 두 통 건넸다.

"연락은 제대로 하도록. 상당히 걱정하고 있었어요."

그건 안제와 리비아의 편지였다.

◇

「리온 씨, 잘 지내시나요? 다친 데나 병은 없으신가요? 밥은 잘 먹고 계시나요?」

나를 걱정하는 리비아의 편지를 읽고 있었더니 눈물이 나왔다.

안제의 편지도 마찬가지였다.

공화국에서 무슨 일이 있으면 도망쳐도 좋으니까 무사히 돌아오라고 적혀 있었다.

체면보다도 내 걱정을 해준다는 건 귀족으로서는 드문 일이었다.

편지를 세심하게 접어 책상 서랍에 소중히 보관했다.

그런 내 모습을 보고 있던 루크시온이 약간 미안해하는 듯한 태도를 보였다.

『──비상시에 대응하기 위해 본체를 공화국 쪽에 접근시켰습니다. 현재 메일을 주고받는 것은 불가능한 상태입니다.』

루크시온은 왕국과 공화국 중간 지점에 존재하면서 메일 교환을 중계해 주고 있었다.

하지만 공화국 쪽에 접근해 버려서 마소 농도 등 여러 원인으로 메일을 주고받을 수 없게 되었다.

"어쩔 수 없는 상황이었으니까, 포기해야지. 본체는 언제쯤 원래 위치로 돌아가나?"

『상황 나름이군요. 현재도 공화국 쪽에서 대기하고 있습니다. 아인호른이나 아로간츠의 정비 및 보급도 있고 말입니다.』

피에르 일당이 손을 대 더럽힌 아인호른과 아로간츠는 현재는 루크시온이 클리닝 중이다.

"그렇군. 또 편지라도 쓸까. 선물도 같이 보낼까."

『그게 좋으리라고 봅니다.』

의자에 앉아 천장을 올려다보자, 루크시온이 말을 걸었다.

『——피에르를 신경 쓰고 계신 겁니까?』

"그 녀석은 자업자득이야."

지금까지 해 온 짓이 지금은 자신의 몸에 일어나고 있는 것뿐이다.

동정할 마음은 없다. 하지만 내가 그 상황에 몰아넣은 건 사실이다.

『마스터, 실은 하나 신경 쓰이는 것이——』

루크시온이 뭔가를 말하려 했을 때, 마리에가 방문을 난폭하게 열고 들어오면서 소리쳤다.

"오빠아아아!"

나는 눈을 가늘게 뜨고 마리에를 쳐다봤다.

"너, 노크 정도는 하라고."

"괜찮아. 오빠가 뭘 하든 흥미 없으니까! 핫?! 그게 아니고! 시, 실은 손님이!"

"또냐?"

이번에는 누군가 싶었는데, 마리에가 손을 휘두르며 말했다.

"렐리아야! 게다가 그 녀석—— 전생자였이!"

"뭐?"

나는 마리에가 무슨 말을 하는 건지 이해할 수 없었다.

◇

응접실로 향하자, 거기에는 노엘의 모습도 있었다.

"아, 리온."

두 사람은 뭔가를 이야기하고 있던 기색이었지만, 그다지 재미있는 화제는 아니었던 모양이다.

노엘의 표정은 흐려져 있었고, 렐리아 쪽은 나랑 마리에를 노려보고 있었다.

그리고 내 오른쪽 어깨에 떠 있는 루크시온을 알아차리자 눈을 휘둥그레 떴다.

명백히 경계하고 있는 모습을 보니, 이 녀석은 루크시온에 관해 알고 있는 모양이었다.

"노엘—— 잠깐 여동생분과 이야기를 하게 해주지 않겠어?"

"딱히 상관없긴 한데……."

노엘이 렐리아 쪽을 봤다. 그러자 렐리아는 바라던 바라는 듯 다리를 꼬았다.

"좋아. 언니가 신세를 지고 있는 것 같고, 나도 이것저것 이야기하고 싶어."

팔짱을 낀 렐리아를 보고, 노엘은 뭐라 말하기 힘든 표정을 짓고 있었다.

"렐리아, 이 사람들한테 쓸데없는 말은 하지 마."

노엘이 방에서 나가자, 마리에가 난처한 듯이 나와 렐리아의 얼굴을 번갈아 가며 쳐다봤다.

나는 렐리아에게 솔직하게 물었다.

"너도 전생자인가?"

"그래. 주인공의 쌍둥이 여동생으로 전생했어. ——이쪽에도 여러 가지로 예정이 있었는데, 당신들 때문에 엉망진창이야."

"그에 관해서는 사과하지."

소파에 앉자, 마리에가 내 옆에 앉았다.

루크시온이 렐리아를 봤다.

『그래서, 당신은 뭘 요구하여 이쪽에 온 것입니까?』

렐리아는 루크시온에게서 시선을 돌리고 나를 봤다.

"어째서 치트 아이템 같은 게 여기 있는 거지?"

"힘낸 거라고."

"——뭐, 딱히 상관없지만."

렐리아는 불만스러워하는 듯하면서도, 우리에게 저택에 온 이유를 이야기해 주었다.

"언니를 돌려줘야겠어. 가능하면 성수의 묘목도 같이."

말투가 너무 일방적이라, 나보다 마리에가 먼저 화를 냈다.

"뭐? 어째서 너한테 지시받지 않으면 안 되는 건데?"

"성수의 묘목은 무녀의 적성을 지닌 언니가 가지고 있지 않으면 말라 버린다고! 당신들, 그런 것도 몰라? 성수의 묘목이 말라 버리면 앞으로의 전개가 어긋나잖아!"

렐리아 입장에선 그건 허용할 수 없는 것이리라.

나로서는 딱히 문제없긴 하지만—— 신경 쓰이는 것이 있었다.

"무녀의 적성? 잠깐 기다려 봐. 너도 적성을 가지고 있지 않나?"

렐리아의 말투가 신경 쓰여 물어봤더니, 명백히 바보 취급하는 시선으로 쳐다봤다.

"나한테 적성은 없어. 무녀의 적성을 가지고 있는 건 언니뿐이야."

마리에가 식은땀을 흘리기 시작했다.

"어? 잠깐만. 잠깐 기다려. 너희들은 쌍둥이지? 적성도 두 사람 다 가지고 있어도 이상하지 않잖아. 그 왜, 트윈테일을 사이좋게 사이드테일로 만들어서 나눈 것처럼."

렐리아는 "헤어스타일이 무슨 상관이야!"라고 말한 뒤, 무녀의 적성에 관해 이야기했다.

"레스피나스 가가 멸문당하기 전에, 부모님한테서 무녀의 적성이 있는 건 언니뿐이라는 말을 들었어. 그 2탄의 주인공은 언니고, 나한테 무녀의 적성은 없어."

그 말을 듣고 동요한 나는 루크시온에게 시선을 향했다.

『6대 귀족의 자료에는 혈통으로 무녀가 정해진다고 적혀 있었습니다만?』

렐리아는 루크시온의 정보를 부정했다.

"무녀와 수호자인 부모님이 아니라고 한 거니, 틀렸을 리가 없어. 애초에 무녀는 성수와 사람을 잇는 역할을 짊어지고 있는걸.

무녀가 아니라고 하면, 그 말이 맞는 게 당연하잖아."

단언하는 렐리아를 보고, 나와 마리에는 머리를 감싸 쥐었다.

"거짓말이지? 렐리아를 무녀로 삼고 에밀을 수호자로 만드는 계획이!!"

"루크시온, 이 거짓말쟁이이이이!"

렐리아는 우리를 보고 정말로 넌덜머리가 난다는 듯한 표정을 짓고 있었다.

"내가 얼마나 준비해 왔는지 알아? 어릴 적에는 집이 불타 쫓겨나고, 그 뒤에는 언니의 뒷바라지를 하면서 학원에 오기까지 엄청나게 고생했어. 이제야 겨우 로이크와 연인 사이로 만들어서 세계의 위기를 극복할 수 있다고 생각했는데."

뭔가 신경 쓰이는 것들만 말하고 있다.

"잠깐. 혹시, 네가 로이크를 부추겨서 노엘과 이으려 한 거냐?"

"맞아. 2탄의 트루 엔딩도 로이크가 중심이고, 언니는 로이크와 맺어질 운명이야."

트루 엔딩── 진엔딩이라고 하면 될까? 그 여성향 게임 2탄의 최고의 결말은 아무래도 노엘과 로이크가 맺어지는 것인 모양이었다.

내가 미묘한 표정을 짓자, 렐리아가 "뭐야? 불만 있어?"라고 말했다.

"불만이라고 해야 하나, 노엘은 로이크를 싫어하지 않냐?"

나는 마리에를 보며 말했다.

"그렇지. 나도 로이크만큼은 아니라고 생각해. 왜냐면 정말로 싫어하는 것 같고. 그거지. 생리적으로 무리인 수준 아니야? 그 두 사람이 연인이라든가, 절대로 무리라고 생각해."

만약 좋아하는 사람한테 '생리적으로 무리'라는 말을 들었다간, 나라면 사흘은 식음을 전폐할 거다.

렐리아도 여자니까, 그런 부분에 관해서는 이해심이 있는 모양이었다.

"하, 하지만, 그 여성향 게임이라면, 언니는 로이크랑──."

마리에가 득도한 듯한 표정으로 렐리아를 보고 있었다.

"세상일이 게임대로 흘러간다면 고생은 하지 않아."

마리에의 말에는 여러 의미가 담겨 있는 것이리라.

조금 슬퍼지기 시작했다.

"너는 참 고생했지. 역하렘을 노린 게 실패의 원인이지만."

마리에가 소매로 눈가를 닦고 있었다.

"말하지 마. 후회하고 있으니까."

그러자 렐리아가 말했다.

"뭐? 농담이지? 당신, 설마 역하렘을 노렸던 거야? 우와~, 현실에서 역하렘을 만든다니, 그건 좀 아니지~."

완전히 질색하는 렐리아를 보고, 마리에가 강하게 반론했다.

"시끄럽네! 거기에 행복이 굴러다니고 있다면 줍는 게 인간이라는 존재잖아! 애초에 너도 안전패인 에밀한테 손을 댔으면서!"

"나는 성실하게 한 명만을 선택한 거야!"

"하! 성시일~? 부자에 집안도 좋은 남자라는 걸 알고 있었으니까 고른 것뿐이잖아? 그게 성실이라니 지나가던 개가 웃겠어."

서로 여자끼리—— 왠지 모르게 상대의 마음을 알아차릴 수가 있는 모양이라, 심한 비방전으로 번지기 시작했다.

"역하렘 같은 걸 만드는 당신보다는 나아!"

"대상을 한 명으로 좁혔을 뿐이지, 나랑 같은 짓을 하고 있잖아!"

"똑같이 취급하지 마!"

점점 격화되어 가는 두 사람은 그대로 드잡이질을 시작하고 말았다.

머리채를 붙잡고, 옷을 쥐며 서로를 헐뜯는 두 사람.

나는 그런 두 사람의 모습을 보고 생각했다.

"우와~, 추해라."

『동의합니다.』

마리에와 렐리아가 숨을 헐떡이며 싸움을 그만두는 걸 보고, 나는 이야기를 도로 계속 이어갔다.

"뭐, 어쨌든 서로 세계의 위기를 회피하고 싶은 것뿐이야. 협력하도록 하자고."

렐리아의 이야기를 듣는 한, 세계의 위기는 회피하고 싶은 모양이다.

그렇다면 전생자끼리 사이좋게 지내자.

"뭐가 협력이야. 피에르 이벤트를 뭉개 버리고, 언니와 로이크를 떨어뜨려 놓고서는."

흐트러진 머리카락이나 복장을 가다듬는 렐리아를 보며, 나는 마음에도 없는 사과를 했다.

"미안하다. 하지만 저쪽에서 먼저 싸움을 걸어 왔으니 어쩔 수 없잖냐. 이쪽에도 입장이 있다고. 그리고, 로이크는 조금 위험한 느낌이 드는데. 그만두는 편이 좋아."

"로이크는 독점욕이 살짝 강한 거야. 그게 매력이기도 하니까, 언니가 연인이 되면 조금은 진정이 될 거야."

살짝? 그게 살짝?! ──여자의 감각은 알 수가 없군.

렐리아가 내게 불만을 표했다.

"그것보다 피에르 이벤트가 뭉개진 게 문제야! 그거, 꽤 중요한 이벤트였단 말이야! 게다가 보통 그렇게까지 궁지로 몰아넣어?! 에밀한테서 들었는데, 피에르가 상당히 위험해진 상황이라며!"

결투 모습을 보고 있었는지, 렐리아는 완전히 질색하고 있었다.

"나한테 싸움을 건 피에르가 나쁜 거다. 게다가 내가 궁지로 몰아넣은 거긴 하지만, 그 녀석의 평소 행실이 나빠서 신세를 망치게 된 거라고. 내 잘못이 아니야. 애초에 궁지에 빠지는 쪽이 잘못이다."

"당신, 최악이네."

렐리아가 노려보는 와중에, 마리에가 일어났다.

"피에르 따위, 동정할 수 있는 요소가 없거든?! 뭐, 그거야 어쨌건, 너도 협력해."

서로 목표가 같다면 협력할 수 있다.

렐리아도 불만인 것 같지만, 우리와 협력하고 싶었는지 이 이 야기를 받아들였다.

"——어쨌든, 언니랑 성수의 묘목은 돌려줘야겠어."

나는 대화하는 데 필요할 줄 알고 준비해 뒀던 묘목이 든 케이스를 꺼내고는, 낮은 테이블 위에 올려놓았다.

"이 녀석이라면 걱정하지 말라고. 특수 케이스에 넣어 뒀으니까 당분간 마를 일은 없—— 어, 어라?"

내 오른손이 빛을 발하고 있었다.

기분 탓인지, 묘목도 빛나 보였다.

"오빠, 오른손 손등이!"

마리에가 그렇게 말했기에 오른손 손등을 보니, 뭔가 문장 같은 게 떠올라 있었다.

"어어어어?! 뭐야, 이거?! 야, 이거 뭐냐고!!"

야단법석을 떠는 나를 보던 렐리아가 믿기지 않는 광경을 목격한 듯한 표정을 짓고 있었다.

"어, 어째서?! 어째서 '수호자의 문장'이 이 녀석 오른손에 떠오르는 거야!"

소란을 피우고 있는 우리를 보던 루크시온이 즐거운 듯이 말했다.

『어라, 보는 눈이 있군요. 아무래도 성수의 묘목은 제 마스터가 수호자에 걸맞다고 선택한 것 같습니다.』

"내가아아아?!"

묘목은 아직 무녀도 선택되지 않았는데 수호자로 나를 골라 버렸다.

본래라면 노엘이—— 주인공이 공략 대상 남자를 고를 터이지만, 무슨 이유에서인지 묘목 자신이 나를 선택해 버리고 만 모양이다.

이런 건 예상 밖에도 정도가 있다.

——어이, 이제부터 어떻게 하면 좋냐고?!

◇

호르파트 왕국 학원.

심각해 보이는 표정으로 차를 마시고 있는 건 리비아와 안제였다.

두 사람 근처에는 크레아레가 떠 있었다.

『성격 배배 꼬인 루크시온 녀석, 아직 연락을 안 하네.』

학원에서 리온이 무사하기를 기도하고 있는 리비아는 고개를 숙인 채 걱정 중이다.

"저희의 편지는 전해졌을까요?"

안제는 침착하게 차를 마시고 있지만, 역시 신경 쓰이고 있는 것이리라.

"디어드리는 저래 보여도 약속은 지키는 여자다. 반드시 편지를 전해 줄 거야."

단, 전해 줄 수 있는 상황이라면, 이겠지만.

공화국 정보가 들어오지 않는 상황에서는, 두 사람은 리온의 몸에 무슨 일이 일어나고 있는지 알 수 없었다.

서둘러 공화국에 가고 싶은 마음도 있지만, 상황을 알 수 없기에 대기하라는 명령을 받고 있었다.

"——지금쯤은 공화국에 도착했을 무렵이군."

루크시온이 있었기에 빈번히 연락을 주고받을 수 있었던 것이지, 통상적인 경우라면 정보를 얻는 데도 상당한 시간이 소요된다.

걱정하는 두 사람을 크레아레가 위로했다.

『괜찮아. 마스터도 끈질기고, 루크시온이 질 만한 적이 있다고는 생각되지 않는걸. 분명 성가신 일을 처리하느라 바쁜 거야.』

리비아는 고개를 끄덕였다.

"그렇다면 좋겠는데 말이에요."

안제가 작게 한숨을 내쉬었다.

"그 녀석은 때때로 무모한 짓을 하니까 말이다. 그건 그렇고, 공화국에서 대체 무슨 일이 일어나고 있는 건지."

걱정하는 두 사람을 보고, 크레아레가 의욕을 보였다.

『알았어. 그러면 내가 정보를 좀 조사해 볼게.』

리비아가 고개를 들었다.

"할 수 있어? 아레야?"

『맡겨줘. 이런 때를 위해서 통신용 중계기를 날려 보내고 있어. 성능은 좋지 않고, 루크시온이 싫어하니까 해킹 같은 형태가 되지만 말이야.』

안제가 조금 전과는 달리 냉정함을 내던지고 그 이야기를 덥석 물었다.

"뭐든 좋다! 리온의 상황을 알아볼 수 있다면 당장이라도 부탁하고 싶군."

『단편적인 정보밖에 얻을 수 없지만 말이야.』

"그래도 괜찮다. 리온이 무사하다면——."

가슴에 손을 대고 리온이 무사하기를 기도하는 안제를 보고, 크레아레는 루크시온한테 부정 액세스를 시도했다.

크레아레의 파란 렌즈가 빛을 발했다.

『그럼, 조금 조사해 볼게. 어디 보자~, 루크시온의 지금 위치는——』

리비아가 손깍지를 끼고 기도하는 듯한 몸짓을 했다.

"리온 씨—— 무사히 있어 주세요."

안제가 그런 리비아의 곁으로 다가가 어깨를 끌어안아 줬다.

"괜찮다. 리온은 강하니까 말이지."

그러자——.

『——히야아아아!』

——크레아레가 이상한 소리를 냈다.

리비아가 벌떡 일어섰다.

"아레야, 왜 그래?!"

안제가 크레아레를 양손으로 붙잡았다.

눈이 진지함 그 자체였다.

"무슨 일이 있었던 거냐! 리온은 무사한 건가?!"

크레아레는 자기가 조사한 정보를 두 사람에게 알렸다.

『그게 말이지── 루크시온의 로그를 손에 넣었어. 정말로 아무래도 좋은 정보밖에 손에 들어오지 않았는데.』

"그, 그래서!"

리비아가 이야기의 뒷부분을 재촉하자, 크레아레는 매우 말하기 껄끄러운 듯한 태도를 보였다.

그것이 두 사람의 불안감을 부채질했다.

『그게── 마스터가 무사하다는 건 확인됐어. 루크시온도 문제없이 곁에 있는 것 같아. 아, 마리에 일행도 무사한 것 같아.』

안제와 리비아가 서로 손바닥을 맞댄 형태로 양손을 잡았다.

몸을 바싹 붙이고는 서로의 커다란 가슴을 눌렀다.

"그런가, 리온은 무사한가!"

"다행이네요, 안제!"

마리에 일행에 관해서는 일절 언급하지 않지만, 리온이 무사하다는 말을 듣고 안도하고 있었다.

얼굴 한가득 미소를 띠는 두 사람이었으나──

『그, 그런데 말이야── 마스터가 체재하는 장소 말인데──마리에 일행이 사는 곳으로 되어 있어.』

두 사람의 미소에 그늘이 보였다.

리비아가 안제를 신경 써 줬다.

"안제, 분명 뭔가 이유가 있어서 같이 있는 게 아닐까요?!"

안제의 뺨이 굳어 있었다.

"그렇겠지. 현지에서 리온이 체재할 곳을 확보하지 못했다든가, 그 정도의 이유일 거다. 그럴 게 당연해. 그러지 않고서야 리온이 그 여자네 집에 죽치고 있다는 건⋯⋯."

그리고, 크레아레는 손에 넣은 로그—— 루크시온의 중얼거림을 두 사람에게 알려줬다.

『정보가 여러모로 너무 단편적이라 분명치 않지만 말이야. 루크시온이 중얼거린 말을 확보할 수 있었어. 그게 말이지—— '바람피우는 중 now'라고 중얼거리고 있었어.』

두 사람의 얼굴에서 표정과—— 눈동자의 광채가 사라졌다.

후기

본편은 어떠셨습니까? 즐겨 주셨다면 기쁘겠습니다.

작가인 미시마 요무입니다.

마침내 【여성향 게임 세계는 모브에게 가혹한 세계입니다】도 4권까지 왔군요.

이것도 응원해 주시는 독자분들 덕분! 감사합니다!

이 여세 그대로 완결까지 가고 싶기에, 앞으로도 응원 잘 부탁드립니다.

자, 4권부터는 무대를 알제르 공화국으로 옮겨 이야기가 진행됩니다.

'그 여성향 게임' 2탄이 무대여서, 리온이나 마리에도 이번에는 기합을 넣고 임할 터였는데——라는 전개군요.

4권 말입니다만, 실은 Web판과는 다른 큰 변경점이 몇 군데나 있습니다.

하나는 악역 영애로서 새로운 캐릭터인 루이제가 등장한다는 것이군요. Web판에서는 등장하지 않기에, 서적판 한정 캐릭터가 됩니다. 루이제가 앞으로 리온 일행과 어떻게 연관을 맺어 갈지 기대해 주신다면 기쁘겠습니다.

또 하나는 노엘이군요.

노엘의 취급도 크게 변경했습니다. Web판에서는 충격적으로 등장한 노엘입니다만, 이번에는 처음부터 등장합니다. 활발한 노엘이 초기부터 리온 일행과 얽히고 있군요.

그리고, 헤어스타일일까요? 노엘의 헤어스타일은 아슬아슬할 때까지 정해지지 않았습니다(땀). Web판은 트윈테일이었습니다만, 거기서부터 이런저런 일이 있어서 사이드 포니테일로 변경하게 되었네요.

거기까지는 괜찮았습니다만, 문제는 몬다 선생님입니다.

러프로 보내 주신 노엘의 디자인이 어느 것이고 너무 좋아서 고를 수가 없었습니다.

마지막까지 어느 것으로 할지 고민했다고요.

편집자분과 'A안이나 C안으로── 하지만 B안도 포기하기 힘드네요'라는 이야기를 했던 걸 기억하고 있습니다.

──어떤 디자인이고 귀여워서 망설였습니다(웃음).

나머지는 로이크입니다.

Web판에서는 '에리크'라는 캐릭터였습니다만, 비슷한 이름이 많기에 변경하기로 했습니다. 딱히 깊은 의미는 없습니다.

그 밖에도 세세한 변경점은 여러 가지가 있습니다만, 적자면 끝이 없기에 여기까지로 해 두겠습니다.

그러면, 앞으로도 『여성향 게임 세계는 모브에게 가혹한 세계입니다』의 응원을 잘 부탁드리겠습니다!

Otomege Sekaiwa Mobuni Kibishii Sekaidesu Vol.4
©2019 by Mishima Yomu, Monda
All rights reserved
First published in Japan in 2019 MICRO MAGAZINE, INC.
Korean translation rights reserved by Somy Media, INC.

여성향 게임 세계는 모브에게 가혹한 세계입니다 4

2021년 1월 15일 1판 1쇄 발행
2022년 5월 15일 1판 3쇄 발행

저　　　자 미시마 요무
일 러 스 트 몬다
옮 긴 이 주승현
발 행 인 유재옥
본 부 장 조병권
편 집 1 팀 김혜연 박소연
편 집 2 팀 박치우 정영길 정지원 조찬희
편 집 3 팀 곽혜민 오준영 이해빈
라이츠담당 이승희 한주원
디 지 털 김지연 박상섭 최서윤
미　　　술 김보라 박민솔
발 행 처 ㈜소미미디어
인쇄제작처 ㈜코리아피엔피
등　　　록 제2015-000008호
주　　　소 서울시 마포구 토정로222, 403호 (신수동, 한국출판콘텐츠센터)
판　　　매 ㈜소미미디어
마 케 팅 박종욱 최원석
전　　　화 (02)567-3388, Fax (02)322-7665

ISBN 979-11-6611-399-4
ISBN 979-11-6507-479-1 (세트)